于国华 —— 著

曹植
诗赋缘情研究

社会科学出版社
SOCIAL SCIENCES ACADEMIC PRESS (CHINA)

摘　要

曹植是魏晋时期最重要的作家之一，是建安风骨最具代表性的作家，是文学由汉代压抑个性至魏晋张扬自我的重要转换力量。曹植诗赋突破了言志的藩篱，由言志或者志不获遂的忧伤转而为缘多种情感而发，且在爱情、友情、亲情诗赋创作上均取得了极高的成就，具有典范意义。本书力图通过对曹植的感情世界，以及情感在诗赋中的表达进行论述和总结，揭示曹植在诗赋缘情方面的贡献。

本书分为八个部分。

绪论部分首先明确了感情的概念，明确了情对于中国文学的特殊意义。其次概述了曹植缘情研究的现状与不足。

第一章按照先秦、西汉初期、汉武帝至汉桓帝时期三个阶段的时间顺序，对曹植之前文学中的情感表达状况以爱情、友情、亲情、自我实现为线索进行细致梳理，明确曹植感情世界与文学表达的渊源与基础。概括而言，先秦时期言志与缘情并举，但其情多为与志相关之情或群体性之情，汉代文人创作并未沿着缘情之路发展，"独尊儒术"限制了文人个性化情感表达，使文学缘情之路变得异常曲折。

第二章重点分析曹植情感世界得以拓展的直接原因与诗赋缘情发展的时代基础。汉末社会动荡，鸿都门学的设置、人物品评的转向对儒学的统治地位形成了冲击；纸张的渐次应用促进了文学对即时情感的表达；曹操求才三令、曹丕对平等的提倡有助于曹植情感世界的开拓；曹操、曹丕对文学的重视与对文学活动的组织，时人的缘情之作对曹植的情感文学创作均有促进作用。

　　第三章专论曹植的亲情世界与文学表达。首先破解对曹植亲情判断有影响的重要问题——夺宗，笔者认为曹植短时期内以被动、顺承的方式参与夺宗，在后期主动退出了夺嗣之争。其次论述了曹植的亲情世界与文学表达，探讨了曹植与父亲、母亲、兄长、子侄之间的亲情特征。本书将曹植的亲情文学进行了分类，并从亲情世界的建构、真诚与矛盾的结合、隐喻特征、体裁选择四个方面论述了曹植亲情表达的特点。

　　第四章探讨曹植的爱情世界与文学表达。首先，补充论证了曹植与甄后之间存在爱情的可能性与合理性。继而暂退一步，抛开植甄之恋分析曹植爱情文学的内容与特征。曹植爱情诗赋的内容十分丰富，主要包括相聚的欢乐、无法结合的忧伤、离别与相思、女子被抛弃的忧伤四个方面，其特征为平等的知音之恋，与礼相对立的爱恋。爱情表达方面也具有抒情人称转换与充满张力的特征。最后，论析了情类赋代表《洛神赋》在情感表达方面取得的成就。

　　第五章论述曹植的友情世界与文学表达。首先，论析了曹植的友人构成与友情世界特征。其中重点论析了曹植与丁氏兄弟、杨修的关系，得出曹植择友标准：同调才情、不拘小节，与政治利益无关。曹植与朋友为平等交往。其次，将曹植友情诗赋的主要内容分为欢宴与游赏、留别与赠别、恤友三类加以论析。曹植的友情诗赋创作相比他人数量最多。从文体发展角度看，曹植的五言游宴诗创作时间较早，对声韵进行了有益的探索，在赠答诗方面曹植的创作使五言答诗走向了成熟，以组诗的形式祖饯也是一种创新。

　　第六章综论曹植诗赋的情绪特征，从曹植的需求得到满足或未得到满足所引发的快乐、恐惧、忧伤、焦虑等情绪表达特征，探讨曹植文学中的情绪特征以及曹植特殊的人生经历对情绪表达的影响。曹植开始在诗文中抒发单纯的快乐；其诗赋中寓言的形式，以褒写贬、指桑骂槐的抒情方式无不透露出恐惧的情绪；漂泊的人生使曹植钟情于描写离乡与游仙，并营铸出蓬草意象以抒忧伤；曹植无法达成自我的功业目标，充满了焦虑，对此，曹植或塑造英雄形象表达内心的渴望，或直抒胸臆展现深郁之思。

　　第七章综论曹植在诗赋情志分离过程中的贡献。曹植的文学创作完成了对文人情感世界的整体性建构，其诗赋情感表达的质量亦首屈一指。曹植特别重视情绪的表达，其情感基调仍以忧伤为主，但他为单纯快乐情感的抒发找到了根据。曹植认为人的情思皆有价值，辞赋创作并非为了"揄扬大义"，提倡慷慨抒情。总之，曹植的创作是从诗言志、赋体物转向诗赋缘情的最为重要的体现，同时，曹植在理论上也为诗赋缘情开辟了道路。

关键词：曹植；诗；赋；缘情

Abstract

Cao Zhi, one of the most important writers in Wei-jin period; one of the most typical representative writers of Jian An style; the important force of the transition in human nature of literature suppressed from the Han dynasty to extending individuality of Wei-jin. The creation of Cao Zhi's poetry broke through the barriers, making it possible to transit from expressing the ambition or the sadness after failure to express multiple emotion. His poems and Fu about love, friendship, affection has achieved great achievement, which is of the model significance. Cao Zhi 's Poem and Fu creation embodies the fundamental transformation from the ambition to Yuan Qing. In this paper, Cao Zhi's emotional world, as well as emotional expression in poetry is discussed and summarized so as to reveal Cao Zhi's contribution to Yuan Qing of poetry.

This paper is divided into eight parts.

Firstly, the introduction part makes clear the concept of emotion as well as clarifies the special significance of emotion to Chinese Literature. Secondly, this paper summarizes the present situation and deficiencies of Cao Zhi's emotion research. .

Chapter One, it combs Cao Zhi's emotional expression status in previous literature with love, friendship, affection and self-realization in detail as the clue during three phases including the early Qin, the early Han dynasty and the middle and later Han dynasty according to the time sequence, making clear of the origin and basis of Cao Zhi's emotional world and the literary expression. In conclusion, The themes of the poetry of the pre Qin period mainly focuses on ambition and love, especially about group nature, while the poets in the Han Dynasty don't develop along the way of emotion, who advocate Confucianism. Thus, emotional expression is limited to the individual writers, making the literary emotion road very complicated.

Chapter Two, it analyzes the direct cause of emotional world to expand and the developing era foundation of Cao Zhi's Yuan Qing of poetry. Firstly, the social unrest at the end of the Han dynasty, the establishment of Hongdumen Xue and the steering of character evaluation cause the impact of the dominance of Confucianism. Then, The gradual use of paper promotes the expression of literature on instant emotion. Cao Cao's orders Cai sanling and Cao Pi to advocate equality, which helps Cao Zhi's emotional world development. Cao Pi, Cao Cao's attention to Literature and the organization of literary activities along with the works of other writers play a promoting role in Cao Zhi's literary.

Chapter Three, this chapter focuses on Cao Zhi's affection world and literary expression. Firstly, This chapter cracks the important question-to seize the throne which has important influence on Cao Zhi's affection judgment. It draws a conclusion that Cao Zhi involves in the seizing the throne through the passive and natural way. Later, Cao Zhi drops out of the seizure of princes. Secondly, this chapter discusses Cao Zhi's affection world and the literary expression. And then, it discusses Cao Zhi's affection characteristics with his father, mother, brothers and the son and nephews. Finally, this chapter discusses Cao Zhi's affection expression characteristics from four aspects: the construction of the affection world; combining the false and true genre; metaphor characteristics; genre selection according to the classification of Cao Zhi's affection literature.

Chapter Four, it discusses Cao Zhi's love world and literature expression. Firstly, it supplements the rationality and possibility of Cao Zhi's love world with Queen Zhen. This paper argues that from the analysis of the relevant materials, the possibility of Cao Zhi's love world with Queen Zhen exists. The paper then steps aside the love world between Cao Zhi and Queen Zhen temporarily to analysis the content of Cao Zhi's love literature. Cao Zhi's love poetry and Fu are rich in content, mainly including four aspects: joy of being together, sadness of separation, farewell and lovesickness, and the sorrow of the abandoned woman. His poetry is characterized by equal companion of love, and the love against the Ethics. In the aspect of love expression, it also has the characteristics of the transformation of the lyrical person and the full tension. Secondly, it analyzes the development and characteristics of Cao Zhi's love literature content. Finally, it demonstrates the significance on behalf of emotional expression about *The Goddess of the Luo*—the typical works of classification of emotional poems.

Chapter Five It discusses CaoZhi's friendship. Firstly, it discusses Cao Zhi's friendship world, Cao Zhi's friends and principles of making friends. The paper focuses on the analysis of the relationship between Cao Zhi and Ding brothers and Yang Xiu, and draws a conclusion that Cao Zhi makes friends with the persons with homology talent, and the persons who are informal, which has nothing to do with the political interests; Cao Zhi shares equal communication with his friends. Secondly, it discusses the main content of the friendship poems through the classification such as feasts, sightseeing, farewell and care for friends. CaoZhi creates more poems about friendship than other poets. At the same time, From the perspective of stylistic development, Cao Zhi creates five character banquet poems in earlier time, and he makes a useful exploration on the phonology. More importantly, Cao Zhi's creation of five character poems makes the poems mature, and the form of the departing poems is also a kind of innovation.

Chapter Six, it summarizes Cao Zhi's emotional characteristics of poetry, from emotional expression characteristics such as joy, fear, sadness, anxiety. whether they are meet Cao Zhi's demand or not, it discusses Cao Zhi's emotional characteristics of literature and the influence of Cao Zhi's special life experience on emotional expression. Cao Zhi begins to express the pure joy in poetry; his poems in the form of allegory, all written in praise, or derogatory allusions lyrical way reveals the emotion of fear; the wandering life makes Cao Zhi love the description of homesikness and fairy. Besides, he creates pengcao imagery to express the sadness of wandering; Cao Zhi is full of anxiety and sadness for he can't reach self achievement goal. Therefore, he shapes the image of the hero to express their inner world, or shows deep thinking straight from the heart.

Chapter Seven, it discusses the contribution that Cao Zhi makes in the process of the separation of ambition and affection poems and Fu. Cao Zhi's literary creation has completed the overall construction of the emotional world of the literature. The quality of his poems and Fu is second to none. Cao Zhi particularly emphasizes he emotional expression and his emotional tone is still dominated by sorrow. However, he finds the basis of the pure happiness. Cao Zhi thinks that people's emotions are valuable, and he creates poems and Fu not for advocating righteousness but for generous lyric, hence opening the way for expressing emotion through poems and Fu. Cao Zhi's literary creation is the most important embodiment of transformation from illustrating ambition and things in poems and Fu to expressing emotion.

Key Words: Cao Zhi; Poem; Fu; Yuanqing

目　录

绪　论

第一节　概说

一　选题写作缘起

曹植是魏晋时期最重要的作家之一，是建安风骨最具代表性的作家。曹植诗赋被钟嵘赞誉为"骨气奇高，词彩华茂。情兼雅怨，体被文质，粲溢今古，卓尔不群"①，曹植本人是文学中人性由汉代被压抑至魏晋张扬转换的重要力量。曹植之所以秀出于时，主要原因即为曹植诗赋在缘情上的着力开拓。

"缘情"出自陆机《文赋》"诗缘情而绮靡"。中国诗论向有"诗言志"和"诗缘情"之说，二者之中"诗言志"出现较早。《尚书·尧典》中记载："诗言志，歌永言，声依永，律和声。"《庄子·天下》说："《诗》以道志。"②《荀子·儒效》云："《诗》言是其志也。"③"诗言志"不仅为当时士人创作的自觉追求，而且如朱自清所言为中国文学批评"开山的纲领"。汉代《毛诗序》云："诗者，志之所之也，在心为志，发言为诗，情动于中而形于言。"《说文解字》："（志），意也。"④ 可见，汉代诗歌的功用仍被认为是传达志意，但"情动于中而形于言"意味着诗歌创作已经引

---

① （南朝梁）钟嵘：《诗品集注》，曹旭集注，上海古籍出版社，2011，第117页。
② （战国）庄周：《庄子集释》，郭庆藩集释，中华书局，1961，第1065页。
③ （战国）荀况：《荀子集解》，王先谦集解，台北：艺文印书馆，1988，第282~283页。
④ （汉）许慎：《说文解字》，中华书局，1963，第217页。

入情感作为动力。言志虽然含有情感，但实为志中含情，诗言志"意味着言志和抒情相比，言志是占主导地位的，而情则不过是志的补充"①。就其本质取向来说，阐发的是政治情怀，特别是某种属于时代的群体政治表达。就中国由周以来的历史背景而言，主要是诗三百所开辟的言志，体现的是制礼作乐的儒家哲学和儒家学说。中国文人自屈原始逐渐突破言志的藩篱，向缘情发展，然中途汉代独尊儒术，限制了文人个性化的情感表达，使文学缘情之路变得异常曲折。

到了魏晋时期，不论是文学创作，还是诗歌美学思想，都摆脱了"诗言志"的儒家人伦教化窠臼，逐渐走向"诗缘情"的新时代。"诗缘情"为情中含志，是"缘情占主导地位，而志则处于从属地位，甚至完全为情所代替，志的理性内容被削弱和淡化了"②。曹丕提出"诗赋欲丽"③，陆机认为"诗缘情而绮靡"，正是建安以来文学创作从政治人伦教化的言志转向表达个人情感世界，并且以这种个人情感世界的张扬而产生"绮靡"的审美境界。曹植无疑是从言志时代向缘情时代转型过程中的翘楚。无论其人生经历的情感深度还是其诗文创作表现出来的缘情深度，都是前所未有的。曹植的诗赋缘情是怎样的历程？曹植怎样将由特殊人生经历产生的情感艺术地转化为诗赋？这些问题放到诗赋由言志到缘情发展的大背景下显得尤为重要。

日本学者吉川幸次郎这样评价曹植："把曹植的创作和他以前的文学史的状态加以对比，其结果，我们会发现更为重大的事实。这就是，他几乎是最初的署名的抒情诗人……抒情诗不再是自然发生的东西，而是伴随着个人的名字，亦即伴随着诗人个性表现的主体性，从而在新的意义上确立了它的价值，这不能不归功于曹植。"④ 显然，在曹植之前，中国文学史上已经出现了非常多的署名诗人，更远的不说，建安诗人群体三曹七子，除了孔融之外，其余诗人都应该具备署名的抒情诗人之称谓，吉川幸次郎

---

① 詹福瑞、侯贵满：《"诗缘情"辨义》，《河北大学学报》（哲学社会科学版）1998 年第 2 期，第 9 页。

② 詹福瑞、侯贵满：《"诗缘情"辨义》，《河北大学学报》（哲学社会科学版）1998 年第 2 期，第 9 页。

③ 〔三国魏〕曹丕：《曹丕集校注》，夏传才、唐绍忠校注，河北教育出版社，2013，第 237 页。

④ 〔日〕吉川幸次郎：《中国诗史》，章培恒等译，安徽文艺出版社，1986，第 131 页。

显然将曹植视为建安抒情诗人群体中最具代表性、里程碑式的最初署名的抒情诗人。回顾文学史，如果我们将屈原楚辞视为一种半文半诗的辞赋而非纯粹诗歌形式的话，再去除失去作者姓名的古诗作者，作为里程碑式的大诗人，曹植确实拥有这样的地位。

实际上，曹植的赋作在个性化抒情方面所作出的开拓性贡献同样值得重视。自屈原辞赋开始，赋或者表达"贫士失职而志不平"这种志不得遂的单一忧伤，或者局限在"劝百讽一"的教化模式中无法突破，或者以女子的试探、男子的坚守表达自己的道德情操。偶有抒发个人与志无关的情感，但仅仅为试做，随即寝息，不成气候。唯有曹植，在纠缠于皇权中的亲情、刻骨铭心的乱伦之爱以及赤诚的友情的催动下，赋作与诗歌一起突破了言志的藩篱，由言志或者志不获遂的忧伤转为缘多种情感而发，且在爱情、友情、亲情诗赋的创作上均取得了极高的成就，具有典范意义。

二　情的内涵

情感"既包含与生理需要相联系的低级情绪情感，也包含与社会需要相联系的高级情绪情感"[①]。从侧重客观内涵的角度，可以"具体化地体现为爱情、友情、亲情、乡情、民族情感、阶级情感、认同感、爱国主义情感、世界情怀、人类中心主义等，换言之，由近及远的血缘情感、亲缘情感、地缘情感、族缘情感"[②]。

情感与情绪的界限比较模糊。《礼记·礼运》言："何谓人情，喜、怒、哀、惧、爱、恶、欲七者弗学而能。"[③]这七种情感被现代心理学认定为人的基本情绪。中国社会科学院语言研究所编的《现代汉语词典》对情感的定义同样偏于情绪，其将情感解释为"对外界刺激肯定或否定的心理反应，如喜欢、愤怒、悲伤、恐惧"[④]。《辞源》对情感的定义与《现代汉语词典》基本相同，只是在心理反应类型中增加了爱慕、厌恶两类。

中国古代哲学对情感十分重视，先秦儒家重视自然的血缘之爱，《论

---

① 黄希庭主编《简明心理学辞典》，安徽人民出版社，2004。
② 杨岚：《人类情感论》，百花文艺出版社，2002，第78页。
③ （汉）郑玄注，（唐）孔颖达疏《礼记正义》，北京大学出版社，1999，第689页。
④ 中国社会科学院语言研究所编《现代汉语词典》，商务印书馆，1983，第891页。

语》有言："君子务本，本立而道生。孝弟也者，其为仁之本与。"①可见，孔子儒家思想的根基在于血缘之爱。《论语》中对于友道也多有论说。在中国传统文化中，明显有压抑情绪的倾向。墨家主张舍弃情绪的兼爱，"必去喜、去怒、去乐、去悲、去爱、去恶，而用仁义"②。荀子注重节情，主张"矫饰人之情性而正之"③。

汉代董仲舒主张"辍其情以应天"④。同时，汉代普遍将人之情与天地四方联系，从而使情具有普泛化的特征。《黄帝内经》认为东为怒，南为喜，中为思，西为忧，北为恐，⑤将情绪与五方联系。董仲舒《春秋繁露》进一步将自身的情绪与外在的四季相连："人之好恶，化天之暖清；人之喜怒，化天之寒暑；人之受命，化天之四时；人生有喜怒哀乐之答，春秋冬夏之类也。喜，春之答也，怒，秋之答也，乐，夏之答也，哀，冬之答也，天之副在乎人，人之情性有由天者矣。"⑥班固《白虎通·情性》更认为"喜在西方，怒在东方，好在北方，恶在南方，哀在下，乐在上"⑦。《白虎通》中与方位相配的情绪与《黄帝内经》《春秋繁露》不完全相同，而且也变五方、四方为四方上下，五情通过与六方、四时、五行、五候、五音、五色、五味的对应与天下万物相连，形成了天人合一的世界。

钱穆曾经说："西方人重知，中国人重情。"⑧ 情感对于中国文学有特殊意义，吕正惠认为"中国人是唯感觉、唯感情的，简单地说，是'唯情'的。这种情之本质化、本体化的倾向，就是中国抒情传统的重大特色之所在"⑨。甚至有人基于中国文学的特征认为"文学只有感情没有目的"⑩。具体到特定的体裁，林庚认为"中国的诗歌是依靠抒情的特长而存在和发展的，并不因为缺少叙事诗，诗坛就不繁荣。相反，正因为走了抒

---

① 杨伯峻译注《论语译注》，中华书局，1980，第 2 页。
② （清）孙诒让：《墨子闲诂》，中华书局，2001，第 442 页。
③ （唐）杨倞注《荀子》，上海古籍出版社，2010，第 276 页。
④ （汉）董仲舒：《春秋繁露》，中华书局，1975，第 364 页。
⑤ 姚春鹏译注《黄帝内经》，中华书局，2012，第 51 ~ 54 页。
⑥ （汉）董仲舒：《春秋繁露》，中华书局，1975，第 385 ~ 386 页。
⑦ （汉）班固：《白虎通》，中华书局，1985，第 214 页。
⑧ 钱穆：《晚学盲言（下）》，广西师范大学出版社，2004，第 528 页。
⑨ 吕正惠：《物色论与缘情说：中国抒情美学在六朝的开展》，《抒情传统与政治现实》，华中师范大学出版社，第 63 页。
⑩ 周作人：《中国新文学的潮流》，华东师范大学出版社，1995，第 50 ~ 51 页。

情的道路，才成其为诗的国度"①。

詹福瑞在"中国古代文人心灵史丛书"前言中则谈到研究一个人的情感与心灵对研究其文学风格的重要性："欲了解一代文学，需要先明了一代文人之心态，在同一时代或同一时期，作家所处的社会文化环境大体相同，可是却最终形成了风格迥异的作品。这其中有诸多因素，最深层次也是最重要的是作家心灵或心态的差别。因为文学作品是情感的产物，心灵的投影。"② 因此，詹福瑞主张要重视对文人心灵的开掘，重视与文人心灵的沟通交流。

重视心灵，重视文人情感表达对于建安文学研究更具有特殊意义。王瑶指出，"中国诗歌发展的主流，是由'言志'到'缘情'，而建安恰是从'言志'到'抒情'的历史转关"③。钱穆在《中国学术思想史论丛》中有如下表述："盖建安文学之所由异于前者，古之为文，则莫不于社会实际事务有某种特定之应用，经史百家皆然。故古有文章而无文人。……有文人，斯有文人之文。文人之文之特征，在其无意于在人事上作特种之施用。其至者，则仅以个人自我作中心，以日常生活为题材，抒写性灵、歌唱情感。"④ 钱穆先生认为建安时期才开始有文人之文，开始有文人之至者以个体为中心，书写于"社会实际事务有某种特定之应用"之外的日常生活题材，"抒写性灵、歌唱情感"。

审美活动与情感世界不可分离，"情感活动是审美经验中最为活跃的因素，它一方面构成了其他各种心理因素产生的诱因，另一方面又是它们进一步发展的动力，同时，它还作为一种弥漫性因素伴随于审美活动的全过程，从而使整个审美活动都显示出明显的情感色彩"⑤。宗白华论断："晋人向外发现了自然，向内发现了自己的深情。"⑥ 实际上，建安作家群体已经开始向内发现自己的深情，其中尤以曹植为著。裴斐将"诗缘情"

---

① 林庚：《漫谈中国古典诗的艺术借鉴——诗的国度与诗的语言》，《林庚诗文集》，清华大学出版社，2005，第 171～172 页。

② 詹福瑞：《前言》，陈洪《诗化人生：魏晋风度的魅力》，河北大学出版社，2001，第 3 页。

③ 王瑶：《中古文学史论》，北京大学出版社，1986，第 217 页。

④ 钱穆：《中国学术思想史论丛》，三联书店，2009，第 104 页。

⑤ 朱立元：《美学》，高等教育出版社，2001，第 257 页。

⑥ 宗白华：《论〈世说新语〉和晋人的美》，《美学散步》，上海人民出版社，2004，第 215 页。

的基本观点概括为"强调主观感情（个性）的表达和意境的创造"①。就曹植和三曹七子这一诗人群体而言，曹植更具重情特性，其主体诗赋所表达的，更富有个人生命、生活的烙印，而非普泛意义上的时代性书写，由此生发，本书从曹植的情感世界切入，深入曹植内心世界，探讨曹植诗赋的情感表达，探寻其在诗赋缘情方面具有的独特价值。

第二节　曹植诗赋缘情研究综述

曹植研究，是魏晋南北朝文学研究重镇，自曹植文学创作之日起，便进入了人们的批评视野。20 世纪 80 年代初更出现了全面探讨曹植的专著——钟优民的《曹植新探》。此后，曹植研究呈现愈来愈热的趋势，同时，也向视野更开阔、更深细方向发展，从缘情的角度进行曹植情感世界与表达研究便是其中一个重要方面。

曹植情感的丰富与深挚，在魏晋南北朝作家中无出其右者。对曹植诗赋与情感关系的研究一直不断，最初体现在只言片语的论断中，渗透在曹植思想研究、艺术成就研究中，近年来开始出现大量探讨曹植情感特征的论文，代表着曹植研究的最新成就。

一　曹植情感世界研究

（一）生平创作状况

对曹植生平与创作的研究，是曹植情感特征研究的基础。在《三国志·魏书》中对曹植的生平就有简略的记载，自清代丁晏、朱绪曾以来，人们多加考述，其生平资料渐趋详备，尤其是 20 世纪以来，经过钟优民、徐公持、顾农、俞绍初、张可礼、木斋等学者的用力考论，曹植生平经历渐趋明晰。

1. 生平

对于曹植的生平经历，人们一般依据的是 1983 年张可礼的《三曹年谱》②、

---

① 裴斐：《诗缘情辨》，四川文艺出版社，1986，第 100 页。
② 张可礼编著《三曹年谱》，齐鲁书社，1983。

俞绍初的《曹植年谱》和江竹虚的《曹植年谱》①，其中江著晚出，除生平编年更加详尽外，还在谱前部分罗列了家世、家庭、宗族、姻戚、师友、政敌，在编年之后附录了诸家评论，相关资料搜罗甚丰。

对作家生平事迹考证做出重大贡献的是徐公持、木斋等先生。徐公持在创作《曹植生平八考》之后，又在《魏晋文学史》中，对曹植的生平与性格，结合夺嫡之争和曹植的前后期创作进行了具体论述。近年来，徐公持对曹植生平创作考证不断深入，有《曹植年谱汇考》问世，对诸多争议性的问题有精彩的辨析。此外，木斋师的《古诗十九首与建安诗歌研究》将《古诗十九首》大部分篇章的创作与曹植生平联系起来考证，全面细致地论析了曹植与甄后的恋情，曹植两次获罪的原因与经过，曹植与曹丕、曹叡的关系，曹植诗文集的结集等问题，得出了《古诗十九首》的创作多源于曹植与甄后爱情的结论。借助于史籍与诗文，木斋师关于曹植生平的论述形成了一个完整的逻辑链条，将曹植生平研究从部分学者根据片面史料进行臆测中解救出来，走上了考据为主、诗史互证的正途。木斋师的研究直接提出了一个亟待解决的问题，那就是我们需要重新认识曹植的爱情世界与亲情世界，与之相应，相关的诗文创作思想与艺术上的评判也必然改变。

2. 文本校注方面

赵幼文《曹植集校注》② 目前仍是最权威的校注本。在近二十年中不断有人对其献疑与补辑，使其不断趋于准确与完整。傅亚庶《三曹诗文全集译注》③ 中的曹植部分值得关注，该书"解析"部分对所有的诗文进行了评析，在论析的过程中注重了情感因素。

3. 作品所有权方面

对作品所有权问题的探讨是近年来曹植研究热点问题之一，其中有对窜入曹植集的其他人作品的辨析，也有对散逸于外的本应为曹植作品的认定与论析。比如在《北堂书钞所载〈今日良宴会〉应可确认为曹植之作》④ 中，

---

① 江竹虚:《曹植年谱》,台北:台湾商务印书馆,2013。
② （三国魏）曹植:《曹植集校注》,赵幼文校注,人民文学出版社,1984。
③ 傅亚庶注译《三曹诗文全集译注》,吉林文史出版社,1997。
④ 王清安:《北堂书钞所载〈今日良宴会〉应可确认为曹植之作》,《中国韵文学刊》2013年第 2 期。

台湾学者王清安认为，曹植的作品还应该包括《今日良宴会》一诗。而最引人注目的是木斋师提出的《古诗十九首》中大部分篇章以及部分托名苏李诗、乐府诗的作品，应为曹植所作。木斋师的这一系列观点大胆新颖，且考据详切，逻辑严密，引起了学界广泛关注，也为曹植情感研究大大地拓展了边界。"古诗作者为曹王说"被学术界遮蔽已久，此次经木斋师重新提出，立即引起诸多学人的争论。虽然到目前为止观点尚未统一，但由此而引起的研究热潮，已经有力地推动了曹植情感研究向前发展。

（二）作家思想情感研究

1. 作家的思想

对曹植思想的探讨，比较早的是钟优民。在《曹植新探》中，钟优民提出曹植思想具有儒家观念的认识得到了广泛认同。张可礼同样认为曹植诗文中包含的思想道德最主要的是传统儒家伦理道德。具体表现是："立德与立功相结合；德性与人性的统一；浓重的宗亲伦理情思；重信义轻利害。"[1] 张作耀先生认为曹植提倡"诗书礼乐以为治"，继承了"亲亲、贤贤"思想、"修君子之道"等尊孔尚儒思想。[2] 王巍认为曹植主张把道德修养放在首位，具有"忠孝仁爱的礼制观念"[3]。

同时，部分学者主张曹植具有"儒道互补"的人格，认为曹植是"以儒为主，以道补儒"[4]。此外，有学者认为，曹植思想中有道家思想、侠义思想的因素。这些主张并没有否定曹植以儒家思想为主的见解，而是在此基础上对曹植思想多样性进行进一步探讨。

2. 作家的情感

建安时期是文学自觉的时代，也是文人自觉的时代，曹植文学创作在"抒写性灵、歌唱情感"方面代表着建安文学的最高成就。1996 年孙明君先生就注意到曹植诗歌中情感的重要性，在《三曹与中国诗史》中单列一章讨论曹植诗歌的情感特征，他认为曹植诗歌的情感具有哀而且怨、怨而

① 张可礼：《曹植诗文蕴涵的道德内容》，《齐鲁学刊》2002 年第 5 期。
② 张作耀：《曹操评传》，南京大学出版社，2001。
③ 王巍：《曹氏父子与建安文学》，辽海出版社，2002。
④ 孙明君：《三曹与中国诗史》，商务印书馆，2013，第 206 页。

不怒、哀而不伤的特点。① 之后，对曹植文学中生命意识的探讨逐渐成为热点。

透过爱情书写呈现的女性观和文化意蕴也受到学者的关注。孙绿江认为曹植诗文中的女性形象有"臣妾意识"，"在对'香草美人'传统的继承中，曹植突破了仅仅把美人视为一种文化的符号或象征的局限，将其变为典型的艺术形象，使其神彩面貌与精神世界同时得到了充分的展现……在对'闺怨思妇'传统的继承中，曹植突破了单纯地对女性心理的描绘与表现，更专注于对自我感受的展示"②。

曹植在文学中开始认可友情书写的价值。日本学者吉川幸次郎说："在曹植之后，友情成为中国诗歌最为重要的主题，它所占有的地位，如同男女爱情之于西洋诗。这个主题的创始者就是曹植。换言之，是曹植发现了友情对于人生的价值。"③ 对于曹植诗赋中的友情，徐公持在《魏晋文学史》中特别拈出来加以分析，认为从曹植的相关诗赋中可以看出曹植"真诚的品格和对友情的重视"④。总的看来，在这一时期，曹植的友情诗开始受到重视，然而相对于其开拓性的地位，对曹植友情的研究还非常薄弱。

曹植是建安时期大力书写亲情的文人。有学者开始关注到曹植的家庭变故对其文学创作的影响。《曹植家庭变故考论》在考证了曹植的家庭变故之后得出结论："建安二十二年后，家庭的频繁变故使曹植更直接、更深切地感受到这种现实，曹植诗文也就更多'忧生之嗟'，这不仅是为备受曹丕父子迫害的生命担忧，同时，也是哀婉家人生命的无常。"⑤

曹植在诗文中表现的情感比较丰富，一心报国、建立功业的情感和报国无门、亲友离析的孤独也受到学者的特别关注。王巍在《曹氏父子与建安文学》中分析了曹植有关功名事业执着追求的诗文后，得出结论："这些诗歌，虽然表现的是个人的理想和志趣，但又不局限于个人的范畴，而

---

①　孙明君：《三曹与中国诗史》，商务印书馆，2013，第221～257页。

②　孙绿江：《曹植笔下女性形象的文化意义》，《社科纵横》2000年第2期。

③　〔日〕吉川幸次郎：《中国诗史》，章培恒等译，安徽文艺出版社，1986，第131页。

④　徐公持编著《魏晋文学史》，人民文学出版社，1999，第77页。

⑤　李洪亮：《曹植家庭变故考论》，《文学遗产》2011年第4期。

是表现了时代的潮流和趋向，因而具有强大的生命力。"① 在《孤独情绪——曹植作品中强烈兴发的人生感念》一文中，裴登峰认为在曹植的作品中充满孤独情绪，而孤独情绪产生的原因在于"首先是人生追求、理想、抱负与实际经历之间的相异。……其次是他具有'喜形于色'的外倾型气质，性格好动，喜欢大团圆，爱热闹，耐不住寂寞，要追求一种绸缪和乐的人际关系，并极重人伦中的种种亲密感情。……再次是形如囚犯，成为'圈牢之养物'，要他装聋做哑、不问世事的实际生活遭际使他陷入孤立无援、无依无靠的苦境。……还有他在将人生不永同自然永在的观照中体会出的人虽寄居于天地之间而不能同自然相始终的忧患"②。

由以上所列诸家在曹植情感研究中所取得的成就可以看出，学界对于曹植的思想，基本认为以儒家为主，同时对曹植思想中具有道家因素也予以认同。对于曹植文学中所体现的亲情、友情、孤独等情感研究已经进入学者的研究视野。特别是已经认识到曹植在友情文学发展史上的地位，提出"是曹植发现了友情对于人生的价值"。然而曹植成就更高的爱情书写，却一直没有得到应有的重视，对亲情、孤独等情感的研究也稍显薄弱。

二 曹植情感表达研究

（一）渊源

一般认为曹植抒情方式主要源于《诗经》和楚辞。早在南朝时期，钟嵘便指出曹植"其源出于《国风》"③，后世学者对此多有遵从。近年邢培顺将其细化为遵循了《诗经》的创作风格，守持《诗经》的创作传统，崇尚"中和"的情感表达原则，继承了《诗经》的诗歌意境，学习了《诗经》的比兴表达方法和章法、句法、语言。④

楚辞对曹植的影响同样明显。清代李重华的观点比较有代表性："屈宋《楚辞》而后，不应轻拟骚体，必欲拟者，曹植庶得近之。"⑤ 当代学者

---

① 王巍：《曹氏父子与建安文学》，辽海出版社，2011，第 388 页。
② 裴登峰：《孤独情绪——曹植作品中强烈兴发的人生感念》，《社科纵横》1996 年第 3 期，第 42 ~ 44 页。
③ （南朝梁）钟嵘：《诗品》，曹旭集注，上海古籍出版社，1994，第 97 页。
④ 邢培顺：《曹植文学研究》，博士学位论文，山东师范大学，2010，第 78 ~ 81 页。
⑤ （清）李重华：《贞一斋诗说》，四库未收书辑刊第 9 辑第 23 册，影印清乾隆十一年刻本。

吴相洲也认为，曹植之所以会在五言诗发展上取得如此之高的成就主要在于对屈原作品的继承。认为"曹植是汉乐府向文人抒情五言诗转化过程中贡献最大的人物。他之所以能完成这一使命，与他继承屈原的作品有着重要的关系。具体表现在两个方面：提高了情意的厚度，丰富了诗的辞采"①。同时，毛庆认为"同屈原一样，曹植的创作倾向是浪漫主义的，具体方法接近于表现主义并略带感伤色彩；作品结构讲求内在的、动态的艺术平衡；象征手法上直接承继了屈原的集中式象征，并将集中式与分散式象征创造性地结合起来；其作品总的语言风格是'丽'，其诗的用韵、声调也学习了屈骚的与情相配、起伏变化的特色，还有着独到的平叙仄结的特点。在整个魏晋南北朝诗人中，曹植对屈骚艺术的继承无疑是最杰出的"②。

（二）　曹植文学的情感表达

曹植诗赋研究一直是曹植研究的重中之重，刘跃进先生认为曹植的创作整体上具有"情兼雅怨"的特征，"'情兼雅怨'，实际蕴涵着曹植创作的'雅'与'怨'两种相辅相成的风格要素。雅与文，即文雅的风格，而怨与质则表现为质朴、通俗的特色"③。更多的论文则对曹植的诗歌与辞赋进行了分体研究。

1. 曹植诗歌的情感表达

曹植诗歌在诗歌史上的地位。早在南朝梁代，钟嵘就对曹植"骨气奇高，词彩华茂。情兼雅怨，体被文质"④ 的文学创作大加赞赏，将其誉为周孔、龙凤。此后对曹植在诗歌史上的地位认定虽偶有贬抑，但绝大多数学者认同其"建安之杰"的地位。《中国诗歌抒情品格的确立者——曹植》一文认为曹植诗歌结束了中国诗歌在言志、缘事、缘情之间的左右摇摆、徘徊游移，确立了中国诗歌的抒情品格。⑤ 该文专论诗歌，未涉及赋作，

---

① 吴相洲：《陈思情采源于骚——论曹植在实现汉乐府向文人抒情五言诗转化过程中对屈赋的继承》，《首都师范大学学报》（社会科学版）1998 年第 4 期，第 103～108 页。

② 毛庆：《一座里程碑——论曹植对屈骚艺术的继承及意义》，《江汉大学学报》（人文科学版）2003 年第 10 期。

③ 刘跃进：《曹植创作"情兼雅怨"说略》，《光明日报》2006 年 1 月 27 日，第 8 版。

④ （南朝梁）钟嵘：《诗品》，曹旭集注，上海古籍出版社，1994，第 97 页。

⑤ 傅正义：《中国诗歌抒情品格的确立者——曹植》，《重庆工商大学学报》（社会科学版）2007 年第 5 期。

且限于篇幅并未细致探讨曹植具体在各类情感表达中的贡献。

曹植诗歌的主题与题材。蒋寅先生认为中国诗歌的许多基本主题在曹植的创作中萌生。① 对于曹植诗歌的主题研究，女性、游仙、游侠一直是人们关注的热点。

女性题材诗歌方面。木斋师从诗歌流变的角度对曹植后期的女性题材写作进行研究，认为其特点是"凝练、抒情，实现了由男子视角客观摹写到女性视角主观抒情的转型"②。王萍在博士学位论文《曹植研究》③ 中专列一章探讨曹植五言诗中的女性题材写作。文章分析了曹植前后两期女性题材诗歌创作的演进，并且探讨了其中女性视角之转换，深入分析了曹植"男子作闺音"作品兴起的原因及其中隐含的"怨情"。

游仙诗方面。自钟优民《曹植新探》将游仙诗加以重点分析以来，曹植游仙诗便成为广受关注的题材。近期游仙诗研究的主要趋向是将游仙诗与曹植特殊的人生经历、人生理想结合起来，论述其中蕴含的情感特征。郭真义的《曹植游仙诗的艺术寄托》认为曹植的游仙诗总体而言意在咏怀而非求仙。诗人在游仙诗中所寄托的，主要是其对自由的渴望、孤苦无依的情怀和强烈的功业意识。④

游侠诗方面，有的学者将游侠诗与情感表达联系起来，认为曹植的《白马篇》"对传统的侠义伦理、侠的人生价值取向进行了改造和规范，树立起了一个经典化的侠意象，为封建社会中的不遇文人找到了一种新的情感宣泄模式"⑤。此外，游宴诗与曹植的友情、亲情相关，是快乐情绪的重要载体，近年来游宴诗的成就引起了学者注意。木斋师在《古诗十九首与建安诗歌研究》中结合西园之游探讨曹植等人游宴诗的特殊意义，点出"游宴诗具有从两汉空泛言志诗向具体场景写作的转型意义，而诗人们一旦离开游宴的环境，而走向社会，就会发现一片广袤的原野，发现一个蔚蓝的天空，发现人生社会，有许许多多的具体场景值得写作，发现这众多

① 蒋寅：《主题史和心态史上的曹植》，《西北大学学报》（哲学社会科学版）2010 年第 1 期。
② 木斋：《试论曹植与古诗十九首的女性题材写作——兼论〈青青河畔草〉的作者和写作背景》，《新疆大学学报》（哲学·人文社会科学汉文版）2006 年第 7 期。
③ 王萍：《曹植研究》，博士学位论文，陕西师范大学，2012。
④ 郭真义：《曹植游仙诗的艺术寄托》，《广州大学学报》（综合版）2000 年第 6 期。
⑤ 贾立国：《曹植〈白马篇〉的侠文化解读》，《广西社会科学》2008 年第 1 期。

具体场景，拥有着许多耐人寻味的美学含义"①。

最后，还值得注意的是，在曹植诗歌研究中邓小军先生对曹植政治抒情诗的研究，邓小军认为曹植"创造性地采用了多种的微言艺术手段，包括诘问、反语、影射，以揭示被政治谎言掩盖的事实真相，不愧为五七言微言政治抒情诗的原始典范。曹植微言诗的意义在于……把谎言掩盖的事实真相，自己的真情实感，告诉天下后世"②。

2. 曹植赋的情感表达

曹植赋研究相对于曹植诗歌比较薄弱，主要原因是曹植赋虽然代表了建安时期赋作的最高成就，但在艺术上更多地属于渐变。相比之下，曹植诗歌处于五言、四言转换和诗歌由叙事传统向抒情传统转换的关键时期，因而受到更多的关注。事实上，曹植赋在赋文体缘情发展上的地位同样重要，徐公持在《魏晋文学史》中认为，曹植辞赋的主要贡献"就是在两汉体物大赋向魏晋抒情小赋的转变过程中起了主力作用"③。曹植赋作"题材最广，抒情性最强，艺术价值亦最高"④。

曹植赋的渊源与影响。近年来对曹植赋渊源的探讨开始细化。《论曹植的拟赋及其创作历程》认为曹植赋的模拟可分为三个阶段：模拟汉大赋阶段，模拟庄骚之辞阶段，模拟整合阶段。⑤ 在影响方面，杨娟、冷卫国《曹植赋在魏晋南北朝的接受状况》一文认为"在建安第一代读者群那里曹植的辞赋基本上还是被推崇的，到了曹丕《典论·论文》时，曹植赋的接受开始出现转折，人们对于曹植作品的接受就侧重在诗歌上了！"⑥

曹植赋的艺术成就方面。对于曹植赋整体的艺术成就，也有了更为细致的探讨。《曹植辞赋艺术特征简论》一文从情绪特点与抒情方式入手，认为曹植辞赋具有"以纤小为美、以阴柔为美、以哀怨为美的美学风格"、"个性

①　木斋：《古诗十九首与建安诗歌研究》，人民出版社，2009，第 121～134 页。

②　邓小军：《魏晋宋微言政治抒情诗之演进　以曹植、阮籍、陶渊明为中心》，《中国文化》2010 年第 2 期。

③　徐公持编著《魏晋文学史》，人民文学出版社，1999，第 95 页。

④　徐公持编著《魏晋文学史》，人民文学出版社，1999，第 95 页。

⑤　陈恩维：《论曹植的拟赋及其创作历程》，《苏州大学学报》（哲学社会科学版）2004 年第 6 期。

⑥　杨娟、冷卫国：《曹植赋在魏晋南北朝的接受状况》，《中国海洋大学学报》（社会科学版）2008 年第 1 期。

鲜明，动人心魄的抒情方式"以及"华美生动的语言，自由活泼的形式"。①

在曹植辞赋研究中，《洛神赋》仍然最受关注，而其中宓妃的原型在近期引起了广泛的争论。傅刚先生在《曹植与甄妃的学术公案——〈文选·洛神赋〉李善注辨析》中探讨了曹植《洛神赋》对洛神原型的袭用与改造及其背后之意义，认为曹植与甄后的爱情是后人附会的结果。② 而与此同时，认为曹植、甄后之间存在爱情，甄后就是洛神原型的学者明显增多，木斋先生是其中最重要的代表。③ 此外，江晓辉分析了曹植对洛神原型的袭用及改造之处，以及其背后的意义，并与"感甄说"和"寄心文帝说"作比照，发现其所袭用及改造之处，正呼应甄后的生平和性格特征，更符合"感甄说"，④ 从而证明宓妃的原型是甄后更为合理。

王德华跳出宓妃原型的争论探讨了曹植《洛神赋》的价值。《恨人神之道殊　申礼防以自持——曹植〈洛神赋〉解读》一文认为"不论是女性与男性都大胆表示与接受异性的爱悦，这应是个体生命情感觉醒的集中体现。尤其是其中反映出的生命爱悦的兴发与迫于礼防的压抑的对峙，也更为真切地再现了个体生命的觉醒以及这一觉醒因内外诸多因素而不能实现的生命苦闷"⑤。

3. 情感理论

除文学创作之外，曹植的文学思想在文学批评史上也应有一席之地，其中就包括情感理论。朱丽的《曹植文学思想研究》从曹植所处汉魏易代之际的政治、文学思潮着手，结合其生平际遇进行分析，对曹植文学思想的形成以及理论建树等方面进行了分析、梳理和阐述。⑥ 朱丽认为曹植的文学功用观主要在于"曹植继承了汉代之前文学经世致用的传统，并把其

---

① 崔军红：《曹植辞赋艺术特征简论》，《殷都学刊》2000 年第 1 期。
② 傅刚：《曹植与甄妃的学术公案——〈文选·洛神赋〉李善注辨析》，《中国典籍与文化》2010 年第 1 期。
③ 木斋：《论〈洛神赋〉为曹植辩诬之作》，《山西大学学报》（哲学社会科学版）2010 年第 1 期。
④ 江晓辉：《曹植〈洛神赋〉对洛神原型的袭用与改造及其背后之意义》，《中国韵文学刊》2013 年第 3 期。
⑤ 王德华：《恨人神之道殊　申礼防以自持——曹植〈洛神赋〉解读》，《古典文学知识》2013 年第 2 期。
⑥ 朱丽：《曹植文学思想研究》，博士学位论文，辽宁大学，2013。

提高到治国的地位，但他并不以此作为衡量文学功用的唯一标准，他还强调了文学对于个人宣泄情感、娱悦耳目的功用"①。在对文学艺术特质的认识方面，曹植提出了"慕丽"的主张，同时"提出了'雅好慷慨'的理论主张，主张文学抒发强烈的情感"。②

曹植的文学思想属于魏晋文学批评的重要组成部分，在当时产生了积极的影响，尤其是文学对强烈情感的抒发的主张，直接影响了建安文学的风貌。

综观曹植诗赋缘情研究，到目前为止已经取得了一些成就，其中既有宏观把握，也不乏微观剖析，研究者的研究视野不断扩大，存在的问题得到深入开掘，曹植研究呈现新的气象。同时，尽管曹植研究不断深入，仍有一些传统问题没有得到解决，新的问题却开始不断涌现。

首先，曹植的诗赋缘情的渊源变得不再天经地义。汉乐府与《古诗十九首》向来被认为对曹植的诗歌创作有莫大的影响，而随着宇文所安的追问，特别是木斋师的考证，对这一传统的认知开始不再具有自明性。与之相关，一些尘封已久的臆测结论开始受到质疑，提出了一些学术界不得不回答的问题，预示着更大的繁荣即将到来。

其次，曹植的生平经历、与甄后的爱情等重要问题仍然存在争论，曹植部分作品创作年代、意蕴模糊不清。曹植研究困境颇多，由于史料匮乏，部分史料的记载又相互矛盾，有些相关史料故意使用曲笔，致使曹植生平经历、文学创作中存在大量争议，许多学者各执一词，互不相让。对曹植情感的认识不统一，需要我们对史料加以辨析，把曹植还原到当时的历史环境中，把其文学创作还原到流变的过程中，以整体性和逻辑性加以考量，方有可能拨开迷雾，接近真相。

最后，在近期的曹植研究中，抒情性成为诸多学者关注的热点。建安文学时期是文的觉醒和人的觉醒的重要时期，对于"建安之杰"曹植的情感状况、情感的表达方式还缺乏整体性的研究，对于其在亲情主题、爱情主题、友情主题中的贡献还没有足够的认识，对于曹植文学中的情绪特征缺乏深入的探讨，其缘何情而成为建安之杰，以及缘情之后诗赋创作上表现出的风貌与价值，成为今后曹植文学研究需要进一步丰富和深入之处。

---

① 朱丽：《曹植文学思想研究》，博士学位论文，辽宁大学，2013。
② 朱丽：《曹植文学思想研究》，博士学位论文，辽宁大学，2013。

| 第一章 |

先秦至汉代士人的诗赋缘情

第一节 先秦情感表达概况

先秦时期情感受到的约束较少，因而热烈奔放，且以自然状态呈现。以爱情为例，《周礼》中记载"中春之月，令会男女，于是时也，奔者不禁"①，"会男女"鼓励私奔并以礼俗的形式被确定下来，说明当时自由追逐爱情的情况很多。先秦时期被记录下来的爱情较少，形诸歌咏的主要是《诗经》，其中对爱情的描写充满了节制，实际是对奔放情感的引导。比如《诗经·溱洧》本应为轰轰烈烈的男女约会，撷取的却是男女之间含情脉脉的试探言语。在《诗经》中，除了直刺时弊的部分诗作，很少写作者的姓名。指刺时弊显然是与政治相关，属于言志的范畴。同时，《诗经》中"女""士"的称谓使诗歌明确具有抒发共同情感的倾向，有借此启蒙和教化大众的意图。可见，《诗经》自其诞生之日起，便不是为了个人的抒情，而是具有启蒙教化、文化习俗传承、劝诫的功利性目的。

楚地比中原自由浪漫，诗歌言情深入人心，战国的"楚墓竹简"便有文不隐情的明确记载，"诗亡（毋）隐志，乐亡（毋）隐情，文亡（毋）隐意"②。情感的抒发为楚辞特征之一，刘勰清晰地指出了这一特点："《离骚》《九章》，朗丽以哀志；《九歌》《九辩》，绮靡以伤情。"③ 楚辞集中抒

---

① （清）孙诒让：《周礼正义》，中华书局，1987，第 1040 页。
② 上海博物馆：《战国楚竹书读本》，北京大学出版社，2009，第 5 页。
③ （南朝梁）刘勰：《文心雕龙校证》，王利器校笺，上海古籍出版社，1980，第 28 页。

发的个人情感是"士不遇",志不遂的忧伤属于言志范畴,此外的情感较少涉及。而《九歌》中关于爱情的描写,一般认为是祭祀鬼神之歌。王逸在《楚辞章句》说:"昔楚国南郢之邑,沅、湘之间,其俗信巫而好祠。其祠,必作歌乐鼓舞以乐诸神。屈原……出见俗人祭祀之礼,歌舞之乐,其词鄙陋。因为作《九歌》之曲。"①《九歌》是屈原代人抒情,是祭神之曲这种观点受到后世多数学者的认同。由此,屈原诗赋中的爱情书写与屈原自己的爱情便拉开了距离。

《诗经》的文本创作表达了作者的自然情感,此后的整理与解读却是愈来愈远离对情感自然抒发的体认。实际上从《诗经》的搜集整理开始,对《诗经》情感的异化就开始了。《诗经》产生主要有"采诗""献诗"二说。"孟春之月,群居者将散,行人振木铎徇于路,以采诗,献之大师,比其音律,以闻于天子。"② 天子搜集诗歌,主要目的绝非享乐,有史为证,《国语·晋语六》载范文子语:"吾闻古之王者,政德既成,又听于民,于是乎使工诵谏于朝,在列者献诗,使勿兜;风听胪言于市,辨妖祥于谣。"③ 所谓的民间之谣与在列者献诗,都是与听民德政相关。"故天子听政,使公卿至于列士献诗;瞽献曲,史献书,师箴,瞍赋,蒙诵,百工谏,庶人传语,近臣尽规,亲戚补察,瞽史教诲,耆艾修之,而后王斟酌焉,是以事行而不悖。"④ 献诗的原因是"天子听政",结果是"事行而不悖",毫无疑问把主流情感限定为与国家政事相关,而对文本情感的解读也必然向这一中心靠拢。

《诗经》的应用更加剧了这一趋势,春秋时期《诗经》便进入朝廷话语系统,成为外交辞令的重要来源。《汉书·艺文志》中谈道:"'不歌而诵谓之赋,登高能赋可以为大夫。'言感物造端,材知深美,可与图事,故可以为列大夫也。古者诸侯卿大夫交接邻国,以微言相感,当揖让之时,必称《诗》以谕其志,盖以别贤不肖而观盛衰焉。故孔子曰'不学《诗》,无以言'也。"登高能赋可以为大夫,便把诗歌引入应用层面,而

---

① (清)洪兴祖:《楚辞补注》,中华书局,1983,第 55 页。
② (汉)班固:《汉书》,中华书局,1962,第 1123 页。
③ 徐元诰:《国语集解》,中华书局,2002,第 387 页。
④ 徐元诰:《国语集解》,中华书局,2002,第 11 页。

且与具有大夫资格这样重要的选官标准相连，因此《诗经》在士阶层快速普及。这种普及是以牺牲《诗经》原有的情感内涵为代价的。比如晋平公拘禁卫献公，子展劝谏时便用《国风·郑风·将仲子》表达卫献公虽有过错，但晋平公的行为也会引起非议的见解。而诗歌毫无疑问原本写的是爱情。齐姜劝谏重耳回国争位，吟咏了"山有榛，隰有苓。云谁之思？西方美人。彼美人兮，西方之人兮"。《邶风·简兮》一诗本写女子对舞师的慕悦与相思，却被用来讽谏重耳不要贪图安逸。

秦代制定了严苛的法律来阻断《诗经》在普通人中的传播。李斯于始皇三十四年上书秦始皇请求禁断《诗经》等书籍，得到了秦始皇的批准，"'臣请诸有文学《诗》、《书》百家语者，蠲除去之。令到满三十日弗去，黥为城旦。所不去者，医药卜筮种树之书。若有欲学者，以吏为师。'始皇可其议，收去《诗》、《书》百家之语以愚百姓，使天下无以古非今"①。这一灭弃文化的政策的执行后果是秦亡之后，汉初的文化恢复经历了一个漫长而又艰辛的过程。《汉书·惠帝纪》："三月甲子，皇帝冠，赦天下。省法令妨吏民者；除挟书律。"颜师古注引张晏曰："秦律敢有挟书者族。"《新唐书·儒学传下》："至汉兴，划挟书令，则儒者肆然讲授，经典浸兴。"汉代，《诗经》等很多文学经典是经过官方搜集整理之后才日趋完备的，因此，《诗经》对汉代的影响具有浓重的官方性质，《诗经》的经典化，更加强了这一趋势，从而将诗赋创作的作者限定在很小的范围之内。《诗经》自产生之日起便具有朝廷交际工具以及教化目的等应用特征，使后世对《诗经》情感表达的理解以及诗歌创作中的情感表达都受到了限制。

第二节　西汉初期诗赋缘情概况

西汉初②情感尚未被儒学约束，比较自由。汉高祖时期"群臣饮酒争功，醉或妄呼，拔剑击柱"。③连大臣在皇帝面前都可以呼喝击柱，发泄自身的情绪，其他场合，其他人群的情况可想而知。这种现象虽然在经叔孙

---

① （汉）司马迁：《史记》，中华书局，1959，第 2546 页。
② 西汉初期，时间断限为公元前 202 年至公元前 140 年汉武帝登基共计 62 年。
③ （汉）司马迁：《史记》，中华书局，1959，第 2722 页。

通定朝仪后大有改观，然而士人情感受到儒学的普遍约束，要等到汉武帝时期。

一 西汉初诗赋缘情内容

1. 西汉初诗歌的感情表达

西汉初诗歌创作极为萧条，士人很少以诗来抒发个人情感，具体情感主题列表如表 1。①

表 1 西汉初诗歌情感主题

序号	体裁	作者	作品	情感主题
1	楚歌体	刘邦	《大风歌》	击破叛军后的志得意满和对守江山的忧惧
2	楚歌体	刘邦	《鸿鹄歌》	病重无法易太子的无奈
3	楚歌体	项羽	《垓下歌》	被围自知大势已去，无可挽回后的慷慨悲歌
4	楚歌体	唐山夫人	《安世房中歌》	赞孝与德之美
5	四言体	四皓	《采芝操》	遭世暗昧退而歌隐居的无奈
6	楚歌体	枚乘	《麦秀歌》	雉飞之歌
7	楚歌体	刘友	《幽歌》	被幽禁后的愤懑与自怜
8	四言体	刘章	《耕田歌》	愤刘氏不得职，借歌谏吕太后注意皇室血统
9	五言体	戚夫人	《春歌》	被囚后的无奈与忧伤
10	五言体	班婕妤	《怨歌行》	咏物言情。借秋扇喻嫔妃受帝王宠终不免遭遗弃的悲哀
11	四言体	韦孟	《讽谏诗》	对楚王荒淫的讽谏
12	四言体	韦孟	《在邹诗》	因讽谏去位的感慨

据表 1 统计，诗歌作者中真正属于士阶层的仅有四皓、韦孟和枚乘。其中四皓所著《采芝操》主要是作为隐居之士的代表，写遭世暗昧退而歌隐居的无奈，对高洁之志的坚守，对唐虞之世的向往。内容虽合乎身份，然而一般认为是后人伪托之作。"先秦两汉琴曲歌辞，以中国古代琴文化为存在的条件，是运用古体，托名古人（或者当世名人），配合古琴演奏

---

① 本书诗赋统计参考赵敏俐《中国诗歌通史·汉代卷》中内容并根据逯钦立辑校撰《先秦汉魏晋南北朝诗》、赵幼文校注《曹植集校注》、费振刚等校注《全汉赋》、龚克昌等评注《全汉赋评注》、俞绍初辑校《建安七子集》、傅亚庶译注《三曹诗文全集译注》续补。

而产生的一种诗乐相结合的艺术形式。"① 由此可见,《采芝操》多半为托名古人之作。真正以诗歌表达自身思想情感的是汉初士人韦孟。韦孟《讽谏诗》《在邹诗》创作的背景是"为楚元王傅,傅子夷王及孙王戊,戊荒淫不遵道,孟作诗风谏。后遂去位,徙家于邹"②。韦孟借诗歌表达因讽谏去位的感慨,其中有对朝廷的感恩,对家乡的思念以及对邹鲁尊孔崇礼之习的赞美,抒发思恋楚王之情。韦孟作诗出发点为对朝廷的忠诚与对楚王的劝谏,诗中少有自己非政治情感的深层流露。因此刘勰《文心雕龙·明诗》论曰:"汉初四言,韦孟首唱,匡谏之义,继轨周人。"沈德潜《古诗源》认为:"肃肃穆穆,汉诗中有此拙重之作,去变雅未远。"韦孟为楚王三代之傅,《讽谏诗》对楚王荒淫的讽谏,抒发的是政治情感。韦孟《在邹诗》因讽谏去位的感慨在抒情方面比较有代表性,诗作以四言形式写成,其情感与家国教化相关,因此诗不是个人情绪勃发后的创作。另外,"继轨周人"的韦孟也为三代楚王傅,与王室有莫大的干系。楚歌《雉朝飞之歌》的作者是梁孝王宾客枚乘。《雉朝飞之歌》为赋中人物所唱,有代言的性质,其内容为"麦秀蕲兮雉朝飞,向虚壑兮背槁槐,依绝区兮临回溪",是《七发》中拟代伯牙而作,意在展示音乐之悲,传递了一种哀伤的情绪,并非表达自身的情感。

西汉初年,在诗歌创作上缘情而发的作家主体是皇帝与贵戚。开国皇帝汉高祖刘邦的《大风歌》是在平定英布叛乱,过沛县,与故人一同饮酒,酒酣耳热时击筑而歌。在"大风起兮云飞扬"的阔大之境下,"威加海内兮归故乡"是一统天下后又击破叛军衣锦还乡时的志得意满,而"安得猛士兮守四方"是在韩信、彭越、英布相继谋反后对守江山充满的忧惧。高祖还乡后高歌大风的环境是"悉召故人父老子弟纵酒",其宣泄的是贵为天子的刘邦在家乡父老面前自然流露的得意与忧伤,其情真挚,以至于"慷慨伤怀,泣数行下",情感基调呈现乐往哀来之境。汉高祖的《鸿鹄歌》抒一己之情,刘邦当时知道已经无法按照自己的意愿更立太子,面对善舞的宠姬戚夫人时无可奈何而歌,其主要目的除了向戚夫人说明形势所迫,已经无法让赵王如意替代太子,更重要的是传递一种无奈的情

---

① 赵敏俐:《先秦两汉琴曲歌辞研究》,《文学遗产》2010 年第 2 期。
② (汉)班固:《汉书》卷七三,中华书局,1962。

绪，一种帝王也无法左右既定形势的悲愁，因此在"当可奈何"的感叹之外，又以"虽有矰缴，尚安所施"加以强调！

赵王刘友的《幽歌》则出自被幽禁后的愤懑与自怜。据《史记·吕太后本纪》记载，赵王被囚禁后，"赵王饿，乃歌曰：'诸吕用事兮刘氏危，迫胁王侯兮强授我妃。我妃既妒兮诬我以恶，谗女乱国兮上曾不寤。我无忠臣兮何故弃国？自决中野兮苍天举直！于嗟不可悔兮宁蚤自财。为王而饿死兮谁者怜之！吕氏绝理兮托天报仇。'"歌中充满了委屈："迫胁王侯兮彊授我妃""我妃既妒兮诬我以恶"，哀伤"为王而饿死兮谁者怜之"。刘友的《幽歌》完全是临死的哀歌，是愤懑情绪的喷薄而出。

以上楚歌承继楚辞余绪，作者主要有汉高祖刘邦、赵王刘友、戚夫人。刘邦并非好学之人，他"不事家人生产作业。及壮，试为吏，为泗水亭长，廷中吏无所不狎侮，好酒及色"①。汉高祖不喜儒生，曾经尿溺儒冠，刘友、戚夫人亦非以文学见长，与帝王贵戚接触较多的诗歌仅是宫廷宴乐中的歌舞。由此可见，汉初所存诗歌作者并不需要太多的知识积累，主要是表达一种激烈的情绪。"激情是一种强烈的、爆发性的、短暂的情绪状态。如欣喜若狂、惊恐万状、悲痛欲绝等都是激情的不同表现。激情通常是由对个人重大意义的事件引起的。如莫大的羞辱、巨大的成功等。"②汉初楚歌更像是在激情状态下的自然宣泄，其出发点与归宿均为情。

现代心理学认为，"情绪是指与人的需要（包括生理性需要和社会性需要）相联系的，具有特定主观体验、生理唤醒和外部表现的心理活动的整体过程。……情绪具有较大的情景性、冲动性和暂时性，往往随着情景的改变和需要的满足而减弱或消失，情绪代表了感情的种系发展的原始方面"③。汉初的创作基本为情绪郁积催迫，喷薄而出，表明此时抒发个人情感的诗歌处于偶发状态。

亲情方面，最初被记录下来的是西汉初皇亲贵戚的诗歌。汉代的亲情文学除去可以归入爱情类的夫妻之情文学，在诗赋中最先表达亲情的便是

① （汉）司马迁：《史记·高祖本纪》，中华书局，1959。
② 张履祥：《普通心理学》，安徽大学出版社，2002，第 307 页。
③ 张履祥：《普通心理学》，安徽大学出版社，2002，第 302 页。

戚夫人的《春歌》："子为王。母为虏。终日春薄暮。常与死为伍。相离三千里。当谁使告汝。"写出了一个母亲被囚后的悲苦命运和无奈，此时她最想得到儿子的帮助，最惦念和担忧的也是儿子，可是却与子分离，难通音讯。对命运不公的感叹，对亲人的思念、忧伤极富感染力。唐山夫人《安世房中歌》亦与血缘之爱有关，由于是祭祖之歌，极尽对孝歌颂之能事，"乃立祖庙，敬明尊亲。大矣孝熙，四极爱辖"。"皇帝孝德，福音天下。"《安世房中歌》为楚歌体，却非直抒其情，具有雅诗的风味，被钟惺评价为："女人诗足带妖媚，唐山典奥古严，专降服文章中一等韵士，效庙大文出自闺阁，使人惭服。"① 《安世房中歌》属于应制，有用于祭祖的明确用途，现实的功利作用多于情感。

城阳王刘章的《耕田歌》则是行酒令时所歌，理智大于情感，言志大于缘情，在诸吕掌权之际，借行酒令之机唱出"深耕概种，立苗欲疏。非其种者，锄而去之"。全用隐喻表达铲除诸吕的决心，内容主要是借耕田时对秧苗的去与留，表达自己对刘氏不得志的愤恨，借歌谏吕太后注意皇室血统，表明维护刘氏血统之志，兼具告诫与明志之用。此类诗歌中的情感极为收敛，并不以抒发个人情感为务。

2. 西汉初赋的情感表达

西汉初文人用力更多的是赋作。与此同时，皇亲贵戚却很少涉足这一领域。

根据《汉书·艺文志》记载，王侯中在汉初仅有淮南王刘安有赋作传世，其余均为士人。从题材上看，存世最多的是咏物赋。顾实将赋分为"屈原赋之属，盖主抒情者"、"陆贾赋之属，盖主说辞者"与"荀卿赋之属，盖主效物者"三类。按照顾实的说法，汉初赋起始便是"抒情"，其次才是"效物"与"说辞"，三者相较，"效物"之赋创作者最多。

咏物：孔子在《论语》中曾论诗之用："诗，可以兴，可以观，可以群，可以怨。迩之事父，远之事君；多识于鸟兽草木之名。"其中，"多识于鸟兽草木之名"表明中国文学本有记物的传统，加之孔子的提倡，以文学记物的认识对后代的影响被延续下来。同时，《荀子·赋篇》对汉代咏

① 钟惺：《名媛诗归》。

物赋起到了垂范之用。汉初咏物赋基本模式是写物的材料、制作，成品的作用，表达对物的赞美喜爱之情。

在咏物赋中亦有明显寄寓自身情感的，其情感大多表现的是赞美与喜悦。比如《酒赋》赞美酒与君赐酒的美好；公孙乘《月赋》颂月与月下梁王同文士之欢会；路乔如《鹤赋》借赞美鹤含蓄赞梁王；孔臧《杨柳赋》赞美巨大的杨柳为友朋欢会提供荫蔽；公孙诡《文鹿赋》以文鹿自喻，喜得遇明君；刘安《屏风赋》以屏风为喻写自己得遇仁人。以上赋作咏物中融入了自我的喜悦，然而自我情感在其中所占比例极小。

咏事：汉初咏事的赋作内容非常驳杂。枚乘《临霸池远诀赋》虽然仅存目，可其题目中有"远诀"二字，其内容应为送别。贾谊《鹏鸟赋》借鹏鸟引入对生命的思考，以道家思想宽解。枚乘《梁王菟园赋》赞菟园之美的同时抒发了游玩的欢乐（整体观照淡化自我）。贾谊《旱云赋》写干旱的肆虐，在批评政治失中的同时，表达了对百姓深切的同情。《鵩赋》借鵩集屋隅，作者主张修德以应，并听天任命。此类赋作虚构较少，体现了汉初赋文体不尚夸饰的特点，是由现实事件引出自我或喜或忧的情感。

抒情：汉初真正在赋作中对自己失意于时的情感进行抒发的是贾谊。贾谊少年成名，在度过了一段春风得意的时光后，遭到打击和排挤，忧伤促成了他的创作，"不左迁失志，则文彩不发"[1]。贾谊自言："意不自得"，"及度湘水，为赋以吊屈原"。[2] 他"借古伤己"，继承楚辞遗绪。所吊屈原，能看到贾生的影子。《吊屈原赋》序中明言"谊追伤之，因自喻"。赋作以"俟罪长沙"开篇，将自己拉入了与屈原相同的情境，"遭世罔极兮"，"逢时不祥"，"鸾凤伏窜兮，鸱枭翱翔"，遂感叹"国其莫我知兮，独壹郁其谁语"，《吊屈原赋》成为借他人酒杯浇自己块垒之文。

二　西汉初诗赋缘情的特征

首先，汉初作者在诗赋作品中尚未形成一个完整的情感世界。根据《汉书·艺文志》记载：赵幽王赋一篇，庄夫子赋二十四篇，贾谊赋七篇，

---

① 桓谭：《新论》卷三。
② （汉）司马迁：《史记·贾生列传》，中华书局，1959。

枚乘赋九篇，淮南王赋八十二篇，淮南王群臣赋四十四篇，太常蓼侯孔臧赋二十篇。淮南王刘安与门客作品最多，彬彬之盛应能与梁园相媲美。因刘安反叛，其赋禁止在社会中流传，所失甚多。所流传下来的数篇作品，仅涉及延揽人才、咏物等题材，按照文学汰粗存精的规律，淮南王似乎不应有过多抒发个人情感的艺术佳作。据统计，汉初作家流传下来的诗赋作品数量分别为：贾谊赋五篇、枚乘赋五篇、邹阳赋二篇、刘安赋二篇、孔臧赋四篇。其情感包括失志的悲伤，如贾谊《吊屈原赋》；包括对物美的赞扬，在咏物中包含着比德与自喻。同时在赋作中出现了对宴饮欢乐的抒发、对离别情绪的宣泄、对生命的感悟。从情感类别看，汉初仅有亲情诗而无亲情赋，作者仅有戚夫人、唐山夫人、刘章三位皇亲贵戚。与人生自我实现相关的情感之作在汉初相对较多，具有代表性的有刘邦的得意之歌——《大风歌》、贾谊的失志之赋——《吊屈原赋》。汉初文人诗赋中尚没有爱情、亲情主题，友情主题融入宴饮赋作中偶有表现。汉代以孝治天下，汉初即提倡孝道，却没有一篇士人文学作品歌咏亲情，可见利用诗赋进行情感表达在汉初并未被士人普遍提倡与认可。

其次，情感作为诗赋创作的动力所起的作用并不相同。情感在楚歌体创作中是绝对的主导，情感表达、情绪宣泄成为创作最重要的原因，有的诗歌甚至是唯一原因。而在赋体中，情感和认识各擅胜场。贾谊赋中虽感伤自我命运，却不得不以吊屈原为名义，《鹏鸟赋》同样需借鹏鸟入宅表达自我的情志，从中可以看出，贾谊表达的是对生死的认识与思考，对其他情感的表达极为节制，同时，由于早期赋作者多为文学侍从，咏物赋更多源于应制，以表达对事物的认识为主。情感尤其是作者自我的情感体验偶尔从咏物中渗出，却淹没在集体的情感叙述之中，难觅其踪。

再次，情感直露与内敛含蓄并存。汉初诗赋在情感表达上均存在直露与含蓄并存的情况。从作者角度来看，帝王贵戚的情感表达是直露的。而从文体上看，以楚歌体创作的诗歌均为直露的，四言体诗歌创作中，此时十分拘谨。从中可以看出，"诗三百"在被列为经书之前，由于一贯的用诗传统和孔子的推崇，有了教化的意味。而汉初赋的创作特征是由直露到蕴藉的转换。贾谊借凭吊屈原抒发自我的失意之情并没有得到众多响应，表明这种个人情感的抒发是不合时宜的，是偶发现象。

最后，西汉初诗歌的情感基调是哀伤。汉初除了《安世房中歌》这样的祭祖的诗歌，尚未有一首诗歌表达了纯粹的欢乐。就连刘邦志得意满衣锦还乡后的《大风歌》，也透露着对守江山难、忠心猛士难得的悲慨。可见，汉初诗歌以哀伤为主。

第三节　汉武帝至汉桓帝时期诗赋缘情概况

一　儒家思想对情感的压抑

汉代思想统治至武帝时期发生明显的变化，葛兆光先生明确指出："自汉武帝建元六年（前135）以后，儒学渐渐进入思想世界的中心，也逐步渗透了普通人的意识与生活。阴阳配性情，五行配五常，以天人相应为理论，凸显君主权威，并建立相应制度与法律的儒家也从此改变了先秦儒学象征主义与人本主义的性质与路向。"①　"由于知识阶层进入上层建筑，人文精神的教育系统与管理知识的教育系统逐渐并轨，道德教育与技术教育、人格培养与官吏选拔逐渐合一，知识与权力之间不再有过去的紧张与对抗，相反知识阶层与官僚系统合二为一之后，逐渐消解了知识与精神的独立性立场。"②　儒学进入思想世界的中心，意味着其不再仅仅是少数儒者的信仰，而是成为可以应用于并影响整个社会的思想，士人知识与精神的独立立场丧失，使知识阶层主动接纳政统，主动以儒学规范自己的日常生活。

汉武帝之后汉桓帝之前的汉代皇帝多对儒学加以大力提倡，东汉之初，甚至连武将都有儒者气，赵翼在《廿二史札记》卷四"东汉功臣多近儒"条说："东汉中兴，则诸将帅皆有儒者气象。"光武好儒，上行下效，"光武诸功臣，大半多习儒术，与光武意气相孚合。盖一时之兴，其君与臣本皆一气所钟，故性情嗜好之相近，有不期然而然者，所谓有是君即有是臣也"。③　汉代自元光元年（前134）始，主要实行察举制以选官。察举

① 葛兆光：《中国思想史》，复旦大学出版社，1997，第386页。
② 葛兆光：《中国思想史》，复旦大学出版社，1997，第380页。
③ （清）赵翼：《廿二史札记校证》卷四，王树民校证，中华书局，1984。

制度"贤良、方正、文学三科性质相同，然欲举学士对策却冠之以'贤良'、'方正'之名，强调德行之意亦昭然可见"。阎步克先生同时引用《盐铁论·褒贤》"文学高行，矫然若不可卷，盛节洁言，皭然若不可涅"，得出"汉时之'文学'，也是特别地以德行自励而见之于世"的结论。① 察举制度对德行的推崇直接影响了汉代士人的情感认知，也就是崇尚德行，以盛节洁言自立于世，因而，与私欲相关的情感必然受到压抑，成为士人在文学中极力避免的对象，即使偶有表现，其目的也多为批判。

汉代儒学从国家制度的路径向下发散进入思想世界中心。班固在《两都赋序》中谈道："大汉初定，日不暇给。至于武、宣之世，乃崇礼官，考文章。"② 汉儒尊崇的《礼运》说："夫礼，先王以承天之道，以治人之情。"③ "故圣王修义之柄、礼之序，以治人情……何谓人义？父慈、子孝、兄良、弟弟、夫义、妇听、长惠、幼顺、君仁、臣忠，十者谓之人义。"④ 汉代《说文解字》中对情的定义更能够体现这一特征，《说文解字》："情，人之阴气有欲者。"⑤《说文解字注》的解释依然用董仲舒的观点："情者，人之欲也。人欲之谓情，情非制度不节。"⑥ 武宣之世的崇礼考文，与经学的兴盛恰巧同步，"自武帝立《五经》博士，开弟子员，设科射策，劝以官禄，讫于元始，百有余年，传业者浸盛，支叶蕃滋，一经说至百余万言，大师众至千余人，盖禄利之路然也"⑦。汉代士人普遍有"经术苟明，其取青紫（高官）如俯拾地芥耳"⑧ 的感慨。儒学思想中对情感的节制随着国家的提倡、经学的兴盛得到进一步加强，影响到士人情感世界的建构与文学创作缘情而发的状况。

东汉中叶之后儒学通过私学影响迅速扩大。据清代赵翼考论："经义之专门于一名家，惟太学为盛，故士夫有不游于太学者。及东汉中叶以后，学成而归者，各教授门徒，每一宿儒门下著录者至千百人，由是学遍

---

① 阎步克：《察举制度变迁史稿》，中国人民大学出版社，2009，第 11 页。
② 费振刚、仇仲谦、刘南平校注《全汉赋校注》，广东教育出版社，2005，第 464 页。
③ （汉）郑玄注，（唐）孔颖达疏《礼记正义》，北京大学出版社，1999，第 662 页。
④ （汉）郑玄注，（唐）孔颖达疏《礼记正义》，北京大学出版社，1999，第 689 页。
⑤ （汉）许慎：《说文解字》，中华书局，1963，第 217 页。
⑥ （汉）许慎著，（清）段玉裁注《说文解字注》，上海古籍出版社，1981，第 502 页。
⑦ （汉）班固：《汉书》，中华书局，1962，第 3620 页。
⑧ （南朝宋）范晔：《后汉书·夏侯胜传》，中华书局，1965。

天下。"① 这样，整个汉代，儒家文化得以处于不断下移的过程中。官学的衰微并不代表儒学的江河日下，私学的兴盛表明，儒学不仅是官方意识形态，而且已经内化为士人的自觉追求，《后汉书》卷一一八《百官志》亦云："三老掌教化。凡有孝子顺孙，贞女义妇，让财救患，及学士为民法式者，皆扁表其门，以兴善行。"② 这样，教化便深入社会的各个层面。当时儒教进入社会人心，至少已经成为士人的行为准则。"东汉尚名节"③ 便是明证。"尚名节"则需要压抑个人与礼不合的欲望。由此可见，儒学在汉代潜移默化地完成了对士人生活的影响。

有一个极端的例子，东汉末年大儒郑玄不仅得到了孔融服膺，郑玄所居之乡被称为"郑公乡"，而且得到黄巾军的礼遇："自徐州还高密，道遇黄巾贼数万人，见玄皆拜，相约不敢入县境。"④ 黄巾军"见玄皆拜"以最直观的方式表明了儒教在下层民众心目中的地位。

"劝以官禄"则有利于教化以及经学向社会辐射，被选为自上而下对士人进行教育的经典之作，且"一经说至百余万言"显然会更加偏重于穿凿附会的偏离于个人情感表达的释经。经学一方面通过察举制对士人产生吸引，另一方面通过三老所掌教化对所有的民众形成约束和引导。由此，对汉代社会情感世界形成影响。

因为爱情、亲情多涉及女性，女性观是考察汉代情感的一个重要维度。汉代能够体现女性观的文本主要有刘向的《列女传》和班昭所作《女诫》。

汉代刘向著述《列女传》的目的是："睹俗弥奢淫，而赵、卫之属起微贱，逾礼制。向以为王教由内及外，自近者始。故采取《诗》、《书》所载贤妃贞妇，兴国显家可法则。"⑤《列女传》的创作目的为由内及外的王教，对女性情感的压抑势所必然。班昭所作《女诫》更是推崇女子的"三从四德"，要求女性"正色端操，以事夫主，清静自守，无好戏笑"，"敬顺之道，妇人之大礼也"，"清闲贞静，守节整齐，行己有耻，动静有法，是谓妇德。择辞而说，不道恶语，时然后言，不厌于人，是谓妇言"，《女

① （清）赵翼：《陔余丛考》，商务印书馆，1957，第 296 页。
② （南朝宋）范晔：《后汉书》，中华书局，1965，第 3624 页。
③ （清）赵翼：《廿二史札记校证》，王树民校证，中华书局，1984，第 102 页。
④ （南朝宋）范晔：《后汉书》，中华书局，1965，第 1209 页。
⑤ （汉）班固：《汉书》，中华书局，1962，第 1957 页。

诫》甚至要求女性要学会曲从。可见，班昭所作的《女诫》处处强调礼而压抑情。《列女传》与《女诫》在汉代流传甚广，它们的出现本身就能够反映汉代对女性情感的压抑状况，同时它们又成为一种为人处世的理论或典范，进一步引领汉代女性自觉地压制自身的情感，以符合汉代礼法的要求，对女性的规范和引领也直接影响了男性对女性的认识和对爱情等涉及女性的情感表达。

二 汉武帝至汉桓帝时期诗赋缘情内容

汉代论诗多持讽喻之端，多与政事或教化相连，因此虽然也谈到"吟咏情性"和"情志不通"，但是目的都是"以风其上"或者是"颂其美而讥其过"。所谓"汉儒言诗，不过美刺两端"①："上以风化下，下以风刺上，主文而谲谏，言之者无罪，闻之者足以戒，故曰风。"② "国史明乎得失之迹，伤人伦之废，哀刑政之苛，吟咏情性，以风其上。"③ "以《诗》为天下法，何谓不法哉？"④"君道刚严，臣道柔顺，于是篇谏者希，情志不通，故作诗者以颂其美而讥其过。"⑤ 以此观诗，就大大缩小了汉代士人心目中值得表达的情感世界范围，同时也使汉儒在意图进行诗歌创作的时候，畏首畏尾，极端节制。

自汉武帝时期始，朝廷所采歌谣，多为代赵、秦楚口头相传，有观赏性和情感体验的作品，以此能使统治者体验世态人情、修正统治方式，达到讽喻的目的。由此可见，以文学为讽成为国家的需要。士人选择用来讽谏的文体是有别于民歌的赋。汉赋初期的抒情以贾谊赋的抒自我内心之块垒为代表，而至汉代中期，讽谏赋开始占据核心。孔臧的《谏格虎赋》便以讽谏为主。《谏格虎赋》认为格虎狩猎是乱国散民之举，从而谏止格虎之事，主张恤民重农。孔臧为孔子的十世孙，汉朝蓼侯孔藂之子，曾经"与从弟孔安国缀集古义"，"与博士等议劝学励贤之法，请著功令，自是公、卿、大夫、吏、彬彬多文学之士"。其以赋为谏的创作体现了士群体

① （清）程廷祚:《诗论》。
② （汉）郑玄笺，（唐）孔颖达疏《毛诗正义》，中华书局，1980，第356页。
③ （汉）郑玄笺，（唐）孔颖达疏《毛诗正义》，中华书局，1980，第271页。
④ （汉）董仲舒:《春秋繁露·祭义》，中华书局，1975。
⑤ （汉）郑玄:《六艺论》。

对文学态度的转变。

"相如虽多虚辞滥说,然其要归引之节俭,此与《诗》之风谏何异。"① 自汉武帝时期起,受察举制与儒学进入社会人心的一表一里双重影响,诗赋作品的自我情感极度缺乏。汉代儒生众多,文学创作却少之又少。刘熙载目汉赋为"以色相寄精神,以铺排藏议论",此期的赋作不但"精神"与"议论"被寄藏,对于情感同样具有寄和藏的特征。

尽管汉武帝时期开始,社会从制度到文化均对情感采取了压抑的方式,然而情感作为人类的基本特征之一,不可能完全游离于文学之外,个人的情感会或多或少,以不同的方式呈现。上层社会也偶尔鼓励文学创作,《东方朔别传》云:"孝武元封三年(前108),作柏梁台,诏群臣二千石有能力为七言者,乃得上坐。"② 帝王对文学的提倡必然对诗赋的发展起到促进作用,自汉武帝时期开始,文学的情感世界缓慢得到丰富并逐渐有所突破。

文学即人学,自古以来,文学自然而然地包含着人的世俗情感,《诗经》作为经典,其内部存在郑卫之声,虽然自孔子开始,便受到儒者的广泛质疑,然而谁也无法否认其作为经典的一部分同样受人尊崇。东汉傅毅在《舞赋(并序)》中为其张目,毫无疑问是对世俗情感合理性的捍卫:

> 小大殊用,《郑》、《雅》异宜。弛张之度,圣哲所施。是以《乐》记干戚之容,《雅》美蹲蹲之舞,《礼》设三爵之制,《颂》有醉归之歌,夫《咸池》、《六英》,所以陈清庙、协神人也;郑卫之乐,所以娱密坐、接欢欣也。余日怡荡,非以风民也,其何害哉。

傅毅明确主张郑卫之乐承担着"娱密坐、接欢欣"的作用,且能"娱神遗老,永年之术,优哉游哉,聊以永日"。郑卫之乐并无害处,使愉悦情感的自然宣泄有了理论支持。正是在这种压抑与挣脱的撕扯中,汉代文学的情感表达在经学的夹缝中得以生存。"汉代经学家和作家最终做到的,是在经学与文学(尤指那些与经学审美取向不同的文学)之间努力建立一

---

① (汉)司马迁:《史记》,中华书局,1959,第3073页。
② 陈直校证《三辅黄图校证》,陕西人民出版社,1980,第107页。

种联系，在理论上赋予文学以经学意义。因此虽然两汉经学被确立为官方学术，但是仍有它不能完全牢笼的文学空间。"① 自汉武帝起，伴随着经学统治地位的确立，文学的情感表达也在缓慢发展。

《汉书·艺文志》中对自春秋至汉代的诗赋流变情况描述为："春秋之后，周道渐坏，聘问歌咏不行于列国，学《诗》之士逸在布衣，而贤人失志之赋作矣。大儒孙卿及楚臣屈原离谗忧国，皆作赋以风，咸有恻隐古诗之义。其后宋玉、唐勒，汉兴枚乘、司马相如，下及扬子云，竞为侈丽宏衍之词，没其风谕之义。是以扬子悔之，曰：'诗人之赋丽以则，辞人之赋丽以淫。如孔氏之门人用赋也，则贾谊登堂，相如入室矣，如其不用何！'"若从情感表达的角度加以分析，则可知春秋之前，《诗经》在诸侯、卿、大夫之间流传，用于"聘问歌咏"，与个人的情感表达距离较远。春秋之后，文化下移，布衣之士开始学《诗》，开始表达自己的不得志，"贤人失志之赋作矣"。荀子与屈原的作品，仍然表达一些与古诗相近的情感。然而到了宋玉、唐勒、枚乘、司马相如、扬雄开始注重侈丽宏衍的文辞，而与讽喻之意渐远。从个人情感的抒发角度来观察，则是从宋玉到扬雄开始渐渐远离集体讽喻，渗入了其他方面的个人情感。

文人诗歌还存在于汉乐府之中，《汉书·艺文志》中对汉代乐府的来源与作用有如下表述："自孝武立乐府而采歌谣，于是有代赵之讴，秦楚之风，皆感于哀乐，缘事而发，亦可以观风俗，知薄厚云。"② 对于这则材料，人们一般关注两点，其一为汉乐府的民歌属性，其二为"缘事而发"，强调汉乐府民歌的叙事性。实际上，汉乐府民歌中有大量作品来源于文人，关于这一点，赵敏俐先生在《中国诗歌通史·汉代卷》中有精彩的论述。③ 单纯强调"缘事而发"，忽略"感于哀乐"是对汉乐府的片面理解，实际上对情感的关注也是汉乐府民歌的重要特征。然而，对汉乐府中文人诗歌的分析存在一个无法解决的问题，那就是创作时间的确定，由于汉代的概念应该包括建安时期，所以我们不能排除汉乐府中的诗歌来源于曹植所处的时代，甚至根据木斋师的考证，有些作品的作者就是曹植。因此，

---

① 侯文学：《汉代经学与文学》，人民出版社，2010，第 5 页。
② （汉）班固：《汉书》，中华书局，1962，第 1756 页。
③ 赵敏俐：《中国诗歌通史·汉代卷》，人民文学出版社，2012。

我们只好暂时舍弃汉乐府诗歌来研究汉代文人诗歌的情感世界与情感表达。

在汉武帝至桓帝期间，诗赋缘情状况有了明显的变化。

诗赋中的情感世界明显扩大。在诗歌方面，帝王贵戚的诗歌延续危急时刻情感的激情勃发。比如刘旦的《归空城歌》是在表达谋废帝自立，失败后临死的忧伤。而华容夫人《发纷纷》是决心殉夫的决绝与哀伤。汉武帝时期增加了悼亡的诗歌。宴饮的快乐也进入作者的笔下，《秋风辞》便为武帝与群臣宴饮，欢甚，面对秋风秋景，乐极生哀，产生生命迁逝之叹。《天马歌》《西极天马歌》均为因得宝马喜极而歌。

创作诗歌之人数量大大增加，身份更加多样。如司马相如最初为诸侯门客；东方朔由待诏金马门升常侍郎，转太中大夫，后复中郎，武帝以俳优蓄之；李延年是乐工；李陵、马援是武将；秦嘉为计吏，秦嘉妻为普通妇女；崔骃为儒者，曾短暂任窦宪主簿；蔡琰是汉末文豪蔡邕之女；梁鸿为隐士；班固为兰台令史，是窦宪的中护军；商丘成为大鸿胪、御史大夫；傅毅为兰台令史；窦宪为军司马；杨恽为平通侯、光禄勋；王吉为博士、谏议大夫；杜笃任文学掾；韦玄成任太子太傅、御史大夫、丞相；李尤为兰台令史、谏议大夫；刘珍曾任谒者仆射、侍中，与马融共同在东观校书；张衡曾任郎中、太史令、侍中、河间相。可以看出，此时诗赋的作者不再仅仅是皇亲国戚或达官显宦，而是门客、乐工、计吏、隐士、武官均有创作，作家身份发生了下移。

从爱情方面考察，汉武帝时期，诗歌开始表达个体现实中的爱情，以悼亡的形式进入爱的世界，刘彻的《落叶哀蝉曲》："罗袂兮无声，玉墀兮尘生。虚房冷而寂寞，落叶依于重扃。望彼美之女兮，安得感余心之未宁？"借罗袂无声，玉墀生尘，虚房清冷，落叶扑门，写出"曾经沧海难为水，除却巫山不是云"的寂寞与思念。而《李夫人歌》"是邪？非邪？立而望之，偏何姗姗其来迟"，借见死去爱妃时欣喜又疑惑的迷离恍惚的思绪，写出思念之深切。虽然白居易诗云："伤心不独汉武帝，自古及今皆若斯。"以诗歌来表达对逝去的爱妃的思念却始自刘彻，"自古及今皆若斯"恰恰写出汉武帝以悼亡写夫妻之爱影响深远。以诗歌的形式歌咏爱情，显然是帝王的特权，帝王可以接触音乐，表达可以无拘无束，所歌之词得以被记录和流传。而在士人世界，直至东汉张衡才有爱情诗的写作。

汉代的爱情赋，首倡是刘彻的《李夫人赋》，对于逝去的爱妃"哀裴回以踟蹰"，且有"思若流波，怛兮在心"的贴切比喻，表达延绵不绝的思念。司马相如作为当时文学侍从的代表也开始了爱情赋的创作。《美人赋》写女性对男性的诱惑与男子的"脉定于内，心正于怀"，具有压制自身欲望与情感的特征。司马相如的《长门赋》亦与宫廷有莫大的关系，为代言体赋作。《长门赋》第一次写出了女子对爱情的渴望，除"期城南之离宫"表明宫廷女子身份外，与普通女子无异，借宫怨赋予写女子思念男子以意义。

班婕妤（前48~2年）的《捣素赋》赞美捣素女子的美貌，表达对爱的渴望，体现了对宫女群体命运的同情。班婕妤的《自悼赋》写道："俯视兮丹墀，思君兮履綦。仰视兮云屋，双涕兮横流。顾左右兮和颜，酌羽觞兮销忧。"此赋为自我抒情，班婕妤抒发的不再是泛泛的情感，也并非代言，而是自我对君主的思念与忧伤（班婕妤另一首更为著名的五言诗《怨诗》，逯钦立认为是"盖魏代伶人所作"①。结合五言诗的发展规律，此论颇有见地，故未置此分析）。

东汉张衡（78~139年）亦有抒发爱情的作品，张衡既非皇亲国戚，亦非文学侍臣，其爱情书写具有士人觉醒的意味。四言体《怨诗》以秋兰为喻思嘉美人，七言体《四愁诗》借所思方位的变换消解了具体的爱恋对象，思念对象变成了一种美好事物的象征。诗人注重表达的是相思本身，专注于一种两情相悦却因为阻隔无法相合的烦恼忧伤情感的抒发。其序"效屈原以美人为君子，以珍宝为仁义，以水深雪雾为小人。思以道术为报，贻于时君，而惧谗邪不得以通"，虽胶柱鼓瑟于一端，然其象征意义以男女相思之情而出之意甚明。

张衡的《定情赋》表达秋日思美人的忧愁。"大火流兮草虫鸣，繁霜降兮草木零，秋为期兮时已征，思美人兮愁屏营"，绝色无双使女子脱离了世俗，成为美和欲望吸引的象征，为后文定情张本。"夫何妖女之淑丽，光华艳而秀容，断当时而呈美，冠朋匹而无双"，诗赋刻意突出了女子的

---

① 逯钦立辑校《先秦汉魏晋南北朝诗》，中华书局，1983，第117页。

美。张衡的《同声歌》是女子得充闺房缱绻枕席供妇职之歌。《汉书·艺文志》记载房中术计八家："《容成阴道》二十六卷。《务成子阴道》三十六卷。《尧舜阴道》二十三卷。《汤盘庚阴道》二十卷。《天老杂子阴道》二十五卷。《天一阴道》二十四卷。《黄帝三王养阴方》二十卷。《三家内房有子方》十七卷。"① 合计 191 卷，可谓浩繁，也可见房中术在汉代的盛行，惜已散佚。其书名有假借尧舜、汤盘庚、黄帝的接阴、养阴之道，认为"房中者，情性之极，至道之际"②。其借儒道谈性生活的原则方法之用心昭然若揭，因此，以素女图为贵族女子的性启蒙也就顺理成章。另外，儒家对婚姻极为重视。《周易·序卦》："有天地然后有万物，有万物然后有男女，有男女然后有夫妇，有夫妇然后有父子，有父子然后有君臣，有君臣然后有上下，有上下然后礼义有所措。"③《礼记·婚义》："男女有别而后夫妇有义，夫妇有义而后父子有亲，父子有亲而后君臣有正。故曰：婚礼者，礼之本也。"④ 二者均将夫妇置于父子、君臣之前，强调夫妇之义对于礼的重要作用。在此背景下，张衡的诗歌创作便有了为礼俗张目的意味。《同声歌》将目光聚焦于夫妻关系的各个重要方面，诸如处事恭谨、饮食祭祀、洒扫卫生、性生活。张衡于其中最大的贡献在于肯定了女性的性快感。总的看来，《同声歌》前面部分虽然有《女诫》的影子，然而这种女性由生理反应而引出的快乐情绪，仍然惊世骇俗。

张衡赋作，仅有《定情赋》一篇关涉爱情，《定情赋》虽然是残篇，但从题目上看，应为继承司马相如《美人赋》意绪，写情欲与定力的交战。张衡关于爱情的诗作达到三篇，相比汉初士人无一首诗歌描写爱情，体现了时风转换下的士人诗歌题材出现的新变。从中也可以看出，至张衡的时代，普通士人自身真实的爱情仍然不是作者表达的对象。作者并不是选取某一次真实的爱情事件来表达对异性的爱恋，即使作者的情感由具体某人生发而出，也尽量将其上升到普泛化的程度加以表现，将自身的爱情体验改头换面为与礼相合的体验来书写，这就使张衡诗赋中的爱情脱离了

① （汉）班固：《汉书》，中华书局，1962，第 1778 页。
② （汉）班固：《汉书》，中华书局，1962，第 1779 页。
③ （唐）孔颖达：《周易正义》卷九，《十三经注疏》本，中华书局，1980，第 96 页。
④ （唐）孔颖达：《礼记正义》卷六一，《十三经注疏》本，中华书局，1980，第 1681 页。

其个人的爱情体验，上升为社会普遍现象描述。其中看似大胆的描写，如果我们注意到张衡的背景，以及夫妇在儒家伦理关系中的重要性、汉代养生术的盛行，便不足为奇。

张衡之后，特出于时代表达爱情的或许是秦嘉与徐淑。秦嘉生卒年不详，桓帝时，为郡吏。其五言《赠妇诗》确定为伪作，① 徐淑的《答秦嘉诗》为楚歌体，写对丈夫的思念与忧伤。二人诗作的意义在于第一次在诗歌中直接表现夫妻二人的相互思念与离别的忧伤。汉代诗歌爱情题材原本仅是描写宫廷中，对死去的妃子才会抒发的情感。从作者角度下降为普通计吏与民妇，题材内容也转为日常的相思别恋，且此后多年没有承继，可谓空谷足音。②

在汉代文人诗歌中，有两首诗比较特殊，辛延年的《羽林郎》与宋子侯的《董娇饶》。两首诗均首见于《玉台新咏》，作者仅有姓名，其他均无考，因此我们无法断定其具体产生年代，以及是否为文人作品。

从亲情方面考察，汉代中期亲情诗作较少，李陵《径万里歌》写自己降敌的无奈，"老母已死，虽欲报恩将安归"。因李陵母亲是被汉武帝处死，表达的是亲情与国家皇权相撕扯的痛苦，抒发的是母亲因己而死的悲愤之情。

值得注意的是杨恽《拊缶歌》写了田居的家庭之乐，"家本秦也，能为秦声。妇赵女也，雅善鼓瑟。奴婢歌者数人，酒后耳热，仰天拊缶而呼乌乌"。虽为极端失意之时，然而夫唱妇伴奏，亦有融融之乐。诗歌表面写日常家居生活的和乐，亲情满溢，实则是杨恽在被免官之后桀骜不驯的反抗之语。

韦玄成的《自劾诗》追述祖先的显赫，自伤贬黜父爵自劾自戒。《戒子孙诗》告诫子孙为人自律。两首诗均以四言写成，典雅庄重，充满对家族的体认与自豪。班固《咏史》诗，以五言的形式写成，选取缇萦救父的故事，在父亲有罪"自恨身无子，困急独茕茕"之时，女儿挺身而出，"上书诣北阙"且愿入身为官婢，以赎父刑罪，以至于文帝被感动，赦免

---

① 木斋：《古诗十九首与建安诗歌研究》，人民出版社，2009。
② 考虑到其在表达情感上的特殊性，以及当时诗歌的记录流传特征，从文学史发展链条来看，很有可能为伪作，因无确凿证据，暂存疑。

了父亲的罪。"此岁中亦除肉刑法",班固歌颂了这种为了亲人舍弃自身幸福的行为,发出"百男何愦愦,不如一缇萦"的感叹。

此时的赋作竟然没有一篇歌咏亲情。就连杜笃的《袚禊赋》这样描写节日风俗的赋作都没有亲人的身影出现,由此可见,汉代孝悌亲情主要是践行,这种情感在社会实践中被要求与推崇,在诗中相对表现较少。赋这种带有铺叙性、修饰性的文体,更是距离亲情的严肃、真诚较远,从文体的选择也可以看出,在汉代儒家文化背景下,孝亲这一核心价值观得到重视,赋这一文体所具有的虚饰的特征使其在抒情方面受到限制。

从友情方面看,汉代建安之前的友情之作更是少。在诗歌中,有梁鸿的《思友诗》专为友情而作,"鸟嘤嘤兮友之期,念高子兮仆怀思,想念恢兮爰集兹",有具体的朋友,有真切的思念,"念高子兮仆怀思""爰集兹"是志同道合的表现,仅存数句,用楚歌体抒发了对友人情真意切的思念。西汉时期,友情尚没有大量进入诗赋视野,值得注意的是孔臧的《杨柳赋》:"于是朋友同好,几筵列行。论道饮燕,流川浮觞。肴核纷杂,赋诗断章。令陈厥志,考以先王。赏恭罚慢,事有纪纲。洗觯酌樽,兕觥并扬。饮不至醉,乐不及荒。威仪抑抑,动合典常。退坐分别,其乐难忘。"写与朋友在杨柳之下欢宴,饮酒赋诗的快乐。其中有"流川浮觞""赋诗断章"之雅致,"肴核纷杂"之丰富,"洗觯酌樽,兕觥并扬"之快意,同时,且需论道、陈志、"赏恭罚慢,事有纪纲"、"饮不至醉,乐不及荒"使之与古饮酒礼相合,体现了友情赋发展初期从礼中渐次挣脱的特征。

朱穆《与刘伯宗绝交诗》则从反面写交友之道:

> 北山有鸱,不洁其翼。飞不正向,寝不定息。饥则木览,饱则泥伏。饕餮贪污,臭腐是食。填肠满嗉,嗜欲无极。长鸣呼凤,谓凤无德。凤之所趋,与子异域。永从此诀,各自努力。

诗歌通篇用比,将刘伯宗比作鸱鸮,自喻为凤,用庄子意,写道不同不相为谋,与朋友绝交十分决绝,在形式上引散文入诗颇有新意。汉末,蔡邕有《答对元式诗》与《答卜元嗣诗》,虽为赠答友人,实际上均为对友人文采、为人的赞美,情感内敛,并无深切的友情表达。

自我实现的情感，生不遇时自伤身世。汉代中期承继汉初贾谊赋作的余绪，在诗赋中亦有士不遇题材，然而情感趋于平和，在表达生不逢时的同时，大多能自我安慰。汉初四皓《采芝操》写岩居穴处生活，抒发的是"唐虞往矣，吾当安归"的无奈。汉武帝时期的东方朔所作楚歌体亦向往归隐，《嗟伯夷》"赞伯夷之隐与其随佞而得志兮，不若从孤竹于首阳"，可惜很难实现，便又有了《陆沉歌》表达避世于朝廷之无奈。张衡《思玄赋》写不遇于时，忠而被谤、求索无得，超然物外，思玄自慰，已经没有了汉初的极度激愤哀伤。扬雄已经将不得时、不遇看作命运使然，正如其《反离骚》序云："怪屈原文过相如，至不容，作《离骚》，自投江而死。悲其文，读之未尝不流涕也，以为君子得时则大行，不得时则龙蛇。遇不遇，命也，何必湛身哉！"其中我们可以注意到，扬雄称赞的不再是屈原的德行，而是他的文采。认为为国忧愤投江不必要，体现了扬雄已经开始自我反思，开始将个人命运的不遇与国家分离开来。

汉武帝时期的赋作，董仲舒的《士不遇赋》与司马迁的《悲士不遇赋》都有对人生不得志情感的直接抒发。董仲舒赋开篇便以强烈的情绪喷涌，"呜呼嗟乎"，"悲吾族矣"，"心之忧欤"，"嗟天下之偕违兮，怅无与之偕返"。赋作直抒其情，颇与汉末建安慷慨之风同调。作者感慨时运短暂，不愿屈意从人，年渐老朽却努力无功，最终发出"嗟天下之偕违兮，怅无与之偕返"的感慨。以"返身于素业"为消解矛盾的方式，使心中的忧郁得以平息。司马迁《悲士不遇赋》同样以悲慨开篇，接下来便是对自己也属于其中一个的"士"这一类人的处境加以反思，表现自我才德与世戾的冲突。表达"士生之不辰"的悲伤与以"没世无闻"为耻，渴望建功立业成为抒情的主要脉络，遇"天道微哉，吁嗟阔兮；人理显然，相倾夺兮"，最终只能以"委之自然，终归一矣！"为解脱。志不获遂，董仲舒以"返身于素业"排解，司马迁以"委之自然"自我安慰，张衡却选择了归隐。张衡想象中的归隐之处并不是传统的人迹罕至的山林，而是田园。张衡以想象中的田园，为后世开辟了一个天地，一个在现实中人与自然的和谐之境。

汉武帝之后，通过诗赋表达自我情绪的作品并未明显增多。

首先，临死的哀伤。汉武帝之后，帝王贵戚危急之时的情绪表达仍然存在。楚歌体刘胥《欲久生歌》、刘旦《归空城歌》、华容夫人《发纷纷》均为汉初激情创作的延续。

其次，思乡的忧伤。刘细君《悲愁歌》抒发了因远嫁异国、言语不通、生活习俗不同带来的不便，"居常土思兮心内伤，愿为黄鹄兮还故乡"，强烈的思乡之情溢于言表。

再次，对百姓的同情。梁鸿的《五噫歌》："陟彼北芒兮，噫！顾瞻帝京兮，噫！宫阙崔嵬兮，噫！民之劬劳兮，噫！辽辽未央兮，噫！"由宫阙崔嵬，想到"民之劬劳"，充满了对百姓的同情。作者将官与民对立起来，指出帝王的宫殿高峻是由于百姓的劳役，颇有深意。

最后，政治主张，以文为谏。汉代最具代表性的是夸饰与讽谏并存的大赋，将繁盛的场景进行宏大描述，赞颂有加。实际上是亢龙有悔，反者道之动的表现。咏物赋情感仅仅是寄寓，汉大赋的情感是以讽谏为主。自枚乘的《七发》开始，司马相如的《子虚赋》《上林赋》，扬雄的《甘泉赋》《羽猎赋》《长杨赋》等赋作的特征被归纳为"劝百讽一"。这些赋作也委婉地提出自己的见解，实则是自己的观点、情感与代表君主社会喜好的夸饰繁复的描写相悖。汉大赋的盛行恰恰是文人情感不能自由表达的体现。

从作者角度看，此期作家仍然较少，王充论文人"故夫能说一经者为儒生，博览古今者为通人，采掇传书以上书奏记者为文人，能精思著文连结篇章者为鸿儒"①。在王充时代，仍然将文人的最高理想定义为鸿儒。从王充的表达中可以看出鸿儒是能说经，且能成系统著述的人，"采掇传书以上书奏记者为文人"，由此可见，创作诗赋仅为文人之余事，即使在士人群体中也并不受重视，这也在汉代作家身份中得到了验证。此期作者中，经学之士有韦孟、韦玄成、董仲舒、马融等人，所流传的作品也不多。而文学之士大多数是文学侍从，反倒是无明显文学积累的帝王嫔妃诸侯等宫廷色彩浓郁的人物抒情打破了经学的藩篱。值得重视的是汉代具有庞大的儒生群体，汉顺帝之后高峰时期仅太学就有三万余人，却没有产生大量的诗赋作家，诗赋缘情在此期发展极为缓慢。

---

① （汉）王充：《论衡·超奇》，《诸子集成》第 7 册，上海书店出版社，1986，影印本。

汉代经学对情感的压抑是作者作诗、作赋合理性的问题。董仲舒作为大儒，曾经创作咏物赋这种套路化的作品却不能完成。这说明两个问题，其一，由于轻视这一文体，日常缺乏练习；其二，自矜于大儒的身份，现场亦不屑于创作。这两种心态都表明儒者对以诗赋表达情感仍然存在疏离的心态，他们更多地安于述而不作的祖训，这也是汉代儒生众多而进行文学创作的人较少的原因之一。

汉代儒生如果进行创作首先便会遭遇是否符合身份的质疑，同时这种板滞的形式，因其经学的地位，变得更加稳固，也很难变革。儒学对于孝道是推崇的，意味着歌咏亲情的诗赋应该在汉代数量最为庞大，然而事实并非如此，此期的亲情文学恰恰最为薄弱。楚歌与赋这两种文体均被排除在经学影响之外，自有其文体发展的规律，同时也应当注意到文人创作的四言诗均在向经典致敬。班固的缇萦救父作为一种五言诗的新的形式，选择了孝作为主题，可以看作折中之举。

从情感世界角度看，汉武帝之后，文人情感世界的书写已经有了发展，体现为爱情诗赋的增多，友情诗开始出现。但其发展初期的特征也十分明显，友情诗作比较单一，且未能深入；虽然已经有了爱情描写，却集中于夫妻之爱，体现了诗赋初涉爱情的谨慎与小心。

三　汉武帝至汉桓帝时期诗赋缘情特征

1. 诗的丰富与赋的单一

汉武帝至汉桓帝时期自我情感的抒发仍然主要存在于诗歌中，各种情感均开始有所涉及。赋体的情感却越来越集中在为国家社稷与人格提升而讽谏这种道德情感上，为达到讽谏的目的，需要先从反处着笔，极力写帝王射猎、观赏等快乐体验，使自身的情感表达变得微弱无力。情感的表达有着向心与逐步扩散的特征，首先最核心的是君主诸侯的自我歌咏和对君主诸侯的赞美，国家的统治、天人合一之下万物的繁盛。其次是以上相关的主题中渗透出的自我情感。最后才是士人自我的情感。此期情感表达的突破还在于开始描写自我向往的快乐之境，将赋文体虚构的特征加以应用，以不离现实的想象之境，表达自我的快乐情感。

2. 寓情于景，山水田园之境的营造

张衡《归田赋》虽曰归田，然而并没有专注于田园，而是兼及山水。

"仲春令月，时和气清；原隰郁茂，百草滋荣。王雎鼓翼，鸧鹒哀鸣；交颈颉颃，关关嘤嘤。于焉逍遥，聊以娱情。"张衡为自己的快乐与逍遥营造了一个"时和气清"的天气，开阔而又充满生机的原野，聚焦于鸟的鼓翼颉颃与关关嘤嘤的哀鸣，一片天籁。进而写人在山野间垂钓、射猎，在草庐中弹琴、读书、为文之美。张衡将置身自然的快乐通过描写草荣鸟鸣的环境、"仰飞纤缴，俯钓长流"的自由渔猎、弹琴读书的风雅自然而然地流露出来。马积高《赋史》认为："此赋（《归田赋》）在内容上亦无特别深刻之处，不过有感于世路艰难，欲自外荣辱、隐居著书而已。"[①] 然而在赋史上，张衡《归田赋》不仅是第一篇描写田园隐居的抒情小赋，而且是第一篇抒发自我想象境界中欢乐之情的作品。在情景关系上，赋作大量描写风景，与朝廷生活形成鲜明的对比，以抒想象之境的快乐反衬此时生活的忧伤。

---

① 马积高：《赋史》，上海古籍出版社，1987，第 120 页。

第二章

曹植诗赋缘情发生的背景

对于曹植文学创作的背景而言，东汉末年①具体可以分为前期桓灵之际至建安十六年（211），后期建安十六年至延康元年（220），建安十六年，曹植真正崭露头角，此前创作较少，文学才能尚不被赏识，曹植诗赋创作以接受他人影响为主，因此曹植诗赋缘情的背景便设在建安十六年之前。

第一节　东汉末年诗赋缘情背景的全方位改变

一　社会动荡与儒家道德的变通

东汉末的动荡首先表现为人口的急剧减少。"东汉桓帝永寿三年（公元一五七年）时，全国人口有户一千六十七万余，人口五千六百四十八万余；至西晋太康元年（公元二八〇年），得户二百四十五万九千余户，口一千六百十六万余口；经过了一百多年，人口反而减少，只剩下了三分之一。"② 汉末战争、瘟疫、地震、旱灾水患不断，人人朝不保夕，整个社会大氛围是忧虑。

灵帝建宁二年（169）爆发了第二次党锢之祸，"太尉掾范滂等百余人，皆死狱中……或有未尝交关，亦离祸毒。其死徙废禁者，六七百人。"③ 杜洪义认为："党锢之祸将汉末政坛上的士大夫精英殄灭殆尽，'海

---

① 本文所言东汉末年，自桓灵之际始，至延康元年汉献帝禅位曹丕止。
② 王仲荦：《魏晋南北朝史》，上海人民出版社，1979，第24页。
③ （南朝宋）范晔：《后汉书·党锢列传·序》，中华书局，1965。

内涂炭，二十余年'，使至汉代统治阶级的精神支柱——传统经学走向衰落，士人干政的势头亦由此转向。"① 建宁二年，朝廷缉捕党人，诏捕范滂，范滂无限伤心与困惑地对孩子说："'吾欲使汝为恶，则恶不可为；使汝为善，则我不为恶。'行路闻之，莫不流涕。"② 这一事件表明党人对皇权、对当时社会价值观的失望。

党人与宦者之间的争斗使夹杂在其间的士人普遍充满了生死之忧。血腥杀戮之下，竟有党人上朝之前要嘱托后事，可见当时士人有朝不保夕的生命警觉。在随时可能面临的死亡面前，一切准则都在被重新思考和定义。唐马总《意林》引杨泉《物理论》谈到汉末管秋阳兄弟，与一人因避乱结伴而行，因粮绝，杀伴之事。孔融对此事如此评价："管秋阳爱先人遗体，食伴无嫌也。"孔融的出发点完全是实用性的，而将基本的道德置之脑后，在"遭穷"的境遇下，人与人之间的关系就如兽与兽，只要不陷入五伦之中，一切从权。连儒者孔融看待乱世之中人的道德都如此变通，其他人更可想而知。汉末，人们无暇也无力再去拯救他人的生命，更多地开始回归到对自我生命感受的阐发。

二 东汉末乱政为士人个性化抒情打破束缚

同样使当时士人以经学干政的热情大受挫败的是汉灵帝的西邸卖官和鸿都门学，根据《后汉书·孝灵帝纪》记载："初开西邸卖官，自关内侯、虎贲、羽林，入钱各有差。私令左右卖公卿，公千万，卿五百万。"西邸卖官使为官不再神圣，有时甚至走向了道德的反面。同时，鸿都门学使一些出身微贱的人依靠尺牍、书法等与德行无关的本领入仕，使传统的儒学士大夫对不再神圣的统治体系无比失望。

"在对政治和自己曾经倾心的经学失望之余，汉末文士开始尝试着在个性情感的自由舒放中寻找精神的愉悦。"③ 其中，著述成为抒发个人情怀、实现自我超越的常见方式。"及党事起，（应）奉乃慨然以疾自退。追

---

① 刘泽华主编《中国政治思想史·秦汉魏晋南北朝卷》，浙江人民出版社，1996，第 354 页。
② （南朝宋）范晔：《后汉书》，中华书局，1965，第 2207 页。
③ 刘松来：《两汉经学与中国文学》，百花洲文艺出版社，2010，第 521 页。

愍屈原，因以自伤，著《感骚》三十篇，数万言。"① 一斑窥豹，当时文人选择的主要是熟悉的传统文体，骚赋为主，但是随着情感的解放，诗作为经典地位的动摇，对诗歌创作的敬畏，对四言诗形式、对美刺二端的坚守都变得脆弱起来，诗歌在魏晋时期的抒情传统的确立也就呼之欲出了。进一步发展，便会如孙明君《建安时代"文的自觉"说再审视》一文所说，"魏晋时代建安士人不仅突破了两汉经学家的诗教说，使原始儒家所提倡的'诗言志'这一诗学理想得以落实，而且在情的领域奋力开拓，实现了人的再发现与自然的再发现，其诗歌写出了生命主体对社会政治之情，以及生命主体对自然世界之情，人与人之间的爱情、亲情与友情，为中国文人诗苑开垦出一片片沃土，使中国诗歌体类之建构宣告完成"②。这一论断扩展至建安赋作，同样适用。

三 人物品评的转向

《后汉书·党锢列传》曾经列举"三君""八俊""八顾""八及""八厨"，所列之人为"一世之所宗""人之英""能以德行引人者""能导人追宗者""以财救人者"，被人注重的是他们的"德行"。而到汉末，刘劭《人物志》便由重德行转为以"才性"为主品评人物。"《人物志》的人格类型说和曹操的人才思想，共同赋予'才性论'以新义：一是重才情而轻德性，二是其思想内涵发生从伦理向心理的转型，三是超越实用功利而走向艺术与审美，四是以'气质性格'之'性'和'文章诗赋'之才塑造出新的人格形象。既是时代风气的结果，又极大地影响了时代风气。"③ 人物品评是社会的风向标，刘劭《人物志》对才性特别是对个性及"文章诗赋"之才的推崇反映时风的转换，同时，必将进一步引领时风的发展。

四 纸张的应用对即时情感表达的促进

汉灵帝时期，正处于简帛与纸张的转换过程中，文人仍以简帛为主来

---

① （南朝宋）范晔：《后汉书》，中华书局，1965，第 1609 页。
② 孙明君：《建安时代"文的自觉"说再审视》，《北京大学学报》（哲学社会科学版）1996年第 6 期，第 43～50 页。
③ 李建中：《魏晋文学与魏晋人格》，湖北教育出版社，1998，第 31 页。

记载知识。以蔡邕为例，《博物志》卷六记载："蔡邕有书万卷，汉末年载数车与王粲。"万卷中的一部分即需要数车，可见蔡邕的藏书仍是以简帛为主。纸与简相比更方便实用，建安年间，纸已经成为公文中的用具。曹操曾下《掾属进得失令》命令诸掾属侍中、别驾用纸函进得失。当时也有了专门抄书的职业，阚泽"家世农夫，至泽好学，居贫无资，常为人佣书，以供纸笔，所写既毕，诵读亦遍"①。虽然史书中仍有简帛应用的记载，但更多地体现一种尊贵。《三国志·魏书》中记载曹丕用素书《典论》和诗赋给孙权，而同时给大臣张昭的却是以纸为材质。素贵纸贱，说明当时的纸已经有了很大的普及。有了更加便利的纸张作为载体，文学的发展也有了明显的变化，对此查屏球先生有精彩的论述："书信体发达的创作趋势至汉魏之际形成了一个高潮，文人书信明显增多。这种创作活动给文坛带来最明显的变化就是文学的抒情性大大增强了。纸的流行带来了文字交往的方便，具有书信功能的交往诗也随之流行起来。如建安七子间交往诗及同题之作尤多。"②而当时的书信与同题诗作，在一段时间内人们大量采用五言诗的形式，五言诗成为时尚同时得以相互借鉴，积累五言诗的创作经验，使其得以在短时间内得到飞跃。

传播媒介对文学创作的影响，"完全以纸取代简帛作为传播工具，大致在后来的东晋时代才完成"③。在三国时期，纸已经在传播上超过了缣帛，缣帛的贵重使汉代的文学传播遇到了问题，写作的记录、流传需要理由。鲁迅先生说过："从来不朽之笔，须传不朽之人。"④普通的人与事很难进入缣帛作为载体的记录系统。然而随着纸张等更为方便廉价的记载载体的流行，普通人日常的喜怒哀乐也开始被记录下来，传于后世。

文人现场创作成为流行，创作周期大大缩短，时效性大大增强。《后汉书·祢衡传》曰："（黄）射时大会宾客，人有献鹦鹉者，射举卮于衡曰：'愿先生赋之，以娱嘉宾。'衡揽笔而作，文无加点，辞采甚丽。"⑤

① （晋）陈寿著，（南朝宋）裴松之注《三国志·武帝纪》，中华书局，1982，第1249页。
② 查屏球：《纸简替代与汉魏晋初文学新变》，《中国社会科学》2000年第5期，第153～163页。
③ 李敬一：《中国传播史》，武汉大学出版社，1996。
④ 鲁迅：《阿Q正传》。
⑤ （南朝宋）范晔：《后汉书·祢衡传》，中华书局，1965，第2657页。

"以娱嘉宾"显然在强调创作的现场完成。相比于司马相如、扬雄等赋家的殚精竭虑、全面构思，瞬间情绪的抒发变得更加普遍。篇制短小的诗歌更加强调及时性，曹丕宴会常有即席之作可为佐证。与现场时效性相伴，以表现个体情感为主或即时情绪大量融入的诗赋创作便成了应有之义。

第二节　东汉末年文学创作的新变

一　抒情方式：直抒其情

诚如徐公持先生所言，"无论何种制度，永不可能实现对全社会、全民生活的全方位覆盖"。东汉末皇权对儒学控制能力的降低以及儒学内部的新变更是礼乐制度控制力下降的表征，"礼乐制度的本质而言，它是对社会成员思想行为的一种引导和规范。它与人的本性并不总是一致的"。傅毅的《舞赋》、马融的《长笛赋》是"生长于礼乐制度藩篱之外的野草，它们的个人性格突出，少受礼乐精神的制约"[1]。这样的作品出现体现的正是汉末时期随着社会制度的控制力下降，他们不再有通过赞颂渗透出些许自我情感（更多时候还要考量情感本身的道德因素）的必要性，转而直接抒发自我的情感。

二　抒情内容：个性化情感成为合理的抒情内容

西汉初，只有具有特殊意义的宴集才值得书写和记忆，而东汉末则转为普通宴集中欢乐的情感也值得抒发。自然这种情感的抒发也自帝王开始，汉灵帝刘宏的《招商歌》写道："凉风起兮日照渠，青荷书偃叶夜舒。惟日不足乐有余。清丝流管歌玉凫，千年万岁嘉难逾。""惟日不足乐有余"，因而渴望夜以继日与美景清音相对，欢乐成为唯一的目的。

不惟帝王，汉末士人也可以抒发对享乐的向往。且看仲长统《乐志论》承继了张衡的《归田赋》，写隐居田园的愉悦，"背山临流""竹木周布"是寻常可见的优美环境，息体养亲是日常的生活需要，而"良朋萃

---

[1]　徐公持：《"礼乐争辉"与"辞藻竞骛"——关于秦汉文学发展的制度性考察》，《文学遗产》2011 年第 1 期，第 13～27 页。

止，则陈酒肴以娱之；嘉时吉日，则烹羊豚以奉之"，分明不离世俗之乐，实则是对"入帝王之门"的否定，更加突出现实与自我。

对比杨恽《报孙会宗书》写小人安居之乐，《报孙会宗书》明确提出与卿大夫之义分道扬镳，认为"安得以卿大夫之制而责我也"，最终"宣帝见而恶之。廷尉当恽大逆无道，要斩"。杨恽被腰斩固然有"骄奢不悔过"被人构陷的原因，其在《报孙会宗书》中对"小人"之情的自然抒发也不能不说是重要原因。而仲长统在《乐志论》中抒发隐居之乐之余，明确地提出"岂羡夫入帝王之门哉"，与杨恽的《报孙会宗书》同有不敬之语，却安然无恙，世风已转，可见一斑。五言体赵壹《秦客诗》写文人愤慨文籍不如富贵，《鲁生歌》抒社会对庶人不公不满之情，哀伤自己的命运。虽然同样指出社会的弊政，但主要已经不是站在国家的立场，而是表现个体的不公，抒发由此导致的哀伤。汉末赵岐直接抒发"有志无时，命也奈何"，仲长统《见志诗》："百虑何为，至要在我。寄愁天上，埋忧地下。叛散五经，灭弃风雅。"凸显自我，喷吐自我的激愤。汉灵帝之前激情创作的作者是帝王，之后则转换为士人，其离经叛道的观点也表明汉末抒情环境变得更加宽松。

爱情：汉末的文人爱情诗作相对较少，《古诗十九首》的产生时期不可能早于桓灵之际[1]，有许多作品更有可能就是曹植本人的作品[2]。爱情书写在赋体方面有了新的发展。汉末蔡邕《青衣赋》是士人第一次以赋的形式书写对具体女子婚姻之前的爱恋，更具有突破意义的是写对一个下层女性——青衣婢女的喜爱与思念。《青衣赋》铺写了青衣女"盼倩淑丽，皓齿蛾眉"的美丽，同时又有着"精慧小心，趋事若飞"的干练，且具"《关雎》之洁，不陷邪非"的冰霜之操，从而感叹"世之鲜希。宜作夫人，为众女师。伊何尔命，在此贱微"。最后铺叙的是不得已的离别以及别后的相思——"我思远逝，尔思来追"。"明月昭昭，当我户扉。条风狎猎，吹予床帏。河上逍遥，徙倚庭阶。南瞻井柳，仰察斗机。非彼牛女，隔于河维。"蔡邕集中选取了与相思相关的意象，明月、清风、流水、庭

---

① 于国华：《汉灵帝时代能否产生〈古诗十九首〉——以蔡邕为中心》，《琼州学院学报》2014 年第 1 期。

② 木斋：《古诗十九首与建安诗歌研究》，人民出版社，2009，第 1 页。

阶、柳树、北斗星、牛女二星，"思尔念尔，愁焉且饥"的情感喷薄而出，戛然而止。其意义首先是对具体的某个"生于卑微"下层婢女的爱恋，写出了突破等级的自然情感。同时，环境、人物、情感均回归普通世俗社会。蔡邕的《协和婚赋》写婚姻的过程，赞夫妻之情。在《协和婚赋》中，蔡邕认为"惟情性之至好，欢莫备乎夫妇"，且认为是"实人伦之端始"。在《协和婚赋》中，蔡邕写了婚礼的过程、女子的美貌，亦有"粉黛弛落，发乱钗脱"的暗示性描写。虽非全赋但是可以看出其与《同声歌》相同的构思，不过《同声歌》更加注重婚姻中女性的心理体验，而在《协和婚赋》中更加注重对婚姻居高临下的审视。袁行霈先生指出，"这两篇赋（《青衣赋》《协和婚赋》）脱离了人神恋爱的模式，转而写男女两性之间的欢爱（虽然没有脱离家庭的范围），是一个进展"①。由此可见，汉末爱情赋开始由人神之恋、代言体转向日常生活中的个性化抒情。

友情：主要代表作品为蔡邕的《答对元式诗》和《答卜元嗣诗》。考察蔡邕的生平，我们可以看出，蔡邕与对元式和卜元嗣的交往并不密切，蔡邕对最为志同道合的朋友并没有赠诗留赋记载友谊，他在酬答之中体现对赠言之人的赞美。其才德"先进博学，同类率从。济济群彦，如云如龙。君子博文，贻我德音"；其长相"斌斌硕人"。其中情感因素较少，更多应酬式的酬唱。这表明，在东汉末以诗赋来表现友情还未形成风尚，但在先秦以来一直存在的以诗赠友（多为引用《诗经》中的诗）的习俗下，汉末有些文人开始尝试以四言形式自作答诗，表达并不深厚的友情。

第三节　建安时期文学情感与表达状况

汉献帝初平三年（192）曹植出生，五月，汉末文坛盟主蔡邕被王允杀害。同时曹操作为东郡太守，在寿张攻破黄巾军，实力和声望都日益上升。对曹植文学创作产生重要影响的王粲等人开始陆续崭露头角。在情感世界建构方面，曹操与曹丕起到了首先扭转时代风气的作用。

---

① 袁行霈：《陶渊明的〈闲情赋〉与辞赋中的爱情闲情主题》，《北京大学学报》（哲学社会科学版）1992 年第 5 期。

一　曹操对建安时期情感世界建构的贡献

对经学的全面突破与曹操有关，曹操并未与经学完全对立，而是在经学的基础上提供了另外一种可以不合儒家道德标准的选择。曹操曾经下《修学令》："丧乱已来，十有五年，后生者不见仁义礼让之风，吾甚伤之。其令郡国各修文学，县满五百户置校官，选其乡之俊造而教学之，庶几先王之道不废，而有以益于天下。"① 然而同时，早在建安八年曹操公开表示"治平尚德行，有事赏功能"②，可见，曹操在未放弃儒学的同时，以"有事赏功能"为理由，使社会放弃以儒学对人物、事件进行终极评判。

沈约说："自魏氏膺命，主爱雕虫，家弃章句，人重异术又选贤进士，不本乡闾，铨衡之寄，任归台阁。"③ 曹操因为出身于宦官家庭，虽然自幼博学，且砥砺不已，偶尔也用儒学以治下，然而始终对儒学采取轻视的态度。《后汉书·许劭传》记载，曹操曾经请求许劭品评自己，许劭"鄙其人"最终评价他为"清平之奸贼，乱世之英雄"，曹操听后，"大悦而去"。④ "奸贼"显然在儒家的道德判断中属于负面评价，然而曹操能够"大悦而去"，其对儒学认知的变通可想而知。

隋代李谔曾经站在儒家的立场上对曹操有所批判："魏之三祖，更尚文词，忽君人之大道，好雕虫之小艺。下之从上，有同影响，竞骋文华，遂成风俗。……于是闾里童昏，贵游总角，未窥六甲，先制五言。至如羲皇、舜、禹之典，伊、傅、周、孔之说，不复关心，何尝入耳。以傲诞为清虚，以缘情为勋绩，指儒素为古拙，用词赋为君子。"⑤ 其中"尚文词""好雕虫之小艺"，若从文学的视角来看，均可看作三祖的功绩，尤其是李谔明确指出"以缘情为勋绩"，虽为泛指，当自曹操而始。曹操对文学由言志走向缘情具体的贡献有两方面。

1. 求才三令对情感束缚的打破

曹操为广求人才，先后颁布三条著名的求才令。其一，《求贤令》的

---

① （晋）陈寿著，（南朝宋）裴松之注《三国志·武帝纪》，中华书局，1982，第 24 页。
② 《论吏士行能令》，《三国志》卷一《魏书》载"庚申令"。
③ （梁）沈约：《宋书·臧焘传》，中华书局，1974。
④ （南朝宋）范晔：《后汉书》，中华书局，1965，第 2234 页。
⑤ （唐）魏征等：《隋书》，中华书局，1997，第 1544 页。

颁布。《三国志·武帝纪》载："（建安）十五年春，下令曰：'……若必廉士而后可用，则齐桓其何以霸世！今天下得无有被褐怀玉而钓于渭滨者乎？又得无盗嫂受金而未遇无知者乎？二三子其佐我名扬仄陋，唯才是举。'"① 其二，建安十九年《敕有司取士毋废偏短令》："夫有行之士未必能进取，进取之士未必能有行也。陈平岂笃行，苏秦岂守信邪？而陈平定汉业，苏秦济弱燕。由此言之，士有偏短，庸可废乎！"② 其三，建安二十二年《举贤勿拘品行令》：列举了史上贱人、贼、小吏负污辱之名，有见笑之耻之人，甚至杀妻、贿官、不孝之人所取得的功绩，最后提出凡"负污辱之名，见笑之行，或不仁不孝而有治国用兵之术：其各举所知，勿有所遗"。③

实际上对人的才德优劣之辨很早就有人讨论，从《论语·宪问》孔子对于管仲的意见可知，儒家亦有所变通。在《论语》中，子贡曾经批评管仲对公子纠不忠，孔子为之辩解道："管仲相桓公，霸诸侯，一匡天下，民到于今受其赐。微管仲，吾其被发左衽矣。岂若匹夫匹妇之为谅也，自经于沟渎而莫之知也。" 实际上，已经将现实功利凌驾于道德之上。东汉王充《论衡·程材》亦曰："文吏以事胜，以忠负；儒生以节优，以职劣。"承认了文吏在道德上的不完美。曹操的贡献在于他很早就成为国家政权的实际控制人，"自都许之后，权归曹氏，天子总己，百官备员而已"④，此后，曹操更进一步，"冬十一月丙戌，曹操自为司空，行车骑将军事，百官总己以听"⑤，曹操凭借自己的权势多次将有才无行的士人列入举荐之列，为之提供了出人头地的上行通道，彻底改变了人们对盗嫂受金等污行的认识，也就是只要有才，哪怕有与礼法格格不入的行为，也可以得到国家的重视，甚至可以和管仲相提并论。这极大地解放了士人的情感束缚。

"孟德三令，大旨以为有德者未必有才，有才者或负不仁不孝贪诈之污名，则是明白宣示士大夫自来所遵奉之金科玉律，已完全破产也。由此推之，则东汉士大夫儒家体用一致及周孔道德之堡垒无从坚守，而其所以

① （晋）陈寿，（南朝宋）裴松之注《三国志·武帝纪》，中华书局，1982，第32页。
② （晋）陈寿，（南朝宋）裴松之注《三国志·武帝纪》，中华书局，1982，第44页。
③ （晋）陈寿，（南朝宋）裴松之注《三国志·武帝纪》，中华书局，1982，第49页。
④ （南朝宋）范晔：《后汉书》，中华书局，1965，第2343页。
⑤ （南朝宋）范晔：《后汉书》，中华书局，1965，第380页。

安身立命者，亦全失其根据矣。故孟德三令，非仅一时求才之旨意，实标明其政策所在，而为一政治社会道德思想上之大变革。"① 正因如此，歌咏欢宴、歌咏女性情感这样的作品才会集中出现。尤其是曹植的情感世界得到了极大的自由，曹操的求才三令并不是让人不拘礼法，从曹操一再修礼俗可知，曹操强调的是才高者可以不拘礼法。曹植正是以才高闻名于世，按照曹操的观点，就连盗嫂受金都无拘碍，由此，他的情感便无任何束缚。

2. 组织文学

曹植《与杨德祖书》写道："昔仲宣独步于汉南，孔璋鹰扬于河朔，伟长擅名于青土，公干振藻于海隅，德琏发迹于此魏，足下高视于上京。当此之时，人人自谓握灵蛇之珠，家家自谓抱荆山之玉。吾王于是设天网以该之，顿八纮以掩之，今悉集兹国矣。"文学侍从正是由于曹操的努力搜罗才齐聚魏都，形成彬彬之盛的局面，并且在曹操的鼓励下众文人经常欢宴雅集，这本与曹操提倡的俭德相违背，曹操却也大力支持。后期曹丕组织文人集会，曾经发生刘桢平视甄后事件，在曹丕自己不在意的情况下，曹操闻听勃然大怒并予以责罚，从中我们可以看出曹丕兄弟组织的文人雅集，一直受到曹操的关注，也可以说，这些雅集实际上都得到了曹操的默许和支持。可见，曹操对文学的重视远超对经学的重视，组织文学必有与经学争鸣的意味。

二 曹丕对建安时期情感世界建构的贡献

曹丕是曹植同父同母的兄长，生于汉灵帝中平四年（187），大曹植6岁，早于曹植进入文坛，以五官中郎将、世子、皇帝的身份始终处于权力的中心。因此曹丕的文学观点、创作倾向与日常好尚对当时文人影响很大。曹丕处理政事之时理智甚或冷酷，而在其性格中，也有通达唯情的一面，对建安作家尤其曹植的情感世界建构产生了积极的影响。

1. 接续曹操，组织文人雅集

曹操军政事务繁忙，而曹丕作为五官中郎将和世子，两个时期均颇有

---

① 陈寅恪：《陈寅恪史学论文选集》，上海古籍出版社，1992，第146～147页。

闲暇。《与吴质书》在追忆文人雅集、友朋相处时动情地写道："昔日游处，行则连舆，止则接席，何曾须臾相失！每至觞酌流行，丝竹并奏，酒酣耳热，仰而赋诗，当此之时，忽然不自知乐也。""每至觞酌流行，丝竹并奏，酒酣耳热"则为个人情绪受到感染，这种感染并非因为对某种国家政策的探讨，也非认识事物的需要，仅仅需要表达内心所思所想、表达自我的情感即可。除孔融外，曹植、建安六子、吴质均有参加游宴的记载。从中可以看出，曹丕组织的游宴活动非常丰富，有时是饮酒宴会，有时为清夜游园，有时是斗鸡、弹棋。在娱乐中抒发情感，亦有咏物这样传统的题材同题共作，亦开发了游戏、游园等新的题材，并且多用五言诗这种新诗体进行创作，形成了一种浓郁的相互切磋的团体氛围。所抒发情感不求统一，且不必歌颂，自由抒己情是一大特征。

2. 曹丕在理论上提高了文学的地位，为抒情张本

曹丕在《典论·论文》中有一段著名的论断："盖文章经国之大业，不朽之盛事。是以古之作者寄身于翰墨，见意于篇籍，不假良史之辞，不托飞驰之势，而声名自传于后。"我们还应该注意到，此后曹丕所列赋作首倡《登楼赋》，该赋为缘情之作。然而曹丕对情感的推崇仍以典正为主，所以对"杂以嘲戏"颇不以为然。在叙述文学四科时将"诗赋欲丽"排在最后，文末写"融等已逝，唯干著论，成一家言"，在对徐干《中论》赞赏的同时，表现出对更擅长表达自我情感的诗赋相对轻视。对于具体情感，曹丕也十分关注，比如他写《交友论》专门探讨友情，认为朋友之间的交往就如"阴阳交，万物成"一样，对于国家治理、对于个人德行均有积极的意义："君臣交，邦国治；士庶交，德行光。"而最终能"同忧乐，共富贵"，则"友道备矣"。特别点出同忧乐为友道的重要标准，无疑是为友情诗赋指明了方向。

3. 在日常行为中打破等级观念，为情感的自由抒发奠定了基础

西晋傅玄在《举清远疏》中说："近者魏武好法术，而天下贵刑名；魏文慕通达，而天下贱守节。其后纲维不摄，而虚无放诞之论盈于朝野。"[1] 曹丕以自己的行为践行着对通达的提倡，比如对王粲的悼亡，《世

---

① （唐）房玄龄等：《晋书》，中华书局，1974，第1317页。

说新语》："王仲宣好驴鸣，既葬，文帝临其丧，顾语同游曰：'王好驴鸣，可各作一声以送之。'"挂骷髅嘲笑大将，以父亲宫人伺己，让妻子出见宾客，并且鼓励手下凝睇而视，其行为打破了长幼、尊卑、男女、雅俗的界限，为情感抒发极大地开拓了空间。

三 曹操、曹丕在情感表达上的贡献

二祖共同以文学作品垂范时人。《宋书·谢灵运传》云："至于建安，曹氏基命；二祖陈王，咸蓄盛藻。甫乃以情纬文，以文被质。……徒以赏好异情，故意制相诡。"谢灵运在论述中强调了二祖陈王的"甫乃以情纬文"的功绩。其中曹操的所有作品与曹丕早期的创作对曹植来说有垂范作用。

《三国志·魏书·武帝纪》中记载，曹操"昼则讲武策，夜则思经传，登高必赋，及造新诗，被之管弦，皆成乐章"。曹操登高必赋，显然有时是吟咏他人诗赋，然而作为实际掌权之人，有此习惯，对身边文学之士的影响可想而知。"登高必赋"表明曹操已经注重即时情感的抒发，更为重要的是，当他创作新诗之后，都"被之管弦"，以音乐的形式扩大了传播的范围。

在作品内容方面，曹操的创作更多地表现了对情感的重视，他是"改造文章的祖师"，而其重要的改造之一就是在文学叙述中加入了深挚的日常情感。在诗赋方面，曹操诗歌有对自然山水的热爱，有对行军艰难的感慨，有一统天下的豪情与忧伤。曹操作为魏国最有实权的人物，其诗赋不再需要向统治者劝谏，难能可贵的是他也并没有通过诗赋教化民众的意图，曹操将诗赋用来表达自我的情志，对建安诗赋创作的题材风格，对曹植的诗赋创作均产生了莫大的影响。

曹丕在文学创作上提倡情感的抒发。曹丕主动提倡疏离政治的唯情之作，建安十七年（212）阮瑀去世，曹丕《寡妇赋（并序）》："陈留阮元瑜，与余有旧，薄命早亡，故作斯赋，以叙其妻子悲苦之情。命王粲等并作之。"张玉谷《古诗赏析》评曰："诗伤寡妇，而竟代寡妇自伤，最为亲切。"① 阮

---

① 河北师范学院中文系古典文学教研组编《三曹资料汇编》，中华书局，1980，第 87 页。

瑀早亡，曹丕并没有叙写失友之悲，而是换了一个角度，从女子的角度代
"阮瑀妻子"抒发内心的悲苦之情，寻找情感最强最痛的角度，进行全新
的情感体验和情感抒发。更重要的是曹丕不仅自己创作，同时要求他人与
己共同创作，由此形成了抒情的风尚。此外，还有《代刘勋出妻王氏作》
《清河作诗》均为此类。

　　总的看来，曹丕的文学创作对于爱情、亲情、友情均有大量描写，这
对曹植来说是积极而直接的影响。爱情方面，曹操、孔融诗文创作中尚不
涉及爱情，曹丕开始将爱情主题引入文人的日常歌咏中，且小心翼翼地采
用拟代方式，先是《寡妇赋（并序）》《寡妇诗》代友人阮瑀之妻抒发孤
寡之情，继而《代刘勋出妻王氏作》《清河作诗》代女子抒情，感夫妇离
别。曹丕此类诗赋包含了夫妻离别的三种情形：死别、被休、因服兵役徭
役被迫分离。或是如《燕歌行》一样以女子的身份抒发对丈夫的思念。其
目的中毫无疑问包括使爱情抒发与自己保持距离，避免他人认为这是士人
真实情感的直接抒发。继而曹丕也做了以第一人称抒发爱情的尝试，但是
此类诗赋数量极少，浅尝辄止。

　　曹丕的咏物赋，也在传统的咏物比德的基础上发展为咏物抒怀，曹丕
《柳赋》中说："在余年之二七，植斯柳乎中庭。始围寸而高尺，今连拱而
九成。嗟日月之逝迈，忽鼍鼍以遄征。昔周游而处此，今倏忽而弗形。感
遗物而怀故，俯惆怅以伤情。"点出遗物怀故，惆怅伤情，柳的状貌变得
不再那么重要，柳真正成为情感的寄托。

四　建安时期其他文人的诗赋缘情状况

（一）亲情主题

《后汉书·孔融传》载路粹枉状奏孔融，其中一条罪状就是："又前与
白衣祢衡跌荡放言，云'父之于子，当有何亲？论其本意，实为情欲发
耳。子之于母，亦复奚为？譬如寄物瓶中，出则离矣'。"党锢之祸使情感
发生了疏离，远离了大一统的秩序，失去了自明性。连儒家的最根本的孝
道都受到了质疑。孔融遵循儒却质疑孝，体现了儒学统治世界崩塌后重建
阶段的自由。

　　亲情诗最具特征的是蔡文姬的《悲愤诗》，写母子分别，写自己得归

汉庭。"己得自解免,当复弃儿子。天属缀人心,念别无会期。存亡永乖隔,不忍与之辞。儿前抱我颈,问母欲何之。人言母当去,岂复有还时。阿母常仁恻,今何更不慈。我尚未成人,奈何不顾思。见此崩五内,恍惚生狂痴。号泣手抚摩,当发复回疑。"表达了与子别离"崩五内""生狂痴"的悲痛与忧伤,亲情的描写便有了深度。表现了自己思乡之情与亲子之爱不能两全之下,离别子女所受的煎熬。将亲情与世乱联系起来,归乡的渴望与母子情深相互撕扯,感人肺腑。

刘桢的《赠从弟》三首,或以蘋藻自喻,或赞松柏不惧风霜终岁端正,或赞凤凰不同流俗,多为自明本志,亲情甚微。王粲《七哀诗》与阮瑀的《驾出北郭门行》一写伤世乱、哀弃子妇人,一写后母虐子、弃子,均为感时伤世。王粲以四言诗的形式写成的《为潘文则作思亲诗》,代言念亲恩思亲;只有孔融的《杂诗(其二)》以五言的形式写丧子之痛,凄婉动人,有开风气之用。

(二)友情主题

建安时期友情渐渐进入文人诗赋创作的视野。王粲的《赠蔡子笃诗》《赠士孙文始》均以四言诗形式写成,描写对友人离别的不舍。除孔融、徐干外其他诸子都有公宴诗写与朋友一起参加公宴的快乐。应场的四言诗《报赵淑丽诗》内容亦为怀友,刘桢与徐干的酬答《赠徐干诗》更是情真意切,充满了对友人的思念。建安文人很少以赋体书写友情,仅有王粲的《思友赋》写物是人非,表达对亡友的思念之情。

(三)爱情主题

建安时期,爱情主题逐渐兴盛,体现在除孔融外,其他诸子或者以神女与人的爱恋探讨诱惑与止欲的问题,或在曹丕的引领下创作代言体的以夫妻爱恋为内容的诗赋。其中最为突出的是徐干,其创作的《室思》诗共6首,以组诗的形式细致地描写了女子对丈夫无法割舍的思念,惜乎主题比较单一,从中或许可以看出些许寄寓,然而也是以男子作闺音的形式拉开了思念的距离,呈现爱情主题在试探中创作的特征。

(四)对建功立业的渴望与人生不顺遂的忧伤

生逢乱世,建安时期文人多有建功立业的凌云之志,然而现实是他们多没有足够的政治军事才华，失意之后必然会产生人生不顺遂的忧伤，因而这两方面成为建安时期诗赋创作集中的主题。自孔融以下各家均有书写，他们借公宴写得遂己志的快乐或渴求援引的急切，或借赞美征伐写自己得予盛事的豪迈与激昂，或直书己无时谋建功立业之恨〔王粲《从军诗（其四）》〕，或借悯骥之不遇寄自我之情怀（应场《悯骥赋》）。刘熙载在《艺概》中说："建安名家之赋，气格遒上，意绪绵邈；骚人情深，此种尚延一线。"① 对建安赋作的抒情特征加以肯定。建安文人书写自我不遇情怀的赋作渐多。

祢衡的《鹦鹉赋》与傅毅的《舞赋》、马融的《长笛赋》在表达情感方面有所不同，《鹦鹉赋》约作于建安三年②，体现了建安赋情感表达的新变。首先，《鹦鹉赋》的创作情境是即席而作，集中表现一时的情感。其次，《鹦鹉赋》中完全以鹦鹉喻己以抒己情，删汰以往咏物赋中对物性的无关描写。在感物兴怀的天平上，明显向兴怀倾斜。瞿蜕园说祢衡是"借了鹦鹉这个题目，发泄心中的感慨，字面上是替鹦鹉诉衷怀，词气之情却是写有志之士在离乱时期那种委屈苦闷的心情"③。

建安时期文学缘情状况为曹植诗赋由言志向缘情转换提供了土壤。建安时期的情感世界经曹操、曹丕、孔融等人开拓，已经呈现新的特征。曹操的求才三令，虽为求才，实则有扭转风气的作用。其中"盗嫂受金"的提法尤其惊世骇俗，在才能与道德的天平上明显偏向才能，也使对爱情世界的认识和表达彻底突破了儒学的藩篱。而孔融以孔子后人、四海闻名的身份对父母的认识从侧面给予儒学思想一记痛击，儒家是忠君孝亲的坚定维护者，孔融对父母之亲的质疑表明在建安时期，汉儒所提倡的理论无论是观点还是理据都不再具有自明性，都在受到冲撞，为曹植表达不合伦理的爱恋，提升亲情、友情的地位，表达自己的欢乐与忧伤，提供了一个相对自由的空间。

从创作主体上看，建安七子作为诗赋创作主体身份仍然是文学侍从，然而其身份是五官中郎将和并无实权的年轻侯王的侍从，比起枚乘、司马

---

① （清）刘熙载：《艺概》，上海古籍出版社，1978，第86页。
② 刘跃进：《秦汉文学编年史》，商务印书馆，2006，第630页。
③ 瞿蜕园选注《汉魏六朝赋选》，商务印书馆，1964，第52页。

相如等人身份再次发生下移，歌咏公子闲情与担负对皇帝诸侯歌功颂德职责自然不同，而对曹植而言，因其个性这一特征更加明显。建安诸子在齐集魏都之前均已名满天下，曹丕、曹植作为后起的青年才俊有学习与超越意识，共同学习与切磋，才会同题共作，才会在赋之外，热衷于选择新的文体——五言诗进行创作。而这也促进了即时情感和欢乐情绪的表达，促进了友情的书写，促进了对爱情的体味，促进了士不遇情感以及对建功立业渴望的表达。

情感表达的主题由与志相关转为情志并重。通观建安之前的文人创作，基本仍停留在"情志不通，故作诗者以诵其美而讥其过"① 的阶段，很少单纯抒发自己的情感而与诵美讥过之志无关。对王粲《七哀诗》的解释，吕向说："谓痛而哀，义而哀，感而哀。怨而哀，耳目闻见而哀，叹而哀，鼻酸而哀伤也。"《七哀诗》的盛行说明当时对表达哀伤情感的重视。虽然仍然是对时局的感叹，但是哀伤已经走到前台。蔡琰《悲愤诗》亦以情感为题，书写世乱给自己带来的苦痛与忧伤。此外曹丕诗序中大量谈到为情作文，比如《寡妇诗》"友人阮元瑜早亡，伤其妻（子）孤寡。为作此诗"。"伤"为创作的缘起，抒发情感是唯一目的。

在诗赋作品中，曹操已经注重对动荡社会引起的个人情感进行抒发，兼有即景明志之作。曹丕更是注重引领众人体味并表现情感，有代被休弃的女子抒情，有代死去丈夫的女子诉苦，有代离别的夫妇表忧，也有友人宴会的欢乐，由此体现了曹丕对情感的重视。曹丕的亲情描写很有特色，在诗赋序中谈到有兄弟参加，在文中却不出现，体现了作者自矜身份，对兄弟的漠视。唯一写兄弟的赋作是因为母亲思念过甚而作。虽然早期曾经抒发思乡情结，一旦掌权，在政策上坚决杜绝藩王回京，置兄弟亲情于不顾。相比之下，曹植对于兄弟之情便深挚得多，在曹丕被立为世子之前，诗歌中多次谈到兄弟，抒发与兄长同游的欢乐，赞美兄长的德行。在晚期甚至冒着被治罪的危险多次呼吁亲情，暗中指责兄长兼君主对亲情的忽视。其他诸子环绕在曹丕、曹植周围，各种情感主题均有创作，共同促进了建安文学对情感的深入表达。

---

① （汉）郑玄笺，（唐）孔颖达疏《毛诗正义》卷首《诗谱序正义》引。

建安七子中孔融年岁较大，其创作特征仍然属于汉音余绪。对曹植文学创作有影响的是其他六子，同时曹植因为其地位和才华，与六子产生相互影响。曹植明确提到对他有影响的是杨修、丁廙、王粲。吴质《答东阿王书》称许曹植"是何文采之巨丽"，并将曹植比作东岳泰山，而将其他人比作寻常众山。杨修同样称赞曹植"含王超陈，度越数子"。五言腾涌的状态是与游宴诗一起出现的，五言诗对于众人都是新诗体，由此可见，曹植与众人之间切磋的意味更浓。曹植虽然秀出于时，然身处于情感世界由汉儒的极端压抑转而被曹操、孔融、曹丕强力反弹的时期，身边有二祖六子等对各种情感主题进行尝试性创作，自身又经历了不伦之恋、夺嫡的猜忌，以及原有建功立业的渴望，却始终无法达成，这些共同促成了曹植丰富的情感世界生成与缘情之作的产生。

第三章

曹植的亲情世界与文学表达

亲情是血亲间存在的感情。在中国亲情有着特殊的重要地位。血缘伦理是儒家哲学的根本，所谓"孝悌也者，其为仁之本与？"孝悌便是从亲情的角度提出的要求，并成为仁的根本。汉代中期更是将亲情与社会等级秩序直接联系起来，《白虎通·三纲六纪》："三纲者，何谓也？谓君臣、父子、夫妇也。"文学的功用也经过亲情的路径与移风化俗相连。《毛诗序》认为《诗经》之用，可以"经夫妇，成孝敬，厚人伦，美教化，移风俗"，这一认识一直贯穿到汉末。

曹植对亲情十分重视，终其一生都在表现亲情，呼唤亲情。对曹植亲情世界的认识包括曹植与父母之间的亲情、曹植与兄弟姐妹之间的亲情、曹植与妻子儿女之间的亲情，其中争议最大又关涉众多的是曹植与兄长曹丕的关系问题，其核心是"夺宗"。

第一节 曹植与兄长"夺宗"论

关于曹植夺宗的问题，古今学者各执一词，至今仍无定论，其中有代表性的是如下两种观点。其一，曹植参与夺宗。钟优民认为，曹操在立嗣上长期犹豫不决，"诱发了两个觊觎皇位的儿子的政治野心"，他们各自形成了政治集团，"展开针锋相对、你死我活的残酷斗争"。[1] 曹道衡认为曹

---

[1] 钟优民：《曹植新探》，黄山书社，1984，第38页。

植"年少气盛，自以为才华出众，想做一番事业，因此不免对王位继承权
有过幻想"，"因此有与曹丕争位的行为"，但是这种行为"与其说曹植是
出于野心，还不如说更多地表现了他的幼稚和躁进"。① 徐公持也认为曹植
与曹丕之间存在立嫡之争，曹植失败的原因主要是"败于自己的性格作
风"。② 其二，曹植并未参与"夺宗"而是"以天下让"。王通《文中子·
事君篇》说："子曰：陈思王可谓达理者也，以天下让，时人莫之知也。"③
刘克庄发挥王通之意说："曹植以盖代之才，他人犹爱之，况于父乎？使
其少加智巧，夺嫡犹反手尔。植素无此念，深自敛退，虽丁仪等坐诛，词
不连植。"④ 这两种观点截然对立，各有拥趸，实则两说皆有片面牵强之
处，因此本书对此详加探讨。

一 "夺宗"三阶段

（一）第一阶段：曹操的培养与曹植无心"夺宗"
（建安十六年至建安二十一年曹操被封为魏王）

曹操曾经公开表示平等对待诸儿。建安二十一年曹操下《诸儿令》，
可以代表他的态度："今寿春、汉中、长安，先欲使一儿各往督领之，欲
择慈孝不违吾令儿，亦未知用谁也。"明确表示"不但不私臣吏，儿子亦
不欲有所私"⑤。在整体上曹操对诸子是公平的，甚至对假子同样如此。
《三国志·魏书·何晏传》裴松之注引《魏略》记载："太祖为司空时，
纳晏母并收养晏，其时秦宜禄儿阿苏（秦朗）亦随母在公家，并见宠如公
子。"另据《三国志·魏志·明帝纪》注引《魏氏春秋》记载："（秦宜禄
之子）朗随母氏畜于公宫，太祖甚爱之，每坐席，谓宾客曰：'世有人爱
假子如孤者乎？'"颇以一视同仁对待诸子而自豪。正是在这种思想的指导
下，曹操对诸儿文武兼重，对好武的曹彰诫之"读书慕圣道"，对好文学
的也携之从军以观行军布阵，且赠刀"以辟不祥，摄服奸宄"。曹操对待

① 曹道衡：《从魏国政权看曹丕曹植之争》，《辽宁大学学报》（哲学社会科学版）1984 年第
　 3 期，第 78 页。
② 徐公持编著《魏晋文学史》，人民文学出版社，1999，第 69 页。
③ 郑春颖：《文中子中说译注》，黑龙江人民出版社，2003，第 54 页。
④ （宋）刘克庄撰《后村诗话》，王秀梅点校，中华书局，1983，第 2 页。
⑤ （三国）曹操：《曹操集》，中华书局，2012，第 47 页。

子女总体公平，按照"慈孝""不违令"等标准，按照个人的品行与能力不免有所偏爱。曹操除喜欢早亡的曹冲外，最喜欢的便是曹植。曹操对其多次称赏，最早对其封侯，安排重要人物为其掾属，除曹丕外曹植是唯一被委以守邺重任的，可以说曹植是除曹丕外最被曹操寄予厚望并着力培养之人。

1. 曹操对曹植的培养

曹操对曹植的刻意培养是从建安十六年开始的。建安十六年曹植被分封为平原侯，其时曹植 20 岁。曹操曾经自己解释这次接受汉帝对子分封的原因："前朝恩封三子为侯，固辞不受，今更欲受之，非欲复以为荣，欲以为外援，为万安计。"① 此时曹植的文学创作能力尚未得到曹操的赏识，同时被分封的人物有曹豹、曹据，二人此后均未受到特殊对待，可见此次分封的确是"以为外援"。虽然曹操重视曹植但并没有将曹植当作继嗣的人选，直至曹操被封为魏王之际对曹植的培养都可作如是观。

建安十七年，曹操率诸子登台，使各为赋，曹植创作的《登台赋》引起了曹操的注意，一句"汝倩人邪"分明表示曹植的才华超出诸子，且大大超出了曹操的预期。自此，曹植"言出为论，下笔成章"，在两个方面展示着自己的才华。文学上得到了当时建安诸子的肯定和赞扬，而在政事上也得到了曹操"儿中最可定大事"的评价。曹操对曹植的重点培养正是在这样的背景下展开的。

首先，以邢颙为曹植家丞。曹操特地为曹植挑选了邢颙为平原侯家丞，刘桢为庶子。邢颙，时人称"德行堂堂邢子昂"，刘桢称赞邢颙为"北土之彦，少秉高节，玄静淡泊，言少理多，真雅士也"。曹操在选官之际便明确地宣称："侯家吏，宜得渊深法度如邢颙辈。"② 选德行堂堂、渊深法度的邢颙作为初被封侯、年少得志的曹植家丞，其栽培之意甚为明显。根据江竹虚整理曹植师友，此时结交的"关系较深，而事迹见于传注"的除邢颙外，还有王粲、徐干、刘桢、应场、陈琳、阮瑀、杨修、丁仪、丁廙、邯郸淳、司马孚、任嘏、郑袤、杨俊等。③ 其中应场、司马孚、

---

① （晋）陈寿著，（南朝宋）裴松之注《三国志·武帝纪》，中华书局，1982，第 33 页。
② 《诸子选官属令》。
③ 江竹虚：《曹植年谱》，台北：台湾商务印书馆，2013，第 74 页。

刘桢、邯郸淳均做过曹植的属官。尤其值得注意的是建安十九年，在曹丕、曹植同求邯郸淳的情况下，曹操遣邯郸淳诣曹植，任临淄侯文学，体现了曹操对曹植的重视。

其次，委以守邺重任。建安十九年七月，曹操出征，曹植被委以守邺重任，曹操作《戒子植》，说："吾昔为顿丘令，年二十三。思此时所行，无悔于今。今汝年亦二十三矣，可不勉与！"① 这是除曹丕外，受到曹操信任和重视的表现。

再次，多次随军。依据《三曹年谱》，建安十六年七月，曹操征马超，曹植从征。丕守邺。建安十七年曹操征孙权，曹丕、曹植从征。曹操在携带曹植过程中，对其有意识地进行栽培，曹植所说"又数承教于武皇帝，伏见行师用兵之要"。曹植从军对其政治军事能力的提升是十分关键的，虽没有具体建功立业，但是给曹操留下了"儿中最可定大事"的印象。

相比其他子女曹操对曹植是重点培养，但我们不应当过分强调其有特殊的含义。因为让家属随军是曹操一贯的做法，而曹丕早在建安十一年 20 岁时便开始有守邺的经历。② 曹丕署官的声名、能力与曹植相比有过之而无不及。更为重要的是早在建安十六年春正月，即"命公世子丕为五官中郎将，置官属，为丞相副"。曹操后来在《立太子令》中明言："告子文，汝等悉为侯，而子桓独不封，止为五官中郎将，此是太子可知矣。"曹操此言不虚，除了在建安二十一年，曹操对立世子有短暂的犹豫外，自曹昂死后，曹丕一直是曹操心目中继承人的不二人选。其中最为重要的培养措施便是在建安十六年（211）任命曹丕为五官中郎将、副丞相，这一位置的重要性，从《三国志·魏书·邴原传》的记载中可以看出："魏太子为五官中郎将，天下向慕，宾客如云。"③ 这一任命颇有深意："曹丕在曹操霸府时期并没有在霸府内任职，而是出任汉朝的五官中郎将，并作为丞相的副手开府。其如此任职的目的在于标示其继承人身份，以丞相副手身份于霸府之外组成另一吸纳人才的机构。并通过担任五官中郎将典领郎官选举，培植自身势力，为未来的政治发展做好准备。这一模式实现了曹氏人

---

① （晋）陈寿著，（南朝宋）裴松之注《三国志·曹植传》，中华书局，1982。
② 张可礼编著《三曹年谱》，齐鲁书社，1983，第 93 页。
③ 张可礼编著《三曹年谱》，齐鲁书社，1983，第 114～115 页。

力资源的最优分配，也使曹丕得到了政治锻炼。"① 可谓用心良苦。

曹操霸府为曹魏王朝的建立做了人才和制度上的准备，提供了强有力的保障，树立了权威，做了舆论上的准备。而作为"丞相副"的曹丕，无疑是除曹操外参与事务最多，可以共同分享资源的。这无疑为曹丕日后被立为世子、继位甚至代汉打下了坚实的基础。因而，曹植之被重视，仅相对于其他诸子而言，若与曹丕相比，实逊一筹。

2. 曹植无心夺宗

曹操早期并没有改换继承人的想法与行为，曹植也安于庶子之位，丝毫没有夺宗之意，理由如下。

首先，未树党羽。曹植如果此时有与曹丕竞争的想法，必然会拉拢实权人物、世家大族子弟为自己夺宗做好准备。考察江竹虚所总结的曹植的"师友"就可以看出，在所谓的曹植集团中，只有杨修是因为才华秉性相同，曹植着力结交。其他人员与曹植的关系都极为松散，毫无小集团的模样。

最明显的例证就是曹植对于名声在外的家丞"德行堂堂邢子昂"——邢颙十分简慢，以至于庶子刘桢上书劝谏曹植："家丞邢颙，北土之彦，少秉高节，玄静淡泊，言少理多，真雅士也。桢诚不足同贯斯人，并列左右。而桢礼遇殊特，颙反疏简，私惧观者将谓君侯习近不肖，礼贤不足，采庶子之春华，忘家丞之秋实，为上招谤。"② 曹植礼贤不足，固然是因为他有恃才傲物的个性，遇到"防闲以礼，无所屈挠"的邢颙，二人无法相合。但"任性而行，不自雕励"同时也说明曹植并未有意识地为夺宗而韬光养晦。不出意料，邢颙在曹操咨询谁堪继嗣的关键时刻坚定地支持了曹丕。

在曹植的师友中，王粲、徐干、刘桢、应场、陈琳、阮瑀只能算作文友。任嘏、郑袤仅仅是做过曹植的属官，并未留下任何与曹植亲近的记载。邯郸淳、杨俊是有感于曹植的才能而对他有所称赏。司马孚与邢颙一样最终走向了曹丕阵营。而孔桂不过是见风使舵的小人，并未对曹植有任何助益。作为丞相主簿的杨修，是曹植着力结交的朋友，也是最

---

① 赫飞：《曹丕霸府外任职模式试析》，《湖北社会科学》2014 年第 4 期，第 96 ~ 98 页。

② （晋）陈寿著，（南朝宋）裴松之注《三国志》，中华书局，1982，第 383 页。

有可能在曹植立嗣问题上给予曹植帮助的人，但他始终未向曹操进一言，仅有平日亲近的文友丁氏兄弟为其鼓吹，显然曹植树立党羽的说法①是不正确的。

曹操在立曹丕为世子之后，唯一担心的是在自己死后杨修可能帮助曹植争权。鱼豢的《典略》记载："二十四年秋，（曹）公以修前后漏泄言教，交关诸侯，乃收杀之。"② 而真正的原因是，西晋陈寿《三国志》卷十九《陈思王植传》："太祖既虑终始之变，以杨修颇有才策，而又袁氏之甥也，于是以罪诛修。"为曹丕继位扫清障碍。一般认为杨修之死与曹植夺宗有关，殊不知，杨修未对曹植夺宗出一策，进一言。同时，我们应当注意的是杨修与曹丕也并未交恶，"初，修以所得王髦剑奉太子，太子常服之。及即尊位，在洛阳，从容出宫，追思修之过薄也，抚其剑，驻车顾左右曰：'此杨德祖昔所说王髦剑也。髦今焉在？'及召见之，赐髦谷帛"③。曹丕对杨修的怀念情真意切，表明杨修只是才华横溢，家庭出身无法让人放心，偏偏又与曹植私交甚好，曹植与杨修并非联合起来对抗曹丕的政治集团。曹操诛杀杨修与诛杀周不疑的说法相类，实在是防范万一之举。

其次，仍与曹丕交好。曹植在建安二十一年之前未有夺宗之念的另一个证据是此时曹植与曹丕的关系仍然很密切。在建安二十一年前，曹丕、曹植经常"兄弟共行游"④，曹植也多次充满深情地写与曹丕一起欢宴，特别是建安二十年曹丕在孟津，曾经让曹植代己向钟繇索要玉玦。根据《三国志》卷十三《魏书·钟繇传》注引《魏略》记载："后太祖征汉中，太子在孟津，闻繇有玉玦，欲得之而难公言。密使临淄侯转因人说之，繇即送之。太子与繇书曰：'……令舍弟子建因荀仲茂转言鄙旨。'"向别人索要物品，是很难公开言说的事情，既然不是名正言顺，便容易留人口实，所托之人便需要关系密切。曹丕此时托曹植因人说之，证实了直至建安二十年，在曹丕眼中，曹植并不是竞争对手，二人的关系还十分融洽。

---

① 吴淇说："魏武帝以子建才类己，几欲易太子。所以子建与文帝各竖党羽，而子建之党犹盛。"见《六朝选诗定论》卷六。
② 见《三国志》卷十九《陈思王植传》裴松之《注》转引。
③ （晋）陈寿著，（南朝宋）裴松之注《三国志》卷十九，中华书局，1982。
④ 曹丕：《于玄武陂作诗》。

（二）第二阶段：曹操的狐疑与曹植的顺承
（建安二十一年曹操立魏王始至建安二十二年司马门事件）

建安二十一年夏天，曹操晋爵为魏王。曹操并没有依照惯例按时册封世子，这一反常行为引起了各方心理的变化。首先，曹丕开始不自安。曹操在应立世子时却毫无动静，自然会引起所有人的猜测，作为理所当然的继承人，曹丕心中的不自安在所难免，所以才会有问相人，问贾诩自固之术的事情。其次是一些见风使舵的人开始亲近曹植。《魏略·佞幸传》记载："桂见太祖久不立太子，而有意于临淄侯，因更亲附于临淄侯而简于五官将，将甚衔之。"然而，人们一般夸大了"久不立太子"的"久"字，其实，只有曹操晋爵魏王，才有可能立世子。而晋爵魏王至曹丕被立，仅一年左右时间而已，从之后的事态发展来看，曹操之所以没有立即立世子，的确是由于曹植的各方面才能不断显露，曹操对曹植喜欢的程度超过了曹丕，"儿中最可定大事"便是曹操对曹植最好的评价，于是在立谁为世子的问题上曹操内心产生了犹豫。

我们必须注意的是拥有雄才大略的曹操不可能仅靠个人好恶决定继承人，必然会综合考虑各种因素。实际上，曹操对废立之事极为重视与谨慎，这从此前谈及汉帝废立时的态度便可知一二。据《魏书》记载，曹操曾说："夫废立之事，天下之至不祥也。古人有权成败、计轻重而行之者，伊尹、霍光是也。"[1]从中可知，曹操认为废立是天下最"不祥"的事，那么也就是最艰难的事情。但是废立也有可能成功，这就要看当时的情势，"权成败、计轻重"。

曹操在对是立曹丕还是曹植产生狐疑之后，便通过密访征求相关重臣的意见。

《三国志》卷二三《杨俊传》载："初，临淄侯与俊善，太祖適嗣未定，密访群司。"《崔琰传》载："时未立太子临淄侯植有才而爱，太祖狐疑以函令密访于外。"《三国志·魏书》及裴注明确记载曹操曾经为立曹丕还是曹植咨询数人，包括太中大夫贾诩、尚书崔琰、东曹掾邢颙、侍中桓阶、中尉杨俊、尚书仆射毛玠、西曹掾丁仪、黄门侍郎丁廙。

---

[1] （晋）陈寿著，（南朝宋）裴松之注《三国志》，中华书局，1982，第4页。

结果为二，其一是亲近曹植的丁氏兄弟力荐曹植。"太祖既有意欲立植，而仪又共赞之。""廙尝从容谓太祖曰：'临淄侯天性仁孝，发于自然，而聪明智达，其殆庶几。至于博学渊识，文章绝伦。当今天下之贤才君子，不问少长，皆愿从其游而为之死，实天所以锺福于大魏，而永授无穷之祚也。'"想要劝动太祖。太祖明确回答："植，吾爱之，安能若卿言！吾欲立之为嗣，何如？"丁廙认为："发明达之命，吐永安之言，可谓上应天命，下合人心，得之于须臾，垂之于万世者也。"中尉杨俊虽对曹植并不亲近（从司马懿与杨俊关系可知），但是据实回答曹丕曹植的优劣，对曹植有所褒扬。

然而当时更多人亲近曹丕，坚持正统。这一派有太中大夫贾诩、尚书崔琰、东曹掾邢颙、侍中桓阶、尚书仆射毛玠。还有许多史料未载但是始终与曹丕亲近的实权人物。这些拥护曹丕的人物无论职位还是影响都远超丁氏兄弟，体现了悬殊的力量对比。最终，由于"植任性而行，不自雕励，饮酒不节。文帝御之以术，矫情自饰，宫人左右，并为之说"，所以曹操最终确定依旧由曹丕继嗣。

建安二十一年，曹植被封为万户侯，看到曹操未按时立世子，此时的曹植自然也感受到了曹操的犹疑，也开始产生了"夺宗"的幻想。

1. 写《与杨德祖书》来表明自己的志向

曹植在信中表明"建永世之业，流金石之功，岂徒以翰墨为勋绩，辞赋为君子哉！"① 此文表现了曹植不满足于文学成就，而企图建立政治功业的渴望与决心。这是当时有志之士的共同理想，本无可厚非，然而，其出现在曹操欲立世子而未立的关键时期，说明曹植并没有因避免与曹丕竞争而韬光养晦、克己远防。此举难免有向曹操表明态度之嫌，证明了此时曹植也有了些许对世子之位的幻想。

2. 默许丁氏兄弟为己而说

人有亲疏，丁氏兄弟向来与曹植亲善，当机会出现的时候自然会为曹植争取，一则曹植才能远胜曹丕，关乎将来大魏的气运，二则也关乎自身的荣华富贵，于是并为之说。丁仪对曹操的"欲立植"的想法"共赞之"，

---

① （三国魏）曹植：《与杨德祖书》。

丁廙主动地劝谏曹操，虽没有史料明确记载曹植是否知情，可是按照常理曹植应当知道，他并没有着力阻止，可见曹植的心理倾向。

曹植对继承人之位有了幻想，却并未主动出击，而是采用了顺承的态度，理由如下。

首先，曹植的夺宗想法是临时起意，源于曹操的犹疑，自己事先毫无力量积累，只能依靠曹操。《文帝纪》裴松之注引《魏略》曰："太祖不时立太子，太子自疑。"此说最切，正因为曹操在当时处于绝对强势的地位，诸子中除曹彰外，均未建立大的功勋，谁都不可能抗拒曹操的安排。因此，曹操的态度显得至关重要，如前所述，曹植在建安二十一年前毫无夺宗之念，任性而行，没有任何为夺宗做的铺垫与准备，他只能选择顺承，也就是继续表现自己的文采，继续表达自己的政治理想，展示自己各方面的才华，不退缩不前进，以不争为争，期待得到曹操的赏识。

其次，曹植并未利用卞后、崔琰等人为自己游说。在曹丕被定为嗣的原因中，有一点被特意提出加以强调，那就是"宫人左右，并为之说"。根据史料记载，曹丕的确得到了赵王干之母的帮助。如果曹植有主动夺宗的行为，有一大助力想必会起到作用，那就是受到曹操敬重的曹植生母卞后。虽然我们随处可见卞后对曹丕的冷淡和对曹植的喜爱，然而我们遍查史料都没有发现卞后为曹植夺宗进一言。

除卞后外，崔琰在立嗣事件中的态度也很有说服力。崔琰是曹植妻子的叔父，属于曹植的近亲。在曹操为立嗣之事"以函令密访于外"时，"唯琰露板答曰：'盖闻《春秋》之义，立子以长，加五官将仁孝聪明，宜承正统。琰以死守之。'"崔琰露板答密函，暴露了曹操并未确定以曹丕为继承人的事实，势必引起曹操的不满，当时曹操便"贵其公亮，喟然叹息，迁中尉"，长叹一声，将其调离。崔琰作为"甚有威重，朝士瞻望"的重要人物，露板而答便以自己的态度影响了大批朝臣，为曹丕阵营加码，更为重要的是，崔琰作为曹植的姻亲，竟对立曹丕以《春秋》大义为据，以死守之，站在了曹植的对立面。连曹操都"贵其公亮"，也就是肯定崔琰的无私和正确。崔琰公开回答，曹操的表态也必然是公开回应，这无疑是有着示范作用的，势必影响部分动摇者的态度。曹操定嗣已经进入了"快车道"，答案呼之欲出，而在其中起到重要作用的竟然是曹植的姻亲，可见即使是此时，曹植也没有联络亲友，为自己的夺宗鼓吹。

（三） 第三阶段：曹植的退让
（建安二十二年司马门事件至建安二十四年曹丕继承魏王）

曹操在密访重臣，在心目中已经确立了继嗣人选之后不久，便发生了司马门事件。关于司马门事件，西晋陈寿《三国志》卷十九《陈思王植传》有如下记载："植尝乘车行驰道中，开司马门去。太祖大怒，公车令坐死。由是重诸侯科禁，而植宠日衰。"

据《曹植年谱汇考》[①]，司马门事件发生的时间为建安二十二年，同一年，有两件大事与曹植相关，其一为"增置邑五千，并前万户"，成为万户侯，其二为曹丕被立为世子。此次事件发生的时间必然为封为万户侯之后，在曹丕被立为太子之前，理由如下：如果发生犯禁的事情，即使免于处罚，也绝不可能在同一年被"增置邑五千"，况且也与史书明确记载的"植宠日衰"不合。

曹操为定嗣问题曾经以密函访群司，还曾经单独与相关手下密谈。司马门事件也必定发生在询问贾诩、立嗣人选确定之后，这是因为对贾诩的询问若发生在司马门事件之后，曹操已经"吾异目视此儿"，曹植"宠日衰"，便不必有此一问。而问罢贾诩，太子已定，司马门事件不过是给了曹操一个重诸侯科禁的口实罢了。因此可见，从陈寿开始人们便夸大了司马门事件在曹植夺宗失败中所起到的作用。

曹植为什么会开司马门私出呢？共有两种可能，其一为曹植刚刚"增置邑五千，并前万户"成为万户侯，加之一贯"任性而行"，因此得意忘形，是无心失礼之行。第二种可能便是有意为之。曹操对此事极为重视，杀公车令，连下三道诏令，此事非小。以曹植的处事才能、理想抱负来看，第一种可能性极小。

司马门事件发生后，曹操连下三令，实际前两令可以合二为一，共计二令。《魏武故事》记载道："始者谓子建，儿中最可定大事。"又令曰："自临淄侯植私出，开司马门至金门，令吾异目视此儿矣。"又令曰："诸

---

① 徐公持：《曹植年谱汇考》，范子烨编《中古文学研究·中古作家年谱汇考辑要（卷一）》，世界图书出版西安有限公司，2014，第210页。

侯长史及帐下吏，知吾出辄将诸侯行意否？从子建私开司马门来，吾都不复信诸侯也。恐吾适出，便复私出，故摄将行。不可恒使吾以谁为心腹也！"①

前两令说明原本曹操对曹植非常认可，认为他是所有孩子中最"可定大事"的，然而竟然开司马门到金门，让曹操无法这样看他了。由此便有了疑问，开司马门与"定大事"有何关系？

第三令说明在曹操心中，曹植因开司马门的事件失去了信用。因此"吾都不复信诸侯也"，失信的原因主要是背着自己"私出"，而最后一句很显然是对"诸侯长史及帐下吏"所说，公车令为此而死，以此为借鉴，不要让我总以为谁是心腹，其实每个人都有可能违背自己的命令。

《汉书》应劭注说："驰道，天子所行道也。"根据学者考证曹植所开司马门在邺城，此时曹操尚不是天子，因此行驰道虽然违礼，但相比行天子驰道，罪过要小。曹操也认为私出的过错更大，因此开始重视已经存在的诸侯科禁。如果说曹植是因为一贯的"任性而行"，那么便与第一令中的定大事毫无关系。

如果此事确定为有意为之，一直采取顺承态度的曹植为什么突然要以如此激烈的方式退出继嗣之争呢？当时曹操对丁廙所说"吾欲以植为嗣"，应该能够反馈到曹植耳中；曹操赞叹支持曹丕的崔琰"公亮"，想必也会传遍朝野。曹操立嗣态度并不明朗，在这样关键的时刻，继续保持顺承与等待则进可能有天下，退可免祸，是最好的应对方式。

经驰道私出，便成了曹植最好的退出竞争的方式。因为驰道有专人管理，行驰道私出一定会有人报给曹操，可以对外显露自己的因任性而违礼，可以顺理成章地退出继嗣之争，因曹操尚不是天子，行只有天子通行的驰道所受处罚又在可接受的范围内。此事亦有先例，《汉书·江充传》："充出，逢馆陶长公主行驰道中。充呵问之，公主曰：'有太后诏。'充曰：'独公主得行，车骑皆不得。'尽劾没入官。"② 馆陶公主因为有太后令，没有得到任何处罚。如果曹操无心立曹植为嗣，在汉代曾经有行驰道的惩罚可做参考：《汉书》中记载，高平宪侯魏相"甘露元年，坐酎宗庙骑至司

① （晋）陈寿著，（南朝宋）裴松之注《三国志》，中华书局，1982，第558页。
② （汉）班固：《汉书》，中华书局，1962，第2177页。

马门，不敬，削爵一级为关内侯"①。如果曹植被降爵一级，便可以与诸兄弟等同，这样既达到了目的，又处于不被猜忌之位。

自发生司马门事件之后，曹植更是深自退让，尤其是《魏书》记载，建安二十四年，"太祖以植为南中郎将，行征虏将军，欲遣救仁，呼有所敕戒。植醉不能受命，于是悔而罢之"②。裴松之注引《魏氏春秋》说："植将行，太子饮焉，逼而醉之。王召植，植不能受王命，故王怒也。"③

此次事件，一般论者将其看作曹植"饮酒不节"的一个注脚，并以此为曹植性格缺点，作为没被立为嗣的一个重要原因。殊不知，曹植本人就曾经创作《酒赋》倡导戒酒。在其文学作品中虽多次描写饮酒，却丝毫没有酒醉的描写。因此，曹植的那次醉不能受命，必定是有意为之，也就是曹操一直有让宗族子弟"为外援，为万安计"的想法，此次起用曹植，便为利用其才，以图在未来辅佐大魏上发挥更大的作用。曹操的任用、曹丕的践行都说明在立世子之后，建安二十四年之前曹植表现得中规中矩，并无怨恨或者暗中争夺之事。然而，让曹植任"南中郎将"实职，执掌军事，毫无疑问再次拉近了曹植与世子之间的权力距离。其间的利害，曹植了然于心，于是便有了"醉不能受命"的事情发生。拥有雄才大略的曹操见曹植情状，自然知道不能两全，所以，对于此次曹植醉酒误事，曹操并没有任何惩罚，"悔而罢之"四个字，实在是意味深长。

正是有了这样的铺垫，曹操临终，唯一放心不下的不是曹植，而是手握部分兵权，同时又拥戴曹植的曹彰，《三国志·魏书·曹彰传》记载："太祖至洛阳，得疾。驿召彰，未至，太祖崩。"《魏略》："彰至，谓临淄侯植曰：'先王召我者，欲立汝也。'植曰：'不可，不见袁氏兄弟乎！'"曹植断然加以拒绝，避免了像袁氏兄弟一样相争，或者如东吴般天下中分，曹植早期的"利剑不在掌，结友何须多"不妄自结交，后期的"醉不能受命"极其明智，曹植以主动退让顾全了大局。

---

① （汉）班固：《汉书》，中华书局，1962，第696页。
② （晋）陈寿著，（南朝宋）裴松之注《三国志》，中华书局，1982，第558页。
③ （晋）陈寿著，（南朝宋）裴松之注《三国志》，中华书局，1982，第561页。

二 曹操在立嗣问题上犹疑不定的原因

(一) 曹植的优势

1. 曹植多才多艺，文学才能尤为突出

曹操对曹植的重视是从文学才能开始的。"时邺铜爵台新成，太祖悉将诸子登台，使各为赋。植援笔立成，可观，太祖甚异之。"问曹植，"'汝倩人邪？'植跪曰：'言出为论，下笔成章，顾当面试，奈何倩人？'"① 此后曹植下笔不休，其文学创作应当是不断受到曹操的关注与喜爱。赵幼文《曹植集校注》在曹植《登台赋》后的《铨评》中说："考曹丕《登台赋序》：'建安十七年春，上游西园，登铜爵台，命余兄弟并作。'"② 曹植《登台赋》应亦创作于是年。也就是说，建安十七年开始，曹植正式以才子的形象开始受到曹操的特别关注。曹操本人"文武并施，御军三十余年，手不舍书，昼则讲武策，夜则思经传，登高必赋，及造新诗，被之管弦，皆成乐章"。既然曹操醉心于文学创作，对曹植特别留心势所必然。曹丕"天资文藻，下笔成章"，文学才能相比他人，虽然也算得上出类拔萃，然而，曹操从未称赞过曹丕的文采，至少在曹操看来，与曹植相比，曹丕要稍逊一等。曹植还在与邯郸淳的交往中，显示了自己的多才多艺："科头拍袒，胡舞五椎锻，跳丸击剑，诵俳优小说数千言……与淳评说混元造化之端，品物区别之意，然后论羲皇以来贤圣名臣烈士优劣之差，次颂古今文章赋诔及当官政事宜所先后，又论用武行兵倚伏之势。"③ 邯郸淳本身也是博学多才之人，却惊异于曹植的才能，此后"屡称植材"④。可见曹植确乎独出侪类。曹操本人多才，《三国志·武帝纪》裴注引张华《博物志》曰："汉世，安平崔瑗、瑗子寔、弘农张芝、芝弟昶并善草书，而太祖亚之。桓谭、蔡邕善音乐，冯翊山子道、王九真、郭凯等善围棋，太祖皆与埒能。"⑤ 曹植同样博学多才，惺惺相惜，曹操对曹植自然格外喜欢与赞赏。

---

① 张可礼编著《三曹年谱》，齐鲁书社，1983，第 112 页。
② （三国魏）曹植：《曹植集校注》，赵幼文校注，人民文学出版社，1984，第 47 页。
③ （晋）陈寿著，（南朝宋）裴松之注《三国志》，中华书局，1982，第 603 页。
④ （晋）陈寿著，（南朝宋）裴松之注《三国志·王粲传》注引《魏略》，中华书局，1982。
⑤ （晋）陈寿著，（南朝宋）裴松之注《三国志》，中华书局，1982，第 54 页。

2. 曹植的政治才能出众

以往论者大多只注意曹植的文学才能，忽视了他的政治军事才能。其实曹植的政治军事才能在史书中有所记载，上文所引本传中记载："当官政事宜所先后，又论用武行兵倚伏之势。"显示的即政治军事才能，能让邯郸淳叹服殊非易事。可见曹植使人折服的不仅仅是文学、哲理及舞蹈，也包括政治军事才能。在《三国志》中还记载："每进见难问，应声而对，特见宠爱。"以当时局势、曹操对子女的期许来考量，"进见难问"的内容想必多与政治军事相关，能够"应声而对"说明才捷，而能够"特见宠爱"说明曹植应对正确，能够得到曹操的赞同，相当不易，曹操曾经对曹植有过评价："始者谓子建，儿中最可定大事。"这是与诸子比较后得出的结论。

张作耀在《曹操评传》后所附曹植评传中对其政治观点总结为：提倡"诗书礼乐以为治"；继承了"亲亲""贤贤"思想；修"君子之道"；主张"省徭役，薄赋敛，劝农桑"，向慕"井田"之制，备赞先王之政。① 曹植生乎乱，长乎军，自谓"又数承教于武皇帝，伏见行师用兵之要，不必取孙吴而暗与之合"②，对自己的军事才能也颇为自信。因为身份地位的关系，曹植的政治军事才能并没有机会施展。而曹丕的政治军事才能比较平庸，这在即位后的几次军事行动无功而返中显露无遗。曹操对曹丕才能的认识在周不疑事件中显露无遗。周不疑是魏国的神童，《零陵先贤传》载："及仓舒卒，太祖心忌不疑，欲除之。文帝谏以为不可，太祖曰：'此人非汝所能驾御也。'乃遣刺客杀之。"③ 而相比曹丕，曹植应更为出色，至少在重用公族等思想上坚持曹操思想的是曹植，而过度排斥公族，实为司马氏多年以后篡位提供了契机。曹操为定嗣犹疑的阶段，正是外有违命之蜀、不臣之吴，内有天子及时刻涌动着反扑暗流的各种势力，乱世需才子，曹植的才能是曹操所看中的最重要的因素。

3. 曹植是摧破儒学的主力

曹操作为具有雄才大略的豪杰之士，自与袁绍的斗争取得决定性的胜

---

① 张作耀：《曹操评传》，南京大学出版社，2001，第 496～502 页。
② （三国魏）曹植：《陈审举表》。
③ （晋）陈寿著，卢弼集解《三国志集解》，中华书局，1982，第 365 页。

利开始，便有了雄霸天下的野心，并为之做着精心准备，这不仅需要军事上的胜利、人才上的储备，还需要思想舆论上的主动。

陈寅恪曾经对曹操有这样的评价："夫曹孟德者，旷世之枭杰也。其在汉末，欲取刘氏之皇位而代之，则必先摧破其劲敌士大夫阶级精神上之堡垒，即汉代传统之儒家思想，然后可以成功。读史者于曹孟德之使诈使贪，唯议其私人之过失，而不知此实有转移数百年世局之作用，非仅一时一事之关系也。"① 曹操对儒家思想的摧破除选拔人才的求贤令外，对文学的提倡，对通脱的践行都是重要的方面，而曹植显然处于这一行列的最前沿。

曹操出身于阉宦家庭。自汉末起宦官势力便与儒士有着明争暗斗，《后汉书·党锢传·序》记载："逮桓灵之间，主荒政缪，国命委于阉寺，士子羞与为伍，故匹夫抗愤，处士横议，遂乃激扬名声，互相题拂，品核公卿，裁量执政。婞直之风，于斯行矣。"阉宦集团在文化上处于天然的劣势，于是与汉灵帝共同设立鸿都门学与之对抗。据范晔《后汉书·蔡邕传》："初，（灵）帝好学，自造《皇羲篇》五十章，因引诸生能为文赋者。本颇以经学相招，后诸为尺牍及工书鸟篆者，皆加引召，遂至数十人。侍中祭酒乐松、贾护，多引无行趣势之徒，并待制鸿都门下，喜陈方俗闾里小事，帝甚悦之，待以不次之位。"② 由此可见，鸿都门学所援引的人物多为"无行趣势之徒"，他们凭借尺牍、鸟篆、文赋打破了儒士对选举、对知识的垄断，进而撼动天下的思想，所以蔡邕才会主张"上方巧技之作，鸿都篇赋之文，宜且息心，以示忧惧"。关于《蔡邕传》所载《对诏问灾异八事》，张新科认为："鸿都门学并不是一个文学集团，实质上它是东汉时期出现的一个颇为特殊的政治集团。"③ 由此可以看出，"阉宦尚文辞"④ 不仅是个人爱好问题，实在是关乎大局。

自汉末起，袁绍、袁术均以士人首领面目出现。曹操的出身与之相比

---

① 陈寅恪：《书世说新语文学类钟会撰四本论始毕条后》，《中山大学学报》（社会科学版）1956 年第 3 期，第 70～73 页。

② （南朝宋）范晔：《后汉书·蔡邕传》，中华书局，1965，第 1992 页。

③ 张新科：《文学视角中的"鸿都门学"——兼论汉末文风的转变》，《陕西师范大学学报》（哲学社会科学版）2005 年第 1 期。

④ 陈寅恪：《陈寅恪史学论文选集》，上海古籍出版社，1992，第 144 页。

有先天不足，曹操应对的方式是一方面大量招揽世家大族、士林领袖为己所用，另一方面，想方设法削弱士人群体对社会的影响。正如张朝富所说，"曹操执政中有对正统经学思想实行反拨的一面，其着力处正在于对为传统士大夫所鄙弃的诸艺之士的广泛接引"①。

曹操应对的具体措施首先是颁布求才三令。如《求贤令》中说："又得无盗嫂受金而未遇无知者乎？……唯才是举，吾得而用之。"②在《敕有司取士毋废偏短令》中说："夫有行之士未必能进取，进取之士未必能有行也。"③《举贤勿拘品行令》："不仁不孝而有治国用兵之术。"④求才三令最明显的是对名节有意忽视，而名节是汉末士林最重要的表征之一。赵翼《廿二史札记》卷五"东汉尚名节"条，称"盖当时荐举征辟，必采名誉，故凡可以得名者，必全力赴之"。求才三令忽视名节便打破了东汉以来儒士对选举的垄断地位，提升曹操集团自身的地位。

其次便是提倡文学。建安八年，曹操颁布《修学令》，"令郡国各修文学，县满五百户置校官，选其乡之俊造而教学之"。"汉代流行使用的'文学'一词，虽然主要是指经艺之学，但也包括着一般的文献与文学在内。"⑤曹操一方面复兴经学以使民风淳朴，宣示自己对传统的遵循，另一方面大力提倡文学，因为"以文章而显扬声名的，历代有人，这种情况至汉末更为突出"⑥曹操正是看到了这一捷径，大力创作诗歌，且被之管弦加速传播以邀名。更为曹丕、曹植设专门的文学侍从，培养诸子的文学才能。曹操亲自引导诸子进行诗赋创作，比如率领诸子游西园、登铜雀台，让曹植兄弟共同作赋，且亲自加以评价。正因为文学创作在曹操整体规划中的重要地位，他还支持曹丕兄弟组织文学雅集。曹操一生节俭，"雅性

---

① 张朝富：《曹操"尚文辞"与"鸿都门学"》，《扬州大学学报》（人文社会科学版）2005年第1期。
② （晋）陈寿著，（南朝宋）裴松之注《三国志》，中华书局，1982，第32页。
③ （晋）陈寿著，（南朝宋）裴松之注《三国志》，中华书局，1982，第44页。
④ （晋）陈寿著，（南朝宋）裴松之注《三国志》，中华书局，1982，第49页。
⑤ 钱志熙：《"鸿都门学"事件考论——从文学与儒学关系、选举及汉末政治等方面着眼》，《北京大学学报》（哲学社会科学版）2008年第1期，第95页。
⑥ 钱志熙：《"鸿都门学"事件考论——从文学与儒学关系、选举及汉末政治等方面着眼》，《北京大学学报》（哲学社会科学版）2008年第1期，第95页。

节俭，不好华丽，后宫衣不锦绣，侍御履不二采"①，却允许甚至鼓励曹丕兄弟珍馐美酒，宴饮酣歌终日，原因也正在此处。这样曹操便将文章在现实中上升到"文章经国之大业，不朽之盛事"②的地位。事实上，曹操也的确取得了成功。《宋书·臧焘传》："自魏氏膺命，主爱雕虫，家弃章句，人重异术。"曹操以对包括文学在内的各种"雕虫"之术的提倡，削弱了传统儒士的影响。正是在这样的背景下，曹植的文学创作具有了超出文学本身的意义，受到曹操的重视。

曹植的作品有许多很显然是为当时的政治服务的，比如曹操颁布禁酒令，曹植便写作《酒赋》加以呼应；曹操征吴，曹植便写《东征赋》以壮声威；曹操延揽人才，曹植便创作《七启》以晓谕隐士。此外曹植创作了大量关乎自然情性的作品，歌咏友情、爱情，表达自己的快乐与忧伤，这些作品与儒士烦琐的考证、板着面孔的说教，以及不食人间烟火的清高道德自律不同，发掘并展示了人性中最动人的部分。借人性人情的书写摧破儒士的话语霸权，自三曹起便是自觉的行为，而在其中，曹植用力最大，成就最高。曹植也通过自己的文学创作获得了名声与尊重，杨修称赞他"含亢超陈，度越数子；观者骇视而拭目，听者倾首而耸耳"③，连曹丕阵营中的吴质在《答东阿王书》中也称赞曹植"实赋颂之宗，作者之师也"。

魏明帝时期发生的一件事情可以看出曹植的影响。太和二年，明帝"行幸长安"，"是时伪言，云帝已崩，从驾群臣迎立雍丘王植。京师自卞太后群公尽惧。及帝还，皆私察颜色。卞太后悲喜，欲推始言者，帝曰：'天下皆言，将何所推？'"④从中我们可以看出，人们传说皇帝崩薨，天下人都认为最有可能迎立的是曹植，由曹植生平可知，他的一生并未有实际的功勋，那么他的名声，百姓对曹植的认可和期待主要应该来自曹植的文学作品与政治主张。

---

① （晋）陈寿著，（南朝宋）裴松之注《三国志》，中华书局，1982，第 54 页。
② （三国魏）曹丕：《典论·论文》。
③ （晋）陈寿著，（南朝宋）裴松之注《三国志》，中华书局，1982，第 560 页。
④ （晋）陈寿著，（南朝宋）裴松之注《三国志》，中华书局，1982，第 95 页。

（二） 曹丕的优势

1. 嫡长子的身份

自长兄曹昂死于战乱之后，曹丕成为嫡长子。嫡长子继承制是血缘宗法制度的核心，《礼记·大传》："别子为祖，继别为宗，继祢者为小宗。"孔颖达疏："别子谓诸侯之庶子也……继祢者为小宗，谓父之嫡子上继于祢，诸兄弟宗之，谓之小宗。"作为嫡长子，曹丕是名正言顺的继承人。除非有大过错，否则不能废弃，废弃即背弃祖宗礼法，违背春秋大义。曹操行事向来重名，知道人心向背对于自己的重要性，所以才会有"挟天子以令诸侯"的举动。即使对于过去的敌人，他也会为了名而拜祭，比如对袁绍的祭拜。"邺定。公临祀绍墓，哭之流涕。"① 对于未来的对手，他宁可为名而放行，"备来奔，程昱说公曰：'观刘备有雄才而甚得众心，终不为人下，不如早图之。'公曰：'方今收英雄时也，杀一人而失天下之心，不可。'"② 对于想杀之人，曹操也会因名而隐忍。祢衡辱曹，曹操"谓融曰：'祢衡竖子，孤杀之犹雀鼠耳，顾此人素有虚名，远近将谓孤不能容之。今送与刘表，视当何如？'"③曹操如此行事分明是显示自己讲究大义不亏。在曹丕立嗣问题上人们规劝曹操最多的也正是长幼之序，以及废长立幼会产生的恶果。其中有侍中桓阶"数陈文帝德优齿长，宜为储副"④，同时，尚书仆射毛玠密谏："近者袁绍以嫡庶不分，覆宗灭国。废立大事，非所宜闻。"最后，也是因为贾诩"思袁本初、刘景升父子也"的劝谏，曹操下定了立曹丕为嗣的决心。

嫡长子这一因素在曹丕被立为世子这一事件中所起到的作用从卞后的言论中也可以得到印证。《三国志·魏书·后妃传》说："文帝为太子，左右长御贺后曰：'将军（曹操）拜太子，天下莫不欢喜，后当倾府藏赏赐。'后曰：'王自以丕年大，故用为嗣，我但当以免无教导之过为幸耳，亦何当重赐遗乎！'"⑤ 可见与曹操最为亲近的卞后也认为"年大"，也就

---

① （晋）陈寿著，（南朝宋）裴松之注《三国志》，中华书局，1982，第 25 页。

② （晋）陈寿著，（南朝宋）裴松之注《三国志》，中华书局，1982，第 14 页。

③ （南朝宋）范晔：《后汉书·祢衡传》，中华书局，1965，第 2656 页。

④ （晋）陈寿著，（南朝宋）裴松之注《三国志·桓阶传》，中华书局，1982。

⑤ （晋）陈寿著，（南朝宋）裴松之注《三国志》，中华书局，1982，第 156 页。

是嫡长子的身份是曹丕成为继承人最重要的因素。

2. 曹丕得到世家大族的支持

由于曹丕嫡长子的地位，同时曹丕在建安十六年即被任命为五官中郎将、副丞相，拥有了接触人才、培养自己势力的机会。也因为世家大族有着立嫡以长的一贯主张，在曹丕对于世家大族着意结交之下，汝颍集团成为支持曹丕的核心力量。曹丕曾经"曲礼事彧"。曹操也让曹丕与荀攸好生相处，说："荀公达，人之师表也，汝当尽礼敬之。""攸曾病，世子问病，独拜床下。"而荀彧、荀攸便是汝颍士人的核心代表。陈群与孔融论汝、颍人物，群曰："荀文若、公达、休若、友若、仲豫，当今并无对。"① 荀彧的祖父淑，在汉顺、桓之间，即知名当世，有子八人，号曰八龙，与当时大名士李固、李膺友善。曹丕在东宫时（荀攸逝于建安十九年，其时曹丕应为五官中郎将），便与荀攸关系十分密切。汝颍士人并非腐儒，而是曹操智囊中最核心的人物。曹操对荀攸就十分器重，任命他为军师，认为"公达，非常人也，吾得与之计事，天下当何忧哉！"② 曹丕与荀攸的结交使其拥有了处于政权核心地位的士人的支持。

曹丕对汝颍士人的礼敬，势必得到世家大族对他的拥护，虽然在曹丕争立世子时荀彧、荀攸都已经离世，但是他们举荐的陈群等正逐渐成为朝廷的中坚力量，对曹丕的继续追随应为顺理成章之事。

曹丕四友中陈群为颍川许昌人。祖父实，父纪，叔父谌，皆有盛名。司马懿虽非名士家族，陈寅恪先生指出"河内司马氏为地方上的豪族，儒家的信徒"③，向来被人认为是儒士的代表。"作为一个阶级来说，儒家豪族是与寒族出身的曹氏对立的。官渡一战，曹氏胜，袁氏败，儒家豪族阶级不得不暂时隐忍屈辱。但乘机恢复的想法，未尝一刻抛弃。"④ 支持才能一般又亲近儒家豪族的曹丕便是他们最好的策略。双方各取所需，结成了稳固的政治联盟。

"到曹操晚年，世族人物已占据了曹氏统治集团的相当大的比例。他

① （晋）陈寿著，（南朝宋）裴松之注《三国志》，中华书局，1982，第316页。
② （晋）陈寿著，（南朝宋）裴松之注《三国志》，中华书局，1982，第322页。
③ 万绳楠整理《陈寅恪魏晋南北朝史讲演录》，贵州人民出版社，2007，第1页。
④ 万绳楠整理《陈寅恪魏晋南北朝史讲演录》，贵州人民出版社，2007，第13页。

们已认识到曹氏代汉实属难免，因此，他们把支持曹丕争夺太子位看成一个重要的战略步骤。"① 对此，曹操的态度是矛盾的，在当时的形势下，必须依赖士人集团又要控制士人集团。控制儒学世族需要超凡的智慧，这种智慧也许曹植能够拥有，曹丕很难拥有。而利用儒学世族又需要对方的信任与合作，这种良好的关系又是曹植不具备的，这也正是曹操在曹植与曹丕之间徘徊不定的原因。两下相权，曹操只能选择当下得到士族拥护的曹丕，以完成当下的代汉与统一事业。

3. 曹丕与谯沛集团中许多实权人物有着良好的关系

人们一般认为曹丕拥有汝颍集团的拥护，而谯沛集团中的曹彰支持曹植，便认为谯沛集团是曹植的拥趸。这种看法对谯沛集团的立场认识是片面的，实则谯沛集团中许多重要人物与曹丕的关系更为密切。《三国志·魏书·曹休传》记载："休年十余岁丧父……太祖……使与文帝同止，见待如子。"《三国志·魏书·曹真传》也记载曹操让曹真"与文帝共止"，二人皆为中领军，执掌兵权。夏侯尚也是曹丕十分亲近之人。三人在曹丕称帝后均历高职，管中窥豹，可以看出谯沛集团的人心所向若非曹丕占优，丕植至少中分方为中肯之论。

曹丕具有嫡长子的身份优势，曹操又对其着意培养，尤其是在建安十六年任命他为五官中郎将、副丞相，使曹丕积累了人脉，锻炼了能力，为其奠定了将来继承王位的坚实基础。同时曹丕获得了汝颍集团的大力支持，谯沛军事集团中至少半数的支持，从而在自己才能稍劣于曹植的情况下，被曹操确立为继承人。

"自都许之后，权归曹氏，天子总己，百官备员而已"②，而曹操自统一北方始，便逐步为代汉做着积极准备，为此，凡不利于曹操权力扩张的人物皆受到严惩。孔融主张"宜准古王畿之制，千里寰内，不以封建诸侯"，虽名重一时，亦被曹操杀害。屡建功勋被曹操称为"吾之子房"的汝颍名士荀彧，因为反对曹操晋爵魏国公，最终自尽而死。

基于当时的形势，曹操明白自己很难完成代汉的任务。"若天命在吾，

---

① 王永平：《曹操立嗣问题考述——从一个侧面看曹操与世族的斗争》，《扬州大学学报》（人文社会科学版）2001 年第 3 期。

② （南朝宋）范晔：《后汉书》，中华书局，1965，第 2343 页。

吾为周文王矣"，对继承人的期望甚高，而曹植拥有被曹操欣赏的智慧，却并不能做到深得人心，相比之下，曹丕更有可能完成自己未竟的伟业。而若立曹植则名不正言不顺，所拥有的支持力量与曹丕相比悬殊，难免重蹈袁氏兄弟覆辙。因此曹操询问过相关朝臣之后，曹丕为世子便已经确定无疑。

总之，曹植本为恪守弟道，然而曹操对曹植的宠爱，使曹植对于继嗣有了期待，"假令太祖防遏植等在于畴昔，此贤之心，何缘有窥望乎？"此一问，道出了问题的本质。曹植在被曹操特加爱宠之时，说自己要"建永世之业，流金石之功，岂徒以翰墨为勋绩，辞赋为君子哉！"① 这分明是表明自己的志向，但是因为受传统立嫡以长思想的影响，同时也因为曹操的强势地位，还因为看到袁氏兄弟相争的后果，曹植选择了顺承的策略。在司马门事件之后，曹植彻底退让避嫌。曹植之所以引起曹操在继承人问题上的犹疑，最主要的原因是他的政治才能和在摧破儒学上的主力地位。曹丕被定为嗣，除因其嫡长子的身份、受到汝颍士人的拥戴外，得到谯沛集团实权人物的支持也是重要因素。这样，所谓"夺宗"事件中，我们可以看出，曹植对曹操是真诚的爱戴，对于兄长曹丕也有着尊敬与亲切，后期曹丕对曹植的打击与压制完全是曹丕从政权的安危与私生活两个方面对曹植不满而致。

第二节　曹植的亲情世界与文学表达

曹植对亲情十分重视，终其一生都在表现亲情，呼唤亲情。曹植的近亲属包括父母二人，同父同母兄弟三人、异母兄弟二十一人。② 在曹植文学作品中提到的亲人有曾祖父中常侍曹腾，父亲曹操，兄弟曹丕、曹彰、曹彪，曹叡，母亲卞太后，二女弟曹宪、曹节，儿女曹苗、曹志、金瓠、行女，子侄仲雍。

---

① （三国魏）曹植：《与杨德祖书》。
② 曹植有两任妻子，史料不多，置于曹植的爱情世界中一并论述。

一 曹植的亲情世界

（一）曹植与曹操父子情深

其一，孺慕曹操行为。曹操为人佻易，曹植为人简易放达，本质相同。《三国志·魏书·武帝纪》裴松之注引《曹瞒传》中记载："太祖为人佻易无威重，好音乐，倡优在侧，常以日达夕。被服轻绡，身自佩小鞶囊，以盛手巾细物，时或冠帢帽以见宾客；每与人谈论，戏弄言诵，尽无所隐，及欢悦大笑，至以头没杯案中，肴膳皆沾污巾帻，其轻易如此。"曹植见邯郸淳同样如此："延入坐，不先与谈。时天暑热，植因呼常从取水自澡讫，傅粉。遂科头拍袒，胡舞五椎锻，跳丸击剑，诵俳优小说数千言讫，谓淳曰：'邯郸生何如邪？'"曹植的不以俗为忤、平等简易放达待人颇有父风。曹操喜欢文学创作，据《三国志·魏书·武帝纪》裴注引《魏书》曹操"御军三十余年，手不舍书……登高必赋，及造新诗，被之管弦，皆成乐章"。曹植亦终身不舍文学创作，可以说曹植对父亲亦步亦趋，是出自对曹操行为的孺慕。

其二，以文相助，为父分忧。曹植曾说："臣闻士之生世，入则事父，出则事君；事父尚于荣亲，事君贵于兴国。故慈父不能爱无益之子，仁君不能畜无用之臣。"曹植之所以受到父亲喜爱，一个重要原因就是他的文学才能使其"有益""有用"。《三国志》中记载："太祖尝视其文，谓植曰：'汝倩人邪？'植跪曰：'言出为论，下笔成章，顾当面试，奈何倩人？'"可见曹植的才能已经超出了曹操的想象，所以被曹操怀疑。可以推测，曹植所写应为表达自我见解的议论性散文，所以才会有"言出为论，下笔成章"之说。刚好"邺铜爵台新成"，于是"太祖悉将诸子登台，使各为赋。植援笔立成，可观，太祖甚异之"。这是曹植文学才能第一次在曹操面前得以展示，时为建安十六年。此后，曹植便不断以文学创作应和曹操的政治主张，比如曹操主张禁酒，受到当时人的反对，孔融曾经作《难曹公表制禁酒书》，以孔融之盛名，此书当时必流布天下，然而此后却无人相驳，曹植在若干年之后写出的《酒赋》便是对此做出的最好回应。而曹操招贤纳士，曹植便创作《七启》，邀隐者出山。更与曹丕、六子（孔融除外）、杨修等人一道，响应曹操的倡导，以文学创作引领时代的风尚，摧破儒学一尊的局面。

其三，顺承无违。曹操十分重视子女的驯顺，《诸儿令》中曹操下令"今寿春、汉中、长安，先欲使一儿各往督领之，欲择慈孝不违吾令，亦未知用谁也"。单独强调"不违吾令"，可见曹操对驯顺的重视。曹植一生顺遂曹操之意，最明显的体现就是，妻子崔氏之死与杨修之死。文绣之事并非大事，曹植妻子却因此而死。由此推定，崔氏之死必然与崔琰被杀有关。妻子死去，善于文学创作的曹植自始至终不为一言，由此可知，既然是出自曹操的决定，曹植便无怨言，与曹植关系最好的友人杨修之死的状况同样如此。

与之相比，曹丕则有多件与曹操相悖的事情，如孔融事件。孔融是被曹操以违命诛杀，然而曹丕却对之格外推崇，他"募天下有上融文章者，辄赏以金帛，所著诗、颂、碑文、论议、六言、策文、表、檄、教令、书记凡二十五篇"[1]。这样做并不仅仅是推崇孔融的文才，更在于收买名士之心。由此可见，曹丕和曹操对待孔融有着截然相反的态度，曹操诛杀孔融，曹丕却推崇孔融。张溥在《孔少府集·题辞》中说："曹丕论文，首推北海，金帛募录，比于扬班，脂元升往哭文举，官以中散，丕好贤知文，十倍于操。"虽为对曹丕的赞颂，但是从中也可以看出曹丕与曹操的裂隙，况且在曹操刚刚去世"正伏魄"的时候，曹丕便把曹操的"宫人"据为己有，此为乱伦，更是大逆不道的表现，无怪乎母亲会大声诅咒，并且在曹丕死后也没有去祭奠。两相对比，更加突出了曹植的顺承无违。曹植唯有两件看似叛逆的事件——私行驰道和醉不受命，前文已经辨析均为有意避让争位，不得已而为之。

其四，情真意切。曹植为人十分真诚，不喜欢权谋。史书记载："植任性而行，不自雕励，饮酒不节。文帝御之以术，矫情自饰，宫人左右，并为之说，故遂定为嗣。"可见，曹植向来以本来面目示人，真诚待人，与曹丕的"矫情自饰"相对的"不自雕励"是曹植一贯的为人处事方式，甚至为此失去了成为继承人的机会。对此，他的好友丁廙看得清清楚楚。"廙尝从容谓太祖曰：'临淄侯天性仁孝，发于自然。'"曹植之真有一故事

---

① （南朝宋）范晔：《后汉书·孔融传》，中华书局，1965，第 2279 页。

可为旁证,《三国志·魏书·吴质传》裴松之注引《世语》记载:"魏王尝出征,世子及临淄侯植并送路侧。植称述功德,发言有章,左右属目,王亦悦焉。世子怅然自失,吴质耳曰:'王当行,流涕可也。'及辞,世子泣而拜,王及左右咸欷歔,于是皆以植辞多华,而诚心不及也。"对于此则记录,论者多为曹植惋惜,殊不知强哭者虽悲不哀①,况且曹操向来以"知人善察,难眩以伪"② 著称。知子莫若父,曹丕的伎俩终究会被曹操识破,引起更大的反感,而曹植对曹操的情感却是自然深挚。曹植所上《请祭先王表》表达了在父亲死后不久"欲祭先王于北河之上"的想法,这在当时是违礼的,曹植不可能不知,而恰恰在违礼中见出深情。表文中曹植以悲伤之情为引:"夏节方到,臣悲伤有心。"念及生身之恩为理由:"臣虽卑鄙,实禀体于先王。"以情破礼,请求祭奠父亲。"贫窭"之下,对祭奠之物的备办,尤其父亲喜食之鱼及其他水果的叙述,娓娓道来,表面上看来琐屑,款款深情溢于言表。此后在济阳南泽见到曹操故营,便停马驻驾,创作《怀亲赋》,表达自己"魂须臾而九反"无法释怀的思念,由此可见,曹植对待父亲的情感真诚深挚。

曹植对父亲的亲情也换来了父亲对他的喜爱,在《三国志》等史书中有明确记载,尽管曹操也说过"黄须儿大奇也",表现了对曹彰的赏识,然而曹操最为看重的还是曹丕与曹植。曹昂死后,曹丕作为长子,按照礼法也应当受到重视。除此之外,曹操最喜爱的就是曹植。曹植是曹操诸子中最早被封侯的,《三国志·魏书·武帝纪》:"十六年春正月,……《魏书》曰:庚辰,天子报:减户五千,分所让三县万五千封三子,植为平原侯,据为范阳侯,豹为饶阳侯,食邑各五千户。"除去早夭的曹冲曾经被寄予厚望之外,曹植是父亲最注重培养的三个孩子之一。其一是曹丕,其二是曹植,其三是曹彰。具体表现为文学侍从与曹丕的文学侍从等级相同,甚至在曹丕与之共争邯郸淳的情况下,曹操将邯郸淳派给了曹植。曹操对曹植的文采特别欣赏,在诸子中"甚异之","每进见难问,应声而对,特见宠爱";曾经留曹植单独守邺,并以自己为例对曹植加以期许;

① 《庄子·杂篇·渔父》。
② (晋)陈寿著,(南朝宋)裴松之著《三国志·魏书·武帝纪》裴松之注引《魏书》,中华书局,1982。

明知违反礼法，曹操也几度欲更换继承人；即使是曹植犯下了罪过，仍然委以兵权，派遣曹植救人；死前仍然让其追随在侧。曹植何以得到曹操的喜爱，其中一个原因是曹植事父的真情。

（二）曹植对母亲的情感——孺慕与愧悔

曹植的生母卞太后《三国志》有传，在本传中记载："武宣卞皇后，琅邪开阳人，文帝母也。本倡家。"对于亲生的子女，唯一记载喜爱之人就是曹植："东阿王植，太后少子，最爱之。"结合裴松之注、曹植的文学创作等其他材料，我们可以看出曹植与母亲的关系与其他兄弟姐妹相比更为亲厚。

曹植以文采助母亲抒情。曹植自建安十六年崭露头角之后，逐渐取代曹丕成为最有文采之人。卞太后也认可曹植的才华，有时会命其作赋以抒发自己的愁思。《叙愁赋（并序）》中的小序记录了曹植创作此赋的原因："时家二女弟，故汉皇帝聘以为贵人。家母见二弟愁思，故令予作赋。"此次作赋可以看出卞太后对曹植文采的信任，以及对曹植与妹妹关系亲近的认可。

对母亲为自己做出的回护充满了感激。在曹丕承继大统之后，曹植因为曾经受到曹操的喜爱，与曹丕形成夺嗣之争，处于十分危险的境地。加之极有可能存在的不伦之恋，更是使曹植处于大诛的边缘。《魏书》记载："植犯法，为有司所奏。"曹丕的处理方法很耐人寻味，命人"持公卿议白太后"，分明是征求太后的意见，并借"公卿议"向一贯袒护曹植的太后施压，太后只能放弃为曹植辩白，"及自见帝，不以为言"。而在具体给曹植定罪处罚之事上，卞太后还是通过各种方式施加影响减轻处罚，这在史籍中有明确的记载，《三国志·魏书·陈思王植传》："黄初二年，……有司请治罪，帝以太后故，贬爵安乡侯。"《三国志·方技传·周宣传》也有同样的记载："时帝欲治弟植之罪，逼于太后，但加贬爵。"《世说新语》还记载了曹丕以毒枣加害曹彰之后，又要加害曹植，太后明确下令"不得复杀我东阿"。此事虽未必真，然而曹彰死得过于蹊跷，卞太后回护曹植当为真实可信。《魏略》记载曹植在黄初获罪后，前去请罪："帝使人逆之，不得见。太后以为自杀也，对帝泣。会植科头负铁锧，徒跣诣阙下，帝及太后乃喜。及见之，帝犹严颜色，不与语，又不使冠履。植伏地泣涕，太后为不乐。诏乃听复王服。"[1] 此

---

① （晋）陈寿著，（南朝宋）裴松之注《三国志》，中华书局，1982，第564页。

段史料甚为详细，写出太后为曹植担忧的"泣"，见面的"喜"，向曹丕施压的"不乐"，可见卞太后对曹植的关爱。《三国志》中记载曹丕多次受到母亲的指责，而曹植被卞太后屡次相救，说明曹植的为人得到母亲认可。史书中并没有记载卞太后对曹植的否定，唯一写到"不意此儿所作如是"，语焉不详，然而对曹丕却有着"狗不食汝余"的咒骂，可见二者在卞太后心目中的地位高下不一。

曹植对母亲专门作诗祝福、悼念，表达愧疚之情。在《灵芝篇》中表达了对慈母的祝福，在《转封东阿王谢表》中写"太皇太后念雍丘下湿少桑，欲转东阿"，表达了对母亲的感激和让母亲忧心的愧疚。曹植对母亲的情感在创作《卞太后诔》一事中得以体现。卞太后死后，曹植悲痛欲绝，不顾自己被猜忌的身份，不待帝命，写了《卞太后诔》进献，"背绝臣庶，悲痛靡告。臣闻铭以述德，诔尚及哀。是以冒越谅阴之礼，作诔一篇"。文中"昔垂顾复，今何不然"，"仰瞻帷幄，俯察几筵。物不毁故，而人不存"，情真意切，哀伤溢于言表。

（三）曹植与兄弟姐妹的亲情

曹植对兄弟最为亲切，曹植的同母兄长曹彰建功立业，曹植以他为原型写《白马篇》以赞美，曹操死后，曹彰在没有得到任何信息的情况下认为"先王召我者，欲立汝（曹植）也"，二人亲近之情可见一斑。曹彰不明不白地暴薨之后，曹植在非常时刻，冒着被猜忌的危险作诔纪念。曹植与曹彪也有着很多交往，在与曹彪离别之际创作的《赠白马王彪》中，有宽慰有不舍，显示出兄弟情深。《答明帝诏表》谈到自己曾经为楚王彪读《答昭示平原公主诔表》，共同挥涕。兄弟出养族父，曹植创作《释思赋（并序）》以抒不舍。姊妹出嫁汉皇，曹植创作《叙愁赋（并序）》以泄愁思。获罪之时求助姐妹以助言①，也可见曹植与兄弟姐妹的亲近。

在所有兄弟姐妹中，曹植与曹丕的关系最为特殊，既有血浓于水的亲近，又有竞争对手带来的防范和打击；既是兄弟又是君臣。曹植与曹丕的关系在曹丕禅代之前已经交代清楚，而在此之后直至曹丕去世，二人关系

---

① 《魏略》记载："初植未到关，自念有过，宜当谢帝。乃留其从官著关东，单将两三人微行，入见清河长公主，欲因主谢。"

始终处于不和谐之中，表现在以下几个方面。

其一，曹丕即位之初便杀了拥护曹植的丁氏兄弟，杀鸡骇猴的用意甚明。同时曹丕代汉，曹植"发服悲哭"引起曹丕强烈不满，曹丕认为自己是应天受禅，不理解"有哭者"。杀丁氏兄弟表明曹丕对以往在世子一事上与自己形成了竞争关系的曹植仍然心怀怨恨，所以断其羽翼；公开表达对代汉之际"发服悲哭"的不满，表明此后曹丕也并未将曹植视为对政权、对自己的拥护者。

其二，曹丕即位之初就强令诸侯归藩，猜忌之心昭然。曹操在司马门事件后便开始重视诸侯科禁，然而并未阻塞诸子建功立业、为朝廷效力的道路。兄长即位，曹彰本以为凭借自己的能力与军功，可以大展身手，却被强令归藩，才会有《三国志·魏书·任城威王彰传》下引《魏略》：曹彰"意甚不悦，不待遣而去"。① 从曹彰之怒的态度中可以明显地感知曹丕的政策超出了他的预期。曹植起初在《圣皇篇》中认可这是礼法使然，然而其中也谈到对朝廷的不舍，隐约透露出对强令诸侯归藩的不满。曹丕多次改变曹植封地，所谓"号则六易，居实三迁"，几次改封中，黄初六年之前均为曹丕主导，此后曹叡延续了曹丕的政策，构成了曹植持续不断的痛苦。

其三，多次欲治罪，有时甚至使曹植命悬一线。如前文所述，曹丕曾经让子兰持公卿所议征求卞太后意见，意图治曹植之罪，甚至在贬封安乡侯诏表中说道："骨肉之亲，舍而不诛。"虽然曹丕议及理由时谈到是因为"骨肉之亲"减轻对曹植的处罚，从当时曹植已经命悬一线可窥知曹丕对曹植的敌视程度。

曹植对曹丕的感情最为复杂。总的看来是由最初的敬重与亲切转为畏惧、否定。在曹丕即位之前，曹植与曹丕虽有竞争，但是曹植对曹丕的情感基本属于敬重与亲切，这从曹植多次跟随曹丕参加宴会、共同游赏、同题作诗可以看出，早期曹植与曹丕这一对同父同母的兄弟关系十分亲近。曹植在诗赋创作中往往点出公子曹丕加以赞扬，从中可见曹植对曹丕的敬重。而这一切随着曹丕即位魏王发生了改变，随着曹丕强制诸侯归藩，分

---

① （晋）陈寿著，（南朝宋）裴松之注《三国志》，中华书局，1982，第 557 页。

监国谒者对诸王加以监视，曹植对曹丕的情感转为畏惧。首先就表现在丁氏兄弟被杀不著一词上，作为曹植坚定的具有排他性的支持者，丁氏兄弟被夷灭三族，曹植内心的悲痛可想而知，然而曹植在相关事件上保持了沉默，从侧面表明当时曹植对曹丕的恐惧。其次体现在对曹丕所上贺表上，曹丕代汉，曹植"发服悲哭"，内心十分悲伤。然而在此后，曹植却连连上表称贺，从而暂时获得了安全，更可见曹植内心的恐惧。曹植在黄初二年获罪，不敢直接请见，想要请姐妹为己求情亦体现了曹植的恐惧。曹植对曹丕政策并不完全赞同，最为反对的为代汉和禁锢宗族。然而在曹丕统治时期，曹丕以禅代的方式使自己取代汉献帝成为皇帝，曹植违心地表示赞同与祝贺，禁锢宗族问题只是旁敲侧击地加以反对。这都源于曹植的迫于形势的无奈，也体现了曹植先国后家的观念，体现了曹植的血缘宗族亲情让位于君臣之情。

（四）曹植与子侄辈的亲情

曹植对于自己的子女并无特别的诗赋赠予，即使对于被称为"保家主"的曹志也是如此。但曹叡生子，曹植为之写《皇子生颂》以祝贺，表达见到家族繁盛而喜悦的心情。曹植诗赋中与下一辈有关见于记载的是为子女得封而谢恩，为女儿的夭丧以哀辞悼亡。可见日常的亲情、对子女的亲情仍然没有进入文人的视野，其中比较特殊的是侄子同时又是帝王的曹叡。

曹叡作为继任曹丕的皇帝、曹植的侄子，对待曹植表面上已经宽容了很多。具体表现在为曹植选择了更富饶的封地——陈，且在日常也有关切的诏书。记载了曹叡关怀曹植的手诏以及曹植的答诏："魏明帝手诏曹植曰：'王颜色瘦弱，何意耶？腹中调和不？今者食几许米？又，啖肉多少？见王瘦，吾意甚惊。宜当节水加餐。'"① 对曹植的关心十分细致动人，以至于曹植被感动得泣涕横流。② 实质上，这些改善均是表面上的，陈地离都城更加遥远，曹叡关心的仅仅是曹植的身体，而对曹植所真正关心的建功立业默然对之，表面上应合曹植归藩的建议，实质上对曹植仍然疏远，曹植想要一晤曹叡，"论及时政，幸冀试用"③。这一愿望至死未得实现，

---

① （宋）李昉等撰《太平御览》卷三七八，中华书局，1960。
② （宋）李昉等撰《太平御览》卷三七八，中华书局，1960，第1748页。
③ （晋）陈寿著，（南朝宋）裴松之注《三国志》，中华书局，1982，第576页。

可谓不受信任的明证。曹植屡屡进言却毫无回应，因而"怅然绝望"也正是他郁郁而终的原因。

曹植死后，曹叡所下诏表最能代表他对曹植的态度，《三国志·魏书·陈思王植传》记载："陈思王昔虽有过失，既克己慎行，以补前阙，且自少至终，篇籍不离于手，诚难能也。其收黄初中诸奏植罪状，公卿已下议尚书、秘书、中书三府、大鸿胪者皆削除之。"[①] 虽然削除了曹植的罪状，然而对曹植的赞赏仅有"克己慎行，以补前阙"，甚至对曹植已经名动天下的文学成就也闭口不提，仅仅是"篇籍不离于手"一笔带过。

曹叡对曹植表面热情，实质冷落与防备。但相比曹丕，表面的热情使曹植有了表达自己真实情感的空间。曹植对曹叡有了更多的信任，其以皇叔的身份提出政治见解，尤其是不断呼吁信任宗族，给予自己建功立业的机会。比如《陈审举表》《求自试表》均披肝沥胆、情真意切。

（五） 曹植的亲情观

孝亲是本能。曹植认为就连禽兽也"悉知爱其母，知其孝也"。同时，亲情是容忍。《帝舜赞》中赞美舜帝能够"克协顽嚚"。《夏禹赞》中赞美舜帝"孝乎顽嚚，义不格奸"。相反，那些奸佞小人，没有家庭的良善也就成了必然，比如在《蝙蝠赋》中贬斥像蝙蝠一样的小人，便有指责其"巢不哺雏，空不乳子"的内容。曹植对能够得到恩荫感到万分荣幸，《封二子为乡公谢恩章》："天时运幸，得生贵门，遇以亲戚，少荷光宠。"就如"云雨"，"既荣本干，枝叶并蒙"。对能够打破同姓诸侯的禁锢得以入觐，曹植喜出望外，《谢入觐表》："不世之命，非所致思，有若披浮云而睹白日，出幽谷而登乔木，目希庭燎，心存泰极。"让曹植兴奋的不仅是可能改善的政治命运，还包含亲人本应勠力同心，今朝终得相聚的期盼。

亲情高于友情低于爱国之情。在《白马篇》中谈到自己可以为国而死："弃身锋刃端，性命安可怀"，"捐躯赴国难，视死忽如归"。这与孝亲的观念表面上是相左的，但儒家主张"立身行道，扬名于后世，以显父

---

① 根据木斋先生见解，此为掩盖曹植与甄后的私情而采取的措施。

母，孝之终也。夫孝，始于事亲，中于事君，终于立身"①。为了国家可以"父母且不顾，何言子与妻"，恰恰体现了儒家的家国合一的孝亲观。

在《豫章行》中，曹植谈道"鸳鸯自朋亲，不若比翼连。他人虽同盟，骨肉天性然"，突出亲人之间血缘关系的重要性。《释思赋（并序）》："彼朋友之离别，犹求思乎白驹。况同生之义绝，重背亲而为疏。"也在比较中突出了亲情。曹植尤其反对亲人之间的争斗陷害不信任。在《令禽恶鸟论》中借传说故事表达对离间亲情的憎恨。"昔尹吉甫信后妻之谗，杀孝子伯奇"，后因弟而悟，在求证于鸟之后，"遂射杀后妻以谢之"。

曹植认为重视亲情是合乎圣行的。在《求通亲亲表》中引用尧帝的行为作证"先亲后疏，自近及远"，且引用"克明峻德，以亲九族，九族既睦，平章百姓"，及"周公吊管蔡之不咸，广封懿亲，以藩屏王室"，以此来论证自己"未有义而后其君，仁而遗其亲者也"的观点。

二 曹植亲情文学的内容与缘情特征

（一）曹植亲情文学的分类

曹植作品中与亲情相关的诗文共计 41 篇（详见附表三），其中诗 14篇、赋 7 篇，其他诔、表、哀辞、论共计 20 篇。具体内容可分为五类。

1. 对亲人的赞美

曹植对亲人的赞美之情主要存在于诔表中，比如《武帝诔》赞美曹操的功德："拯民于下，登帝太微。德美旦奭，功越彭韦。九德光备，万国作师。""既总庶政，兼览儒林。躬著雅颂，被之瑟琴。茫茫四海，我王康之。微微汉嗣，我王匡之。群杰扇动，我王服之。喁喁黎庶，我王育之。光有天下，万国作君。"赞美了曹操在乱世之中平定群雄、拯救黎庶，并且政事儒林兼顾、辅佐汉室的功绩。《庆文帝受禅表》称赞文帝："陛下以圣德龙飞，顺天革命，允答神符，诞作民主。乃祖先后，积德累仁，世济其美。以暨于先王，勤恤民隐，勠劳勤力，以除其害，经营四方，不遑起处。……溥天率土，莫不承风欣庆，执贽奔走，奉贺阙下。"以受天命、民欢庆来衬托文帝的仁德与勤敏。《文帝诔》赞美曹丕对礼乐仁义的复兴

---

① 《大学·中庸·孝经》，中国社会科学出版社，2007，第 118 页。

所作的贡献："礼乐废弛，大行张之。仁义陆沈，大行扬之。"《卞太后诔》中称赞母亲："齐美姜嫄，等德任姒。佐政内朝，惠加四海。"赞美了卞太后的美貌德行与恩惠。诔与表由于特定的用途，在称赞某人时必然受到文体的限制，从而使其发自内心的情感大打折扣。

在诗赋之中，曹植同样大量抒写了对亲人的赞美。比如在《登台赋》中赞美了曹操"天功恒其既立兮，家愿得而获逞。扬仁化于宇内兮，尽肃恭于上京。虽桓文之为盛兮，岂足方乎圣明。休矣美矣！惠泽远扬。翼佐我皇家兮，宁彼四方。同天地之矩量兮，齐日月之辉光"。称赞曹操取得了伟大的功绩，仁化宇内却能做到肃恭上京，对下惠泽远扬，对上翼佐皇家，取得了天地日月一样的功绩。

《责躬》诗中概括了曹操、曹丕的功绩，赞美曹操"受命于天，宁济四方"的功德。具体为武功"朱旗所拂，九土披攘"；教化"玄化滂流，荒服来王"。超商越周，与唐比踪。而对曹丕则赞美他的文武双全："武则肃烈，文则时雍。"并有代汉为君的功绩："受禅于汉，君临万邦。"

从中可以看出曹植即使是在作诗时表达的赞美之情也力求准确，不做夸饰，在诗中赞美了曹操征伐安定四方之功，教化民众之绩。而对于曹丕则仅仅赞美他的文采武功的能力、君临万邦的现实，而"广命懿亲，以藩王国"与后文对读，则近于嘲笑讽刺。

2. 亲友相聚的欢乐

曹植在诗赋中写了大量的游玩宴饮之乐。从中可见参加游宴的人数众多，然而曹植处理类似题材时突出了兄长曹丕。《斗鸡诗》写与兄长众宾客闲暇时斗鸡之乐。《娱宾赋》写游玩宴饮之乐，在炎炎夏日，"游曲观之清凉"，有美酒佳肴、齐郑乐舞。接下来突出了文人的即兴创作，"文人骋其妙说兮，飞轻翰而成章。谈在昔之清风兮，总贤圣之纪纲。欣公子之高义兮，德芬芳其若兰。扬仁恩于白屋兮，逾周公之弃餐"。总结乐趣为"听仁风以忘忧兮，美酒清而肴甘"。《公宴》则把笔端集中在欢宴后夜游西园的雅兴、月夜的美景上："明月澄清景，列宿正参差。秋兰被长坂，朱华冒绿池。潜鱼跃清波，好鸟鸣高枝。"《侍太子坐诗》写白日饮酒赏乐，赞美了兄长的弹棋之艺，"翩翩我公子，机巧忽若神"。后期，诸王归藩，不得相见，所以当魏明帝会诸侯之时，曹植内心充满了急切与喜悦，

《应诏》："朝发鸾台，夕宿兰渚。……虽有糇粮，饥不遑食。望城不过，面邑不游。"表现了对亲人相见的渴望，从另一个角度表现了曹植心目中亲友相聚的欢乐。

3. 离别的忧伤

早期因有从军经历，曹植写有《离思赋（并序）》，"建安十六年，大军西讨马超，太子留监国，植时从焉。意有忆恋"，遂作离思之赋。离思之中有心境："余抱疾以宾从，扶衡轸而不怡。"有不得不离别的原因："欲毕力于旌麾，将何心而远之。"有对对方的祝愿："我君之自爱，为皇朝而宝己。水重深而鱼悦，林修茂而鸟喜。"因为经历特殊，曹植对亲人之间的离别有着特别的感伤，《释思赋（并序）》："家弟（鄌戴公子整，奉从叔父郎中绍后）出养族父郎中，伊予以兄弟之爱，心有恋然，作此赋以赠之。"在赋中写了亲人的离别之痛更甚于友朋："彼翔友之离别，犹求思乎白驹。况同生之义绝，重背亲而为疏。"最后以鸳鸯的同池共游、鸟的比翼齐飞来与自己和兄弟的分离形成对比："乐鸳鸯之同池，羡比翼之共林。"抒发了自己与兄弟分离的伤心。

《叙愁赋（并序）》是应母亲要求之作："时家二女弟，故汉皇帝聘以为贵人。家母见二弟愁思，故令予作赋。"在汉皇室名存实亡之际，曹植的妹妹不愿嫁的心境可想而知，因此，曹植的《叙愁赋（并序）》便从女弟的角度入手抒发离忧。"对床帐而太息，慕二亲以增伤。扬罗袖而掩涕，起出户而彷徨。顾堂宇之旧处，悲一别之异乡"，将离愁具体化为对床叹息，扬袖掩涕，出户彷徨，顾宇伤神，将慕亲增忧、一别异乡的绵绵愁绪生动传神地通过典型化的动作呈现在人们面前。

《圣皇篇》则叙写了集体的离别场景："贵戚并出送，夹道交辎軿。车服齐整设，韡晔耀天精。武骑卫前后，鼓吹箫筘声。"场面的浩大掩盖不了亲人离别的忧伤："祖道魏东门，泪下沾冠缨。扳盖因内顾，俛仰慕同生。行行将日暮，何时还阙庭？车轮为徘徊，四马踌躇鸣。路人尚酸鼻，何况骨肉情！"曹植的亲人离别诗赋，融入了太多的家国因素，包含了很多的无可奈何。《圣皇篇》："侍臣有文奏，陛下体仁慈。沈吟有爱恋，不忍听可之。迫有官典宪，不得顾恩私。"写出了即使贵为皇帝也不能违背典宪只顾亲情的感伤。《叙愁赋（并序）》："委微躯于帝室，充末列于椒房。荷印绂之令服，非陋才之所望。"结合后来这两个女子在汉帝被废后的命运，殆非虚语。

4. 亲人死去的痛苦

亲人离世，对所有人来说都是情感激荡之事。曹植的一生又经历了很多的亲人逝去的痛苦。长辈中曹操、卞夫人都先曹植而去，同父同母兄弟曹彰、曹丕也在曹植之前离世，妻子被赐死，两个女儿均出生不久就夭折了，亲人的离世带给曹植无尽的痛苦。在《武帝诔》中，曹植写道："华夏饮泪，黎庶含悲。"这是以群体性的悲哀强调曹操的受人爱戴。在《请祭先王表》中曹植表达了自己的悲伤，"夏节方到，臣悲伤有思"点出自己的情绪特征，"计先王崩来，未能半岁。臣实欲告敬，且欲复尽哀"，款款道来，平白的叙事中融入了浓浓的思念之情。《任城王诔》中对于曹彰暴毙写道"如何奄忽，命不是与"，自然而然地透出曹彰之死的出人意料。并且"凡夫爱命，达者徇名。王虽薨徂，功著丹青。人谁不没，德贵有遗"，对曹彰赞美的同时也有自我宽慰的意味。

曹植对亲人死去的哀伤绝大多数以哀辞、诔文的形式抒发，很少用诗赋来表达，体现了极强的文体意识。《金瓠哀辞》《行女哀辞》《仲雍哀辞》均为悼念夭亡的婴孩。其中《仲雍哀辞》悼念的是魏太子之仲子，曹植对其了解应不多，感情也不深。《仲雍哀辞》中的情感多为慨叹。金瓠与行女是曹植的亲生女儿，"金瓠，余之首女，虽未能言，固已授色知心矣。生十九旬而夭折"①，"行女生于季秋，而终于首夏。三年之中，二子频丧"②。曹植在对她们的悼念中联系自己的命运多舛，写道："在襁褓而抚育，尚孩笑而未言。不终年而夭绝，何见罚于皇天。信吾罪之所招，慧弱子之无愆。去父母之怀抱，灭微骸于粪土。天地长久，人生几时？先后无觉，从尔有期。"《行女哀辞》："感前哀之未阕，复新殃之重来"，"天盖高而无阶，怀此恨其谁诉"。哀辞与诔文相比，行文更加简便，表达情感更加自由，曹植在写悼念孩子的哀辞中总是直抒自我的哀伤，融入了对弱子"无愆见弃"的同情，实则是对自我命运中的不遇的共鸣，因而在哀辞的末尾，才会有"天盖高而无阶，怀此恨其谁诉"一语双关的表达。

---

① 《金瓠哀辞》。
② 《行女哀辞》。

在诗歌方面，曹植也在《灵芝篇》中抒发了对父亲的怀念之情。《灵芝篇》开篇以灵芝起兴，接下来是舜帝、老莱子、丁兰、董永等人的孝行，以此引出对已经逝去的父亲的思念："呜呼我皇考！生我既已晚，弃我何其早！《蓼莪》谁所兴？念之令人老。退咏南风诗，洒泪满祎抱。"而在《赠白马王彪》中写出对曹彰之死的哀悼："奈何念同生，一往形不归。孤魂翔故域，灵柩寄京师。""一往形不归"暗示了曹彰死得突然和出人意料，而"孤魂翔故域，灵柩寄京师"写出了身心两隔，纵然死去也难舍故土的情怀，"存者忽复过，亡殁身自衰。人生处一世，去若朝露晞。年在桑榆间，影响不能追。自顾非金石，咄唶令心悲"则又表达了兔死狐悲之意。

在赋作方面，曹植的《怀亲赋（并序）》虽是残篇，亦见深情。写于父亲死后路过"济阳南泽"的"先帝故营"时，悲伤有怀于是停驾作赋。在赋中写自己见到先帝的旧营"步壁垒之常制，识旌旗之所停。在官曹之典列"，心仿佛又回到跟随曹操共同征伐的时候。再次上路，"情眷恋而顾怀，魂须臾而九反"，身往神留，仍然对逝去的父亲充满眷恋。在诔表中更多的是全面概括经历与功绩，而在诗赋中更多地表达自己的情感，抒情之意更显。

5. 歌颂亲人之间的爱，表达爱被间隔的痛心

因为曹植不能受到曹丕、曹叡两任执政亲人的信任，很长一段时间都遭受诸王不得离开封地且有监国谒者监视的隔离对待，因此在曹植的诗赋中一方面赞美歌咏亲人间的信任，无私无畏地相互付出，另一方面抒发着被间隔的伤心与不平。《精微篇》意在赞美"治道致太平。礼乐风俗移"，同时以苏来、缇萦、女娟等人的孝亲故事为例，赞美亲人之间所表现出来的爱。

在《求通亲亲表》中写："近且婚媾不通，兄弟永绝，吉凶之问塞，庆吊之礼废，恩纪之违，甚于路人；隔阂之异，殊于吴越。"对隔绝亲人的不合理现象加以批判。当时防范公族之弊，史家有明确的记载，陈寿："魏氏王公，既徒有国土之名，而无社稷之实，又禁防壅隔，同于囹圄；位号靡定，大小岁易；骨肉之恩乖，常棣之义废。为法之弊，一至于此乎！"曹植在《陈审举表》中详尽地阐释了重用异姓之臣疏远公族之臣的

不合理。曹植认为，"能使天下倾耳注目者"，是"当权者"，而不在于亲戚。若有权"虽疏必重"，若无权"虽亲必轻"。并且举例说那些取齐分晋的都不是宗族。异姓之臣"吉专其位，凶离其患"，公族之臣却是"存共其荣，没同其祸"，因而"欲国之安，祈家之贵"，从而表达对于当下"反公族疏而异姓亲"的迷惑，表达自己"与陛下践冰履炭，登山浮涧，寒温燥湿，高下共之，岂得离陛下哉！"的耿耿忠心。

这种情感在曹植的诗赋中化为伤心与不平的狂飙。比如在《赠白马王彪》序中，对"有司以二王归藩，道路宜异宿止"阻止兄弟同行的行为，用了"意毒恨之"这样的词语，且写此篇为"愤而成篇"。"郁纡将何进？亲爱在离居。本图相与偕，中更不克俱。鸱枭鸣衡轭，豺狼当路衢。苍蝇间白黑，谗巧令亲疏。"曹植愤怒地将直接分开二人的使者比作鸱鸮、豺狼，将那些上奏主张分离诸侯的小人称为苍蝇。曹植显然知道这是来自皇帝的直接旨意，因此，这样的写法也是对曹丕的批判。宋代刘克庄在《后村诗话》中评价道："忧伤慷慨，有不可胜言之悲。"① 在《当墙欲高行》中曹植再次揭露了这种现象的不合理："龙欲升天须浮云，人之仕进待中人。"本为同根的亲人，却被中人阻隔，而中人却以虚假的言辞诋毁自己，以至于"谗言三至，慈母不亲"。人们不辨真伪，想要自己辩解"君门以九重，道远河无津"，人与君主隔绝，无法沟通。对于曹植来说就是亲人阻隔，在诗中点出了"慈母不亲"便是明证。而这种亲人之间的阻隔在曹植看来无疑是不合理的，真诚之心遭受误解，内心受到压抑却无从化解。

（二）曹植亲情文学的特征

1. 第一次大量描写亲情，形成了一个亲情世界

亲情诗歌在先秦时期即存在，至汉代，虽然在政治上提倡亲情，可是在文学创作上亲情诗赋反而进入了一个沉寂期。尤其是描写作者自己的父母兄弟姐妹的诗赋微乎其微。至建安时期，已经产生了一些描写亲情的诗赋作品，孔融《杂诗（其二）》，写幼子死亡的悲伤，蔡琰的《悲愤诗》写母亲与子女不得不分别，"见此崩五内，恍惚生狂痴。号泣手抚摩，当发复回疑"，真切动人，然而作品相对较少。孔融、王粲、曹丕等人均为

---

① （宋）刘克庄撰《后村诗话》，王秀梅点校，中华书局，1983，第 3 页。

偶然感动形之于文，均未形成一个完整的亲情世界。

曹植是文学史上第一个全面书写亲情，描绘亲情世界的人。笔下人物包括父亲、母亲、兄弟姐妹、子女、侄子，构成了一个完整的亲人系统。对于父亲，曹植淡化了父亲对自己的赏识，书写父亲的功绩与对父亲的思念，同时通过自己的文学创作、人生理想、为人处事处处体现父亲对自己的影响。对于母亲，作者也没有突出卞氏对自己的帮助，而是写出了对母亲的思念以及贻亲忧愁的愧悔。对于曹丕，曹植充满了矛盾：一方面在诗赋中写出了二人共同游玩、共同创作的欢乐经历；另一方面又表现了对曹丕在曹操去世后，特别是黄初以来所颁布的一系列政策的不满。对于其他兄弟姐妹则是同情和安慰。曹植在文学作品中对子女表现较少，主要是对于夭亡的子女充满痛惜之情。

2. 真诚与矛盾并存

因为曹植的亲情受到很多外在的因素的影响，其亲情文学呈现真诚与矛盾并存的状态。《三国志·魏书·苏则传》："初，则及临淄侯植闻魏氏代汉，皆发服悲哭。"[①] 这则材料表明即使是兄长代汉，曹植也并不认同，悲伤难以自抑，以致"发服悲哭"。然而曹植在文学作品中不止一次赞美曹丕代汉，比如《上庆文帝受禅表》："溥天率土，莫不承风欣庆，执贽奔走，奉贺阙下。况臣亲体至戚，怀欢踊跃。"写到自己因为是至亲，对文帝受禅之事"怀欢踊跃"。结合《苏则传》中的记载，我们可知，曹植的《上庆文帝受禅表》是言不由衷，时势所迫而写。在曹植的诗赋中也有这样充满矛盾的表达。

《圣皇篇》称赞"圣皇应历数，正康帝道休。九州咸宾服，威德洞八幽"，提到的却是曹植终身反对的将同姓亲人禁锢在封地的政策。此一政策在下达之初就受到许多亲人的反对，具体史料有曹彰的不满为证。在《谏取诸国土息表》中作者指出了朝廷政策的荒谬：曹植当初被封于东土，诏书中名言目的是"屏翰皇家，为魏藩辅"，"所得兵百五十人，皆年在耳顺"，"虎贲官骑及亲事凡二百余人"，"名为魏东藩，使屏翰王室，臣窃自羞矣！"而在诗歌《大魏篇》中，"无患及阳遂，辅翼我圣皇"，诗中描写

---

① （晋）陈寿著，（南朝宋）裴松之注《三国志》，中华书局，1982，第492页。

与现实之间的差距，经过文本的互文之后，便有了极大的讽刺意味。

在魏明帝时期，对诸侯的过度防范仍然存在，曹植在《转封东阿王谢表》中写道："圣旨恻隐，恩过天地。"同时对自己是一种"饥者易食，寒者易衣"的行为。可是在《迁都赋》中，描述此番迁都，却毫无快乐：

　　余初封平原，转出临淄，中命鄄城，遂徙雍丘，改邑浚仪，而末将适于东阿。号则六易，居实三迁。连遇瘠土，衣食不继。

雍丘，古杞都城，今为杞县，向有中原粮仓之称。东阿虽亦富足，与雍丘实为伯仲之间。由是我们可知迁曹植之意并非真正的为曹植计，而是防止诸侯王久在一地势力日益巩固之举。《转封东阿王谢表》透露了其中关键。在《转封东阿王谢表》中，初引诏书曹叡以太皇太后之名，"雍丘下湿少桑"为理由，迁曹植到东阿，且语气极为客气，"可遣人按行，知可居不？"实则君意已定，不容置疑。接下来曹植按照惯例领旨谢恩。然而不同寻常的是曹植点出"猥宣皇太后慈母之念迁之"，并且指出自己在雍丘"劬劳五年，左右罢怠，居业向定。园果万株，枝条始茂，私情区区，实所重弃"。从"居业向定""园果万株"中我们可以知道在雍丘的生活已经安定下来，且有了谋生之阶，曹叡让其在万株园果枝条始茂的时候搬迁，对曹植的影响与利弊可想而知。其后的"左右贫穷，食裁糊口，形有裸露"实为夸张之语，以突出曹叡的恩德，此后提出"若陛下念臣入从五年之勤，少见佐助"，请求曹叡对其进行一些补偿和援助，更是对迁东阿弊大于利的注解。在这样的背景下我们看《迁都赋》才能真正理解曹植居无定所的漂泊之感，《转封东阿王谢表》中的无可奈何与《迁都赋》中"号则六易，居实三迁。连遇瘠土，衣食不继"，直陈其情，形成了互为犄角之势，不但写出了自己的困境，而且表明了朝廷的伪善与对自己的坎坷命运的造成者的控诉，虽为残篇，而写"纷混沌而未分，与禽兽乎无别。啄蠡蜊而食蔬，撮皮毛以自蔽"，已经为后文抒发自己的困苦哀伤之情张本。

诗赋与文形成了互现，从而在大背景下形成抒情，由此，曹植的赞美之诗因其特殊的经历，使人理解了他的无奈，从而透出内心更深层的悲凉。《转封东阿王谢表》与《迁都赋》对读，使人对名爱实贬的曹植封东阿中的委曲有了更深层的认识。此对于当时的人来说，不成问题，反而因为作者的反语、隐语更加了解曹植的悲情，然而对于后世来说，因为背景的缺失，容易形成误解。

3. 隐喻特征

曹植诗中确乎存在寄托，这在以往解诗中被过度解读，实则并非凡男女皆为寄托，曹植许多诗赋为其爱情的真实写照。当然也不能走向另一个极端，认为曹植诗歌毫无寄托。考察是否含有寄托不能凭想当然，而是要考察文句中是否有矛盾，若是在表面上的爱情书写中透出不和谐的其他因素，则可能是隐喻了君臣之义。曹植作为一个名为王、实为囚，时时刻刻被监视的圈牢之养物，作为始终没有放弃自己的理想的文人才子，处于一个汉儒惯于以寄托解读《诗经》的时代影响之下，若所有的诗歌均无寄托，似乎也不是应有之义。曹植的诗歌《种葛篇》便充满了隐喻寄托。

> 种葛南山下，葛藟自成阴。与君初婚时，结发恩义深。欢爱在枕席，宿昔同衣衾。窃慕《棠棣》篇，好乐和瑟琴。行年将晚暮，佳人怀异心。恩纪旷不接，我情遂抑沈。出门当何顾？徘徊步北林。下有交颈兽，仰有双栖禽。攀枝长叹息，泪下沾罗襟。良马知我悲，延颈对我吟。昔为同池鱼，今为商与参。往古皆欢遇，我独困于今。弃置委天命，悠悠安可任？

在《种葛篇》中写了原本恩爱的夫妻，在"行年将晚暮"的时候，"佳人怀异心"，男子变心了。此后并不评价怀异心的事件，而是铺叙女子的哀愁和伤心，然而与纯粹爱情诗不同的是，诗歌的末尾写道"往古皆欢遇，我独困于今"，与爱情并不完全相合，"往古皆欢遇"所据不明，即使是往古，也很少有文学作品或者传说故事赞美男女之间的欢遇。且"困于今"与爱情失意不符，"弃置委天命"也似乎不是爱情诗歌的惯常用语。

在《种葛篇》中，"种葛南山下，葛藟自成阴"本为起兴，却包含深意。种葛之葛为葛藟，《诗经·葛藟》："绵绵葛藟，在河之浒。终远兄弟，谓他人父。谓他人父，亦莫我顾。"内容与兄弟相别有关，写兄弟离别，认他人为父，不再理我，与曹丕听信谗言兄弟隔绝相合，尤其是魏晋时期对诗歌的理解不仅受《诗经》本义的影响，还受到汉儒解诗的影响。据《毛诗序》："《葛藟》，刺平王也。周室道衰，弃其九族焉。"平王弃其九族，与曹丕强令诸侯归藩，监视公族，重用异族何其相似。文中又用《棠棣》之典，《棠棣》亦为《诗经》篇目。《毛诗序》曰："《棠棣》，燕兄弟也。闵管、蔡之失道，故作《棠棣》。"可见亦与兄弟有关。《棠棣》的主题便是"凡今之人，莫如兄弟"。诗中列举了危难之时只有兄弟才是依靠，"死丧之威，兄弟孔怀，原隰裒矣，兄弟求矣。脊令在原，兄弟急难"，此时即使是有良朋，也只能是哀叹而已。而"丧乱既平，既安且宁，虽有兄弟，不如友生"。同时诗中的"兄弟阋于墙，外御其侮"带有期望的意味。可见此诗与曹植的处境完全相合，以一句诗暗蕴《诗经·棠棣》全篇之意。最为精彩的是该篇之"妻子好合，如鼓琴瑟"与《种葛篇》表层之爱情亦相合。双重主题结合得完美无瑕。何景明曾说："汉魏作者，义关君臣朋友，辞必托诸夫妇，以宣郁而达情焉。"[1] 虽求之于曹植其他作品多误，然而于《种葛篇》却应为确然。如此解诗也使结尾的"往古皆欢遇，我独困于今。弃置委天命，悠悠安可任"有了注脚，意为往古均能君臣遇合，而我却困于此地，弃置我的建功立业的梦想听从天命，然而那悠悠的苦痛又让人情何以堪。而中间则完全是男子作闺音，是化装的抒情。以"与君初婚时，结发恩义深。欢爱在枕席，宿昔同衣衾"暗喻曹丕曹植兄弟之间早期的和美。"行年将晚暮，佳人怀异心。恩纪旷不接，我情遂抑沈"写曹丕在后期对曹植的疏远和打击，接着以"徘徊步北林"所见的交颈兽、双栖禽，引发自己孤独不被理解的苦楚，以"攀枝长叹息，泪下沾罗襟"写出内心的忧伤。"昔为同池鱼，今为商与参"形象地写出兄弟隔绝的状态。

4. 曹植亲情表达的文体选择

曹植的亲情表达从文体上看比较均衡，各体均有以亲情为主题的创作。在曹植表达亲情的文体中，亲情诗最多，共计 14 篇。其中五言诗 12 篇，四言诗 2 篇。有亲情与友情相融合的诗歌，体现友与兄弟之乐，

---

① （明）何景明：《何大复先生集》卷一四，上海古籍出版社，1987。

五言诗《斗鸡诗》《公宴》《侍太子坐诗》写跟随曹丕游玩之乐；《圣皇篇》写归藩离别，其中夹杂着对朝廷让诸侯归藩政策的明赞暗讽以及亲人离别的忧伤；《七步诗》写对同根相煎的不解与不满；《赠白马王彪》则写出了对曹彰之死的难以释怀、被迫与兄弟别离的愤恨；《灵芝篇》以孝亲典故引出父亡的悲伤、祝福母亲与君王；《杂诗》写离家千余里的远行客"出亦无所之，入亦无所止"的悲哀；《豫章行》则直接提出"鸳鸯自朋亲，不若比翼连。他人虽同盟，骨肉天性然"的观点；《精微篇》赞美亲人间无私无畏的爱。《豫章行》和《精微篇》与个人的具体感性体验无关，是以诗的形式在表达亲情观。在亲情类中四言诗仅有两首：《责躬》自责的同时赞美曹丕；《应诏》写诸侯得以会节气的急切喜悦与不得面圣的忧伤。两首诗均与当时的皇帝有关，是以四言的形式突出了对皇权的尊重。

辞赋：在亲情赋中，曹植集中写了对亲人的忆恋、与亲人同游的喜悦、赞美亲人，并以寓言的形式写夫妻得脱险境的喜悦。在《离思赋（并序）》中写"太子留监国，植时从焉。意有忆恋"。在赋中对兄长祝愿，"愿我君之自爱，为皇朝而宝己。水重深而鱼悦，林修茂而鸟喜"。《怀亲赋（并序）》则写了对已经逝去的曹操的怀念，"济阳南泽有先帝故营，遂停马住驾，造斯赋焉"，可见为睹物思人即兴而作。《释思赋（并序）》则是写给出养族父的家弟，"伊予以兄弟之爱，心有恋然"，于是作赋以赠。而《娱宾赋》与《登台赋》都是与亲人朋友游观之乐，《娱宾赋》赞美曹丕，《登台赋》赞曹操。

散文：曹植的散文仅有少量专为亲情而作，但有 20 篇左右与亲情相关，具体如下。《上庆文帝受禅表》为兄长得以受禅而欢欣鼓舞；《答明帝诏表》为曹叡丧女而痛哭流涕；《封二子为乡公谢恩章》为苗、志被封而感动不已。这些章表均为不得不写的带有应制特征的作品。在《陈审举表》中曹植借题发挥阐释重异疏亲的不合理。曹植专门为亲情而写的是《请祭先王表》与《求通亲亲表》。《请祭先王表》悲伤有心，即使违礼也要请求祭奠父亲。《求通亲亲表》则是直接上表呼吁通亲亲。作为秀出于时的文人，许多亲人逝去后，诔文创作责无旁贷地落在了曹植的肩上。《武帝诔》《大司马曹休诔》《文帝诔》《任城王诔》《平阳懿公主诔》均为曹植所作，在卞太后去世后，甚至不待帝命就创作《卞太后诔》以寄托哀思。曹植以这些诔文表达对亲人的评价与怀念。为示庄重，包括诔序在内基本采用四言形式。而哀辞则采用散体，叙写子侄死后自己的哀伤，《金瓠哀辞》《仲雍哀辞》《行女哀辞》莫不如此。在颂赞体中对亲情的书写较少，仅有《皇子生颂》赞颂皇子出生，《帝舜赞》赞美了舜帝的孝亲，《禹妻赞》赞扬禹妻"成长圣嗣"的功绩。

第四章

曹植的爱情世界与文学表达

陈寅恪在《元白诗笺证稿》中说："吾国文学，自来以礼法顾忌之故，不敢多言男女关系。"① 信然！除却《诗经》歌咏抹去了文人身份的爱情，楚辞的娱神与象征，辞赋的讽谏之作，文人书写男女关系的作品少之又少。至魏晋文人爱情题材作品大放异彩，其间又以曹植为著。对此，诸多学者目之为政治寓托之作。可恰如朱熹所说："大率古人作诗，与今人作诗一般，其间亦自有感物道情，吟咏情性，几时尽是讥刺他人?"② 曹植爱情题材作品的突破源于自身拥有一个刻骨铭心、惊世骇俗的爱情世界。

根据史料记载，曹植有两任妻子。第一任妻子为崔氏，是当时重臣崔琰的侄女。《世说新语》曰："植妻衣绣，太祖登台见之，以违制命，还家赐死。"③ 后妻姓氏不详，在曹植集中两次出现。其一为谢表，《谢妻改封表》谦称："猥复王臣妃为陈妃。光耀宣朗，非妾妇蠢愚所当蒙被。"称其妻为"蠢愚"，应当是作为谢恩的谦词惯例。其二是《求通亲亲表》表达了无法通亲带给自己的孤独："每四节之会，块然独处，左右唯仆隶，所对惟妻子，高谈无所与陈，发义无所与展。未尝不闻乐而拊心，临觞而叹息也。"④ 曹植面对妻子，虽然无法高谈，不能展义，但曹植与后妻日日相对，二人显然还是有感情的。曹植对于两任妻子，在诗赋文章中并无专门

① 陈寅恪:《元白诗笺证稿》，三联书店，2001，第 103 页。
② （宋）黎靖德编《朱子语类》，中华书局，1986，第 2076 页。
③ （晋）陈寿著，（南朝宋）裴松之注《三国志》，中华书局，1982，第 369 页。
④ （三国魏）曹植:《曹植集校注》，赵幼文校注，人民文学出版社，1984，第 437 页。

表现，甚至在第一任妻子被赐死之后，也无悼亡之作，曹植真正的爱情是与甄后之间的爱恋。

第一节　曹植的爱情世界

一　曹植与甄后爱恋的可能

曹植与甄后的关系至今仍是争论不休的公案，李善注《文选·洛神赋》引《记》："魏东阿王，汉末求甄逸女，既不遂，太祖回，与五官中郎将。植殊不平，昼思夜想，废寝与食。"① 文中明确谈到曹植对甄氏的爱，并且是所有文献记载中唯一谈到曹植爱情的材料。

六朝的笔记小说以传闻为基础，与后世小说纯然虚构不同。因此即使真幻交织，亦真大于幻。就连以志怪闻名的《搜神记》亦称"虽考先志于载籍，收遗逸于当时"，"群言百家，不可胜览；耳目所受，不可胜载"。② 以李善之严谨与博览群书，其所选必然为当时盛传或载之典籍。况且《洛神赋（并序）》开篇的"记曰"如周勋初先生所说："李善引此感甄之事而曰出于'记'，说明这件轶闻源出古史。"③ 对于此则材料的可信性，木斋师已经有详细的辨析。而考察曹植、甄后爱情是否存在，还要透过史书的蛛丝马迹。

甄后之死有很多疑点，具体如下。

其一，死因记载的矛盾与暗示。对于甄后之死，王沈《魏书》与《三国志·甄后传》中的记载相互矛盾，王沈《魏书》中对于甄后之死的记载为曹丕即位后，以玺书迎甄后，"会后疾遂笃，夏六月丁卯，崩于邺"。④ 而据《三国志·甄后传》记载，甄后的死是因为曹丕宠幸了其他嫔妃，甄后"愈失意，有怨言。帝大怒，二年六月，遣使赐死，葬于邺"。⑤

争宠而死与甄后一贯的为人处世相互矛盾，裴松之引王沈《魏书》记

---

① （唐）李善注《文选》，中华书局，1977，第 269 页。
② （晋）干宝：《搜神记》，汪绍楹校注，中华书局，1979，第 2 页。
③ 《周勋初文集》，江苏古籍出版社，2000，第 28 页。
④ （晋）陈寿著，（南朝宋）裴松之注《三国志》，中华书局，1982，第 160～161 页。
⑤ （晋）陈寿著，（南朝宋）裴松之注《三国志》，中华书局，1982，第 160 页。

载："后宠愈隆而弥自抑损，后宫有宠者劝勉之，其无宠者慰诲之"，"所愿广求淑媛，以丰继嗣"，"帝玺书迎后，诣行在所，后上表曰：'妾闻先代之兴，所以飨国久长，垂祚后嗣，无不由后妃焉。故必审选其人，以兴内教。今践阼之初，诚宜登进贤淑，统理六宫。'"① 从以上记载可见，不妒忌、识大体恰恰是甄后的突出美德。

《魏书》早出，陈寿知无法两全其说，于是便将甄后言行之善全部删落，裴松之认为陈寿的讳法比起王沈要高明："《春秋》之义，内大恶讳，小恶不书。文帝之不立甄氏，及加杀害，事有明审。魏史若以为大恶邪，则宜隐而不言。"裴松之指责王沈"假为之辞，而崇饰虚文乃至于是，异乎所闻于旧史。推此而言，其称卞、甄诸后言行之善，皆难以实论"②。裴松之认为王沈的记载"异乎所闻于旧史"，可见甄后之死在"旧史"中已经有确载，多半已经在当时社会广为流传。裴松之认识到对于"旧史"中大量存在的"事有明审"的曹丕杀害甄后事件，简单地记载甄后的美德以及最后的病亡，只能是欲盖弥彰，不如删去甄后的美德以及"玺书三至"的事件，以争宠来解释来得直接而能服众。然而依据史实揭露甄后真实的死因，又与王沈《魏书》中揭露出的甄后的美好品德相悖，因此裴松之索性便采取否定甄后的方式来为曹丕而讳，宣称"其称卞、甄诸后言行之善，皆难以实论"。裴松之毕竟治史比较严谨，即使是故意为之，也会交代一下，他对"其称卞、甄诸后言行之善，皆难以实论"并无证据，是"推此而言"，而从王沈对"卞、甄诸后"的记载中我们丝毫找不到必须溢美的理由，同时，这与甄后之死是分别独立的事件，也不是"推此而言"可以得到答案的。

对此，木斋师有十分精彩的论述："王沈乃是小讳，陈寿才是大讳。不论是王沈关于甄后贤惠宽仁而死于疾病的记载，还是陈寿删除之而直接将其归于争宠赐死，两者皆可以说是欲盖弥彰。但两者之间矛盾的说法，正为甄后之死的历史疑案提供了解决的缝隙，特别是前者，提供了更为可靠的线索。"③ 补充的一点是《三国志·甄后传》记载"后愈失意，有怨

---

① （晋）陈寿著，（南朝宋）裴松之注《三国志》，中华书局，1982，第160页。
② （晋）陈寿著，（南朝宋）裴松之注《三国志》，中华书局，1982，第161页。
③ 木斋：《古诗十九首与建安诗歌研究》，人民出版社，2009，第178页。

言。帝大怒，二年六月，遣使赐死，葬于邺"。① 所怨者为何，又怎会从邺城传入洛阳，能引起"帝大怒"，竟至于赐死辱尸的重罪，史书并未明言，其实这正是史官惯用的为讳又不失其真的掩饰之法。

对于甄后之死的记叙，还有周宣的解梦，《三国志·方技传》记载曹丕以"梦青气自地属天"问卦于周宣，周宣回答："天下当有贵女子冤死。"曹丕当时"已遣使赐甄后玺书，闻宣言而悔之，遣人追使者不及"。

古人常借占梦等方术揭露史实，周宣借占梦掷地有声地断言甄后之被赐死为"冤"，而曹丕"闻宣言而悔之"，表明对甄后之冤的认可。甄后若为争宠而死，又何冤之有？甄后被赐死必为郭后及他人的潜言，所潜之事不宜明言，使曹丕半信半疑，没有明据便已经锥心刺骨，不待彻查，或者无法彻查，便暴怒下令赐死，而待术士一断为"冤"便又迫不及待地相信，追悔莫及。此种反应最有可能便是男人在处理女人对自己的背叛。

其二，殡葬失仪。《汉晋春秋》记载："初，甄后之诛，由郭后之宠，及殡，令被发覆面，以糠塞口。"② "'大殓'又称'入柩'、'落材'，汉族民间俗称'归大屋'。此仪意味着死者与世隔绝，与亲人最后一别，故十分隆重。"③《白虎通·崩薨》引用《礼·檀弓》曰："'小敛于户内，大敛于阼阶，殡于客位，祖于庭，葬于墓，所以即远也。'夺孝子之恩以渐也。所以有饭含何？缘生食，今死不欲虚其口，故含。用珠宝物何也？有益死者形体，故天子饭以玉，诸侯以珠，大夫以米，士以贝也。"而甄后当时贵为嫔妃竟然不获大殓，饭含以糠，同时以"被发覆面"④ 来对待。"被发覆面"是何种侮辱史无明载，后世明代崇祯皇帝自尽时，曾自请以发覆面，明确记载意为"朕死无面目见祖宗，自去冠冕，以发覆面"⑤。由此可以推知"被发覆面"对于甄后是一种侮辱，是暗示她的丑行无颜见祖宗，而这种侮辱之重，加之身份特殊的甄后之上，显然是曹丕直接指使或者至少是曹丕默许的。

曹丕号称"于天下无所不容"，以胸襟自夸，按常理不会在开国之初

① （晋）陈寿著，（南朝宋）裴松之注《三国志》，中华书局，1982，第 160 页。
② （晋）陈寿著，（南朝宋）裴松之注《三国志》，中华书局，1982，第 167 页。
③ 万建中：《中国历代葬礼》，北京图书馆出版社，1998，第 66 页。
④ （晋）陈寿著，（南朝宋）裴松之注《三国志》，中华书局，1982，第 167 页。
⑤ （清）张廷玉等撰《明史》，中华书局，1974，第 207 页。

容不下一个女人。若仅仅为了争宠，完全可以废后，或者打入冷宫。曹叡时期虞氏的情况与甄后相仿，曹叡为王时，始纳河内虞氏为妃，"帝即位，虞氏不得立为后，太皇卞太后慰勉焉。虞氏曰：'曹氏自好立贱……殆必由此亡国丧祀矣！'虞氏遂绌还邺宫"①。同样是应立而未得立为后，史书同样记载有怨言，虞氏的怨言竟然达到了"殆必由此亡国丧祀矣"的地步，诅咒宗族与国家，是大逆不道的事情，曹叡的处理仅仅是"绌还邺宫"而已。由此对比，深受卞太后喜爱，又为曹丕诞下长子的甄后仅仅因为失宠有怨言，被赐死并被辱尸是多么不合情理。

其三，黄初二年，曹植与甄后先后受惩并且都是不合常理的严厉。木斋师力证其受惩是因为男女之隐情②。同时，史书关于植甄二人受惩的记载或为有矛盾或为不合情理，同时又为进一步解释留有余地。关于甄后之死的记载，史书本身就相互矛盾，如前所述，甄后的不妒史有明载，按照陈寿的记载恰恰就是甄后因妒而"有怨言"，最后导致被"遣使赐死"。从史书记载来看，王沈《魏书》中的记载前后一贯，然而在关键的结局上因为避讳而违背了"事有明审"的史实。而陈寿所记，裴松之所赞同的甄后的性格与品德，与她最终的结局是前后矛盾的。加之围绕甄后之死发生的各种不合常理之事，显然，其中必然含有隐情。这使人不由得追问"无论从甄氏死因到各人的反应，史家说法就支离不一，难道想隐瞒什么，掩盖什么？"③

---

① （晋）陈寿著，（南朝宋）裴松之注《三国志》，中华书局，1982，第167页。

② 木斋先生观点为："1. 甄后被赐死的黄初二年，曹植是否也同时被认为有罪，而且应该是非常严重的罪行。2. 此后曹植是否长时期背负着这一罪行的无形枷锁。3. 各种史书对曹植在黄初二年所犯罪行的内容和性质如何记载和评定。4. 黄初二年之前后，关于植、甄之间是否流露出过蛛丝马迹。"其中，曹植与曹彰罪行的对比尤为精彩，可谓铁证，根据史书记载曹彰在曹操初亡，继位之人尚处于混乱的时候犯过两个错误，其一是"问玺绶"，其二是力推曹植继位，被曹植拒绝。木斋先生以曹彰在黄初三年之前的状况与曹植相对比，裴松之《三国志·魏书·曹彰传》下引《魏略》：曹彰"意甚不悦，不待遣而去……及帝受禅，因封为中牟王。是后大驾幸许昌，北州诸侯上下，皆畏彰之刚严，每过中牟，不敢不速"。根据木斋先生考证，此事应该发生在黄初三年四月。"这说明一直到黄初三年，在曹丕践祚一年半左右，曹丕虽登基为帝，但曹丕诸弟如曹彰等，仍然对曹丕构成一定的威慑力。到黄初三年，曹彰等被封为王，只有曹植晚于诸位兄弟封王，而且是县王，如果是政治争夺，曹彰之罪岂不大于曹植？岂能仅有曹植待罪南宫？"与曹彰相对比，曹植的惩处过于严厉，不合情理。

③ 王玫：《甄氏之死因》，《文史知识》2013年第9期，第57~63页。

根据正史记载，甄后之死的原因是失宠、有怨言。失宠仅仅是一种状态，并非死因，而怨言如果仅仅是普通的抱怨，绝不可能受到赐死辱尸的惩罚。然而根据木斋师所推断的植甄恋情，若是抱怨曹丕不履行诺言，不同意甄后与曹植的结合，被赐死辱尸确是极有可能甚至是必然的结果。而曹植的罪名是"饮酒悖慢，劫胁使者"。对于劫胁的解释，"劫"字意为"欲去以力协止曰劫。胁犹迫也"①。参照曹植在《赠白马王彪》中对监国谒者的怒斥，同时参照曹彰竟然令"北州诸侯上下，皆畏彰之刚严；每过中牟，不敢不速"②，想必对监国人员也不可能事事合礼。曹植断不会仅仅因为对"使者"的不敬而获几乎杀头的重罪，太后也不会说出弃其不顾的气话。心高气傲的曹植更不会自认有罪，终生惶惧。曹叡在曹植死后，也不必删除以往的、已经不再追究的罪状。因此，曹植之罪，不只是劫夺的形式，还在于劫夺的事物，而这种事物又是无法言说的。"唯一合理的解释，就是灌均发现了植、甄隐情的某些证据，譬如两人之间的诗作、信物等，曹植对灌均发出威胁，要劫持、抢下这些物证。"③

最后，《三国志·方技传》记载曹丕问卦于周宣④，同时涉及甄后与曹植，且前后相续，表明二人之事相关的可能性极大。

从曹丕问梦本身来考察，此次问梦、解梦过程颇为复杂。先是以非梦问周宣："吾梦殿屋两瓦堕地，化为双鸳鸯，此何谓也？""鸳鸯"表明所问之事显然与情事很接近，待周宣解释成"后宫当有暴死者"，而立即应验之后，真正的解梦便开始了，此后曹丕所言或许非梦，但如周宣所言："夫梦者意耳，苟以形言，便占吉凶。"另一则解梦中周宣说得更清楚："此神灵动君使言，故与真梦无异也。"有了周宣的解释，曹丕自然借助梦来以自己困惑之事请示神意。接下来两件事便有了明确的指向："我昨夜梦青气自地属天"，"吾梦摩钱文，欲令灭而更愈明，此何谓邪？"一为甄后，一为曹植，二者相续，两件事相关的可能性远远大于无关的可能性。

试析文帝接下来所问的："吾梦摩钱文，欲令灭而更愈明，此何谓

---

① （汉）许慎著，（清）段玉裁注《说文解字注》，上海古籍出版社，1981，第701页。
② （晋）陈寿著，（南朝宋）裴松之注《三国志》，中华书局，1982，第557页。
③ 木斋：《古诗十九首与建安诗歌研究》，人民出版社，2009，第154页。
④ （晋）陈寿著，（南朝宋）裴松之注《三国志》，中华书局，1982，第810～811页。

邪？""摩"即研磨。"文"在中国古代本义为"各色交错的纹理"，引申为"包括语言文字内的各种象征符号"，"由伦理之说导出彩画、装饰、人为修养之义，与'质'、'实'对称"，"在前两层意义之上，更导出美、善、德行之义"。① 从文的含义可以知道，曹植作为"绣虎"本身可以代表文。那么灭"文"即灭掉曹植，但是这样无法解释"更愈明"。若把"文"理解成与"质"相对的外在的事物，是一种象征，那么"钱"作为质则代表甄后肉体与相关的事件，根据裴松之的注解，这自然也包括了曹植。而"文"则可以顺理成章代指甄后、曹植事件引发的影响，正是因为涉及皇家的隐私，旁人不好置喙，所以周宣才会"怅然不对"，等"帝重问之"才不得不对。否则，"贵女子冤死"也是"陛下家事"，何以周宣对之神速呢？接下来聪明的周宣回答："此自陛下家事，虽意欲尔而太后不听，是以文欲灭而明耳。"分明是借质代文，说出事件的另一主角"曹植"因为太后的关系无法"灭"，所以，"文"最终只能"更愈明"。因此，只有把这则文献理解成对甄后、曹植的惩处及影响的担忧才是圆通的。

南开大学祝捷的博士学位论文从另一方面说明了甄后之死的不合情理。祝捷在考察了《三国志·魏书·文帝纪》中记载的五次丧亡，除曹鉴外，当月都记载有"灾异"，其中就包含甄后的死："（黄初二年）六月庚子，初祀五岳四渎，咸秩群祀。丁卯，夫人甄氏卒。戊辰晦，日有食之。"祝捷认为"像在《文帝纪》中，除了自己儿子的死，其他诸人的死，均伴以当月灾异记载的记录，比较罕见。我们可以判断的是，就在这些人死的当月，臣子对曹丕的作为，是有意见的。这几次丧亡，都或多或少与曹丕的作为有大的关系，以至于不仅当时有人记载'灾异'，陈寿也在此将这些灾异与丧亡联系在一起进行记载，也是侧面表达意见的记叙方式"②。由此可见，曹植文学作品中对于爱情的创作在此后被想象成对甄后的思恋并非空穴来风。

---

① 张岱年、方克立主编《中国文化概论》，北京师范大学出版社，2004，第1页。
② 祝捷：《曹魏之政治格局、士人社会与思想对话——以"正始玄学"为中心》，博士学位论文，南开大学，2012，第69页。

二 曹植与甄后爱情世界的特征

1. 希望渺茫的乱伦绝恋

曹植对甄后的爱恋，自曹丕占有甄后的那一刻起，就注定会是充满曲折的。

曹丕《典论·内戒》："上定冀州屯邺，舍绍之第。余亲涉其庭，登其堂，游其阁，寝其房。栋宇未堕，陛除自若。"① 结合李善注《文选·洛神赋》引《记》中曹植对甄后爱恋的记载，可知当时情形。"上定冀州屯邺，舍绍之第。"因为邺城初定，且袁家声名显赫，门生故吏遍天下，曹操虽取得了胜利，虽然知道甄后美丽绝伦，然亦不想贸然行事，于是并未像以往一样将美色立即据为己有。曹植兄弟亦想得到甄后，年轻的曹植选择的是向曹操请求，李善注《文选·洛神赋》引《记》："魏东阿王，汉末求甄逸女，既不遂。"此前曹植与甄后并无交集，曹植对甄后的爱恋也只可能发生在曹操战胜袁绍后。可以随意处置败将妻女是曹魏的惯例，然而追忆者出于记叙的便利，称甄后为"甄逸女"而非袁熙妻，以免引起歧义，同时也体现了对曹植、甄后的回护。此时的曹操出于其政治目的，对袁家采取安抚的政策，"邺定。公临祀绍墓，哭之流涕；慰劳绍妻，还其家人宝物，赐杂缯絮，廪食之"②，自然不会同意刚刚长大的曹植的请求，然而，曹丕却趁曹操外出"亲涉其庭，登其堂，游其阁，寝其房"。"太祖回"见木已成舟，便将甄后"与五官中郎将"。此事因事先未获得曹操的认可，曹丕自然知道要冒着极大的风险，所以才在安然无恙后，得意地追述"栋宇未堕，陛除自若"，实则慨叹天意如此。

曹植与甄后的爱恋也并非完全无望，那渺茫的希望便在于，如果曹丕早逝，甄后便有可能改嫁曹植。因此在《愍志赋（并序）》中，曹植表达完"思同游而无路，情壅隔而靡通。哀莫哀于永绝，悲莫悲于生离"③ 之后毫无来由地谈到"岂良时之难俟，痛予质之日亏"。曹操在《让县自明本志令》中明确地对妻妾说："顾我万年之后，汝曹皆当出嫁。"从曹操对

---

① （唐）魏征等撰《群书治要》卷四六。
② （晋）陈寿著，（南朝宋）裴松之注《三国志》，中华书局，1982，第 25 页。
③ （三国魏）曹植：《曹植集校注》，赵幼文校注，人民文学出版社，1984，第 32 页。

丁夫人的安排中也可以看出此言非虚。由于丁夫人埋怨曹操没有照顾好儿子，致使其在战争中身亡，"将我儿杀之，都不复念！"二人日渐疏远，丁夫人被"遣归家"，太祖"遂与绝，欲其家嫁之"。曹丕对伦常也并不是很在意，后来在曹操死后，竟然发生"文帝悉取武帝宫人自侍"① 这样大悖伦常之事。正是曹氏家族这种通脱的氛围，使痴情的曹植有了待良时的想法。

曹丕取曹操宫人自侍，对甄后具有三重影响。其一，对甄后形成了双重打击。甄后最讲究礼法，与后宫人相处甚洽。而曹丕对后宫的宠爱一方面对甄后意味着伦常被搅乱，另一方面意味着曹丕对自己的背叛，直接浇灭了甄后对曹丕的爱情想象。其二，曹丕的乱伦行径毫无疑问会减轻甄后与曹植乱伦之爱的负罪感。其三，启发了甄后若非皇后便有机会在曹丕死后改嫁他人。如果甄后仅为普通嫔妃，以曹丕的为人，参照曹操对丁夫人的处理方式，是有可能嫁与曹植的。然而如果甄后成为皇后，则没有了这种可能，由此可知甄后为何力拒成为曹丕的皇后，因为那样便有了追随自己爱情的可能。正是在这样的背景下，曹植在日常生活中仍然继续着自己近乎幻想的爱情，诉诸笔端则为我们描绘了一个深情绵邈的爱情世界。

2. 才子佳人、与日俱增的爱恋

汉武帝时期，司马相如琴挑卓文君，经《史记》记载与流布，才子佳人逐渐成为爱情摹写的最佳载体。相比达官显宦、英雄富豪的爱情，才子因为自身地位，与佳人的爱情必然经历更多的曲折，更容易凸显情感因素，而曹植与甄后的爱情是符合这一特征的。曹植之才得到了当时和后世的公认，曹植虽然出身高贵，但是因为夺嫡的经历和兄长的猜忌，过着与普通士人才子相近的生活，因此也更容易引起后世的共鸣。司马相如与卓文君的相恋属于一见钟情，随即私奔，简单而缺少曲折，只是在后来生出司马相如移情后卓文君的哀怨，稍见曲折。而曹植与甄后爱恋的特征在于曹植对甄后一见倾心后的长期暗恋，在此过程中曹植逐渐展露自己的才华，并反复用诗赋表达自己的爱恋，最终获得了甄后的好感与默许，追求的过程充满了艰辛，而此后由于爱恋不合伦理，二人始终处于担惊受怕的

---

① （南朝宋）刘义庆：《世说新语》，中华书局，1984，第364页。

状态，甄后最终为此付出了生命的代价。二人相恋的艰难虽然与其身份的特殊性有关，但与后世才子佳人地位悬殊导致的爱情磨难颇为相似，由是引起文人的广泛共鸣。"至于才子佳人等书，则又开口文君，满篇子建，千部一腔，千人一面"①，千载之下曹雪芹在谈才子佳人时刻意提到曹植，从另一个侧面反映了曹植爱情的典型意义。实际上，曹植的爱情恰恰超越了才子佳人一见钟情后便偷期密约的爱情模式，而是在一见钟情后，爱情即陷入绝望，在绝望中爱情的种子继续萌生，愈压抑愈刻骨，愈接触愈难舍，直至曹植犯天宪，险些为之付出生命，而甄后竟因此而死，二人的爱情可谓感天动地。"这种深爱而又不能爱，从精神到肉体都不能得到的漫长岁月的单相思，造成了曹植特有的精神爱恋方式的出现。越是不能得到的情感就越是弥足珍贵，相比两汉时代媒妁之言、举案齐眉的夫妇关系，传宗接代、孝敬人伦的夫妇关系，前者和谐于儒家的伦理关系之中，而后者解脱于人性，诉诸于情感。"②

笔者认为曹植甄后之间存在爱情的可能性极大，而不是直接定为曹植、甄后之间存在切实证据可以认定为恋人关系，主要原因为史书中没有明确记载，然而我们试想甄后身份特殊，在曹叡朝上升为太后身份被祭祀，魏晋又是禅代关系，即使为真，陈寿修史怎么可能直书其事，若为他人，有《文选》材料便可成定论，然而后世学者根据当代情理推测13岁不可能有求女之事，赠枕事过于荒唐必不为真云云，完全不顾建安时期与当事人的特殊性。否定最早出现的文献记载之人全无铁证，却要求后来支持文献之人找出铁证，完全无视史书、曹植诗文赋、甄后诗歌中的线索与曹植甄后爱情完全契合，遂成无解之环。

第二节　曹植文学中的爱情世界建构

一　曹植之前士人爱情文学简述

爱情自古有之，见诸吟咏亦早，如《诗经》中的"一日不见，如三月

---

① （清）曹雪芹：《红楼梦》，人民文学出版社，1982，第5页。
② 木斋：《古诗研究的多种可能性（〈古诗论·总论〉）》，《河北师范大学学报》（哲学社会科学版）2013年第3期。

兮",楚歌中的"山有木兮木有枝,心悦君兮君不知",然而这种书写一旦具体到某个士人,便会极大地收敛。文人对女性的描写向来谨慎有加,即使《诗经》中的爱情诗或许有部分出自文人之手,作者也明显有意隐瞒了自己的名字。诗集中并未出现一例某某作歌以抒其爱情的自称,即使根据内容分析有可能是士人创作,但那些诗篇无一例外同时具有匿名的特征,尚属于集体抒情的范畴。

《诗经》爱情诗本为自然歌咏,然而自采诗、献诗起即向教化与政治象征靠拢,这一特征在《诗大序》中得到了确认,爱情书写反而被极大地弱化了。另外,随着《诗经》作为经典的地位日隆,作诗成为必须严肃对待的事情,尤其是诗歌内容是否与经典相配是每一个士人首先要面对的问题,这也解释了帝王后妃而不是士人会有更多爱情诗歌传世,且大多是得意时的狂歌,或者是临死前的悲歌,而作为文人却少有创作的原因。

楚辞中的爱恋,更多地蒙上了娱神或政治言说的色彩,并非出于屈原自身爱恋的实录。王逸《楚辞章句》明确地说:"昔楚国南郢之邑,沅、湘之间,其俗信巫而好祠,其祠,必作歌乐鼓舞以乐诸神。屈原放逐,窜伏其域,怀忧苦毒,愁思沸郁。出见俗人祭祀之礼,歌舞之乐,其词鄙陋。因为作《九歌》之曲,上陈事神之敬,下见己之冤结,托之以风谏。"屈原所托与自己的真实爱情有距离,表达的并非自己的爱恋,而是政治上的失意。而宋玉的赋作也以旁观者的角度写了楚王的艳遇,而叙写自己的时候便一本正经,表现自己对于女色的拒绝。

汉代张衡开始用诗歌表现自身的爱情,可是,"我所思兮"是在四方之中的情感表达方式,消解了具体的爱情,成为对普遍情感、美好事物追求的代言。

建安时期:建安诗人中曹丕创作的爱情诗最多,然亦无法与曹植相比。曹丕创作的爱情诗赋详见表2。

表 2　曹丕创作的爱情诗赋

文体	诗赋名称	主要内容
五言诗	《见挽船士兄弟辞别诗》	同情挽船士离别的哀伤(其中包含与妻子的离别)
五言诗	《清河作诗》	借音声所感抒依依不舍之情(女性口吻)

续表

文体	诗赋名称	主要内容
五言诗	《代刘勋出妻王氏作》	代抒被弃不舍之情
五言诗	《清河见挽船士新婚与妻别作》	情景交融悲离别（男女视角均可）
七言诗	《燕歌行二首（其一）》	情景交融代女子抒思念丈夫之情
七言诗	《燕歌行二首（其二）》	夫妇离别怀人的忧思
四言诗	《秋胡行（其二）》	采芙蓉寄托思念美人之情
四言诗	《善哉行（其二）》	对知音识曲的淑女的怀念与哀愁
六言诗	《寡妇诗》	情景交融代阮瑀妻伤悼
杂言乐府	《秋胡行》	等待佳人的焦虑
赋	《寡妇赋（并序）》	代阮瑀妻抒寡妇的孤独与忧伤
赋	《出妇赋》	代无子被弃女子抒发哀伤

从表 2 可知，曹丕的爱情题材的诗作较少，且有大量代言体以女性口吻抒情。以男子口吻的仅有《见挽船士兄弟辞别诗》《善哉行（其二）》《秋胡行（其二）》。抒发的情感主要有被休弃的女子的哀伤——《代刘勋出妻王氏作》所咏为具体刘勋出妻之事，以女子的视角写被休弃的忧伤；寡妇失夫的孤独与哀伤——《寡妇诗》；夫妻离别的场景与依依不舍——《见挽船士兄弟辞别诗》《清河作诗》《清河见挽船士新婚与妻作》；夫妇离别妻子对丈夫的思念——《燕歌行二首（其一）》《燕歌行二首（其二）》。只有《善哉行（其二）》《秋胡行（其二）》抒发的是男子对女子的思念。从文体上看，有四言诗 2 首、五言诗 4 首、六言诗 1 首、七言诗 2 首、杂言乐府 1 首、抒情小赋 2 首。诗赋作品不多，却各体均有，带有明显的试做性质。12 首诗赋作品中，仅有 4 首诗无法确定是为谁而作，其中又仅有 2 首诗以男性口吻来抒发自我感情。

建安七子中徐干善于书写爱情，然而主题过于单一。徐干的爱情诗有三首，其中《情诗》《室思》均为男子作闺音，写女子对男子的思念。而《于清河见挽船士新婚与妻别诗》为集体创作的纯粹代言体诗歌，亦采取女性视角。

爱情赋。以赋的形式书写爱情题材最早的是宋玉。宋玉所写的《高唐赋》《神女赋》为想象中的楚王遇神女；《登徒子好色赋》为遇世俗女子。这形成了曹植之前遇女类赋作，主要分为两类。

曹植之前赋作情节模式如表 3。

表3　曹植之前赋作情节模式

序号	赋作名称	男主人公	女子名称、身份	遇合情节	备注
1	《高唐赋》	宋玉	巫山之女（朝云）	朝云向先王自荐枕席，宋玉向襄王描绘巫山风景	钱钟书先生说："此赋写巫山风物……当入游览门。"
2	《神女赋》	宋玉	神女	梦遇神女（被神女美色吸引）—稍有垂青，不可犯干（精交接以来任兮，心凯康以乐欢……薄怒以自持兮，曾不可乎犯干）—分离—思念（自夜至曙）	
3	《神女赋》	杨修	神女	遇美—情沸踊而思进，彼严厉而静恭—宣喻明志	
4	《神女赋》	应玚	神女		残篇
5	《神女赋》	王粲	神女	遇美—分别（因罪伐与，心交战而贞性，乃回意而自绝）	
6	《神女赋》	陈琳	汉川神女	梦遇神女—互有好感（赠物）—分离	简洁，较少情感投入
7	《登徒子好色赋》	宋玉、登徒子、章华大夫	邻家之女、丑妻、卫、秦、郑、湘桑间游女	美色示好—拒绝，丑—爱，遇女—以诗示爱—辞谢	爱的心理合理性与守礼之行的不悖
8	《美人赋》	司马相如	邻家之女	美色示好—拒绝，桑间上官女子—美色相诱—拒绝	对女色脉定于内，心正于怀
9	《定情赋》	张衡	妖女	思念美女—归于闲正	
10	《静情赋》	蔡邕	媛女	思念美女—托梦交灵—归于闲正	
11	《闲邪赋》	王粲	丽女	思念独居美女通灵	
12	《止欲赋》	陈琳	逸女	被美女吸引—思念美女—梦其来归	
13	《止欲赋》	阮瑀	淑女	爱上淑女—因念自伤—托梦无见	亦出现鲍瓜织女为自伤

由表 3 可知，自《高唐赋》《神女赋》《登徒子好色赋》开始，赋家形成了一个神女赋系列和一个闲情赋系列书写男女遇合之情。神女赋系列包括宋玉、杨修、王粲、应玚、陈琳的创作，始终没有摆脱梦遇神女、被神女美色吸引—稍有垂青、不可犯干—分离—思念的结构，不过在王粲的《神女赋》中发展为男子的自省"心交战而贞胜，乃回意而自绝"，以道德自律战胜了自然情感结局。《登徒子好色赋》目的不是传情而在于说理。首先写了自己对美女的漠视，其次是写登徒子连丑女都爱（以婚姻、生子表爱情），最后提出正确的"好色"观，亦即被女性吸引是正常的，然而应当"目欲其颜，心顾其义，扬《诗》守礼，终不过差"。

游离于以上两类赋作的是司马相如的《长门赋》、蔡邕的《青衣赋》、曹丕的《寡妇赋（并序）》《出妇赋》。其中以《长门赋》为代言，写失宠女性对君王的思念。曹丕的《寡妇赋（并序）》《出妇赋》亦为代言，其一代阮瑀妻抒寡妇的孤独与忧伤，其二代无子被弃女子抒发哀伤。

《青衣赋》以第一人称写现实中自我的爱情，具有突破性质。蔡邕在《笔论》中说："书者，散也。欲书先散怀抱，任情恣性，然后书之。"在自身的诗赋创作中，蔡邕的《青衣赋》也在一定程度上做到了"任情恣性"。此赋突破了以往赋作代言或者象征、虚构的特征。在《青衣赋》中对青衣婢女的爱恋，体现了男性对女子的爱超越了地位悬殊，有了"兼裳累镇，展转倒颓"的幽会，此后的依依不舍"吻昕将曙，鸡鸣相催。饬驾趣严，将舍尔乖"，以及此后的相思相恋"思尔念尔，怒焉且饥"。此赋是对情感的一次任情宣泄，在当时看是惊世骇俗的，所以才引来《诮青衣赋》的反驳。《诮青衣赋》认为《青衣赋》"文则可嘉，志鄙意微"，反对不平等的爱恋的同时，直接反对女性的爱恋："历观古今，祸福之阶，多由妾淫妻，书戒牝鸡。"《神女赋》等赋作没有引起文人的批评，而《青衣赋》却引起如此反弹的原因在于，《青衣赋》将辞赋中的男女情爱由讽喻转入了现实，由一贯的纵情转为任情，这无疑是具有开拓性的。而《诮青衣赋》的出现，恰好说明此为初次书写个人的爱情引起儒学之士的不满，彰显着《青衣赋》的价值。

蔡邕对自己爱情的文学表达之所以可贵，在于汉代自提出三纲以来"夫为妻纲"便与"君为臣纲"相比附，有了政治色彩。这种情况一直延续到汉末，随着汉末礼崩乐坏才瓦解，汉武帝时期尚有司马相如与卓文君的爱情故事，此后爱情故事渐成绝响。东汉以来，最具代表性的是梁鸿、孟光的爱情故事，那是举案齐眉般的礼敬，秦嘉和徐淑的爱情对答被证明是虚构的。①

直到建安之初，曹操对女性的态度仍然是对女色的占有。男女之间的情感也不被正式对待。然而曹操求才令中对"盗嫂受金"的宽容更是在才与德的比较中，加入了性的因素，为极端的爱情打开了一扇门。曹操并非不注重教化，礼仍是他打击异己（后期的孔融）、教化百姓的一个重要的武器。然而，他所提倡的"有事赏功名"，甚至连盗嫂这样的乱伦都可以忽略不计，对当时的思想解放大有助益。班固曰："人道所以有嫁娶何？以为情性之大，莫若男女，男女之交，人情之始，莫若夫妇。"② 曹丕对情感的提倡与练习，从阮瑀妻丧夫之悲、王宋被弃之憾写起，良有以也。曹植有着与甄后的乱伦之恋，而畸恋往往是"富有神秘性，常是一种刻骨铭心、缠绵到死之恋"③。这种刻骨铭心的情感促使曹植突破了士大夫对于爱情描写的障碍，真正将自己的爱情世界呈现。

二 曹植爱情诗赋的内容

曹植诗赋中表达的爱情非常丰富，共计22篇，其中诗歌16篇，赋6篇（详见附表四）。有初次携手的喜悦，有一同游玩的欢乐，有两地隔绝的相思，有相互的猜忌与解释，有无法求婚的忧伤，有生死相思的真挚与苦痛，有失去爱的女子的悲哀。曹植是建安文人中第一个大力开拓爱情世界的人。

1. 相聚的快乐

曹植的诗赋中写到了男女相聚时的快乐。在《芙蓉赋》中有初次牵手的感动，《芙蓉赋》开篇写芙蓉的美丽，而"观者终朝，情犹未足"，写出了共同观赏芙蓉之后，二人仍不满足，便有了采芙蓉的行为，"狡童媛女，相与同游。擢素手于罗袖，接红葩于中流"。其中更是欣喜地写下了那初

---

① 木斋：《古诗十九首与建安诗歌研究》，人民出版社，2009。
② （汉）班固：《白虎通德论》，上海古籍出版社，1990，第289页。
③ 徐复观：《中国文学精神》，上海书店出版社，2006，第421页。

次牵手的悸动，"擢素手于罗袖，接红葩于中流"便成了人生最美好的记忆。有偶然携手同车的喜悦，"携玉手，喜同车，比上云阁飞除。钓台蹇产清虚，池塘观沼可娱。仰泛龙舟绿波，俯擢神草枝柯。想彼宓妃洛河，退咏汉女湘娥"。诗中写了二人的欢会，携手同游，有云阁、钓台、池塘，一同泛舟擢草，女子就如洛河上的宓妃一样美丽可爱。归去所咏为《诗经》中的《汉广》，"南有乔木，不可休息。汉有游女，不可求思"，以及楚辞中的《湘夫人》的"沅有芷兮澧有兰，思公子兮未敢言"，一诗一楚辞从男女两方面写出了彼此有好感却无法轻易相爱的心境。而接下来《湘夫人》"捐余袂兮江中，遗余褋兮澧浦。搴汀洲兮杜若，将以遗兮远者。时不可兮骤得，聊逍遥兮容与"，恰到好处地表达了曹植前方路途迷茫，暂得快乐的心态。而接下来是宴会中的欢会，"日月既逝西藏，更会兰室洞房"，"裳解履遗绝缨，俛仰笑喧无呈"，更将男女在人群中相会的欢乐带入高潮。曹植还有一首诗写与女子聚会的欢乐，女子是美丽的："有美一人，被服纤罗。妖姿艳丽，蓊若春华。红颜韡晔，云髻嵯峨。"同时也是知音识曲的，女子"弹琴抚节，为我弦歌。清浊齐均，既亮且和"。而快乐之余，隐隐地透露出曹植诗歌中一贯的不安："取乐今日，遑恤其他。"曹植对男女的和谐相处十分向往，在仅有的一篇与夫妻之情相关的散文《画赞序》中，写了汉明帝与明德马后的调笑戏谑，而"戏后""顾而笑"间接写出了曹植对男女和谐相处的向往。

2. 无法结合的忧伤

在曹植的爱情诗赋中，有些诗赋充满着因阻隔而无法结合的绝望。在曹植的爱情诗赋中，总有很多阻隔的爱情，其中包括空间的阻隔，例如：

杂诗（其一）

高台多悲风，朝日照北林。之子在万里，江湖迥且深。方舟安可极，离思故难任！孤雁飞南游，过庭长哀吟。翘思慕远人，愿欲托遗音。形景忽不见，翩翩伤我心。

"之子在万里，江湖迥且深"一句之中，"万里"是相隔之远，"迥且深"的江湖是无法逾越的，唯一可以寄托希望的是鸿雁，然而那哀鸣的鸿雁也"形景忽不见",无法为自己传递音讯,在这里离思被阻隔的绝望放大了。

曹植爱情的阻隔还在于由于缺少沟通之人——良媒,相思无法转化为合理的接触与婚姻。因此在其作品中反复吟咏"无良媒"的苦恼,《感婚赋》中有"悲良媒之不顾,惧欢媾之不成。慨仰首而太息,风飘飘以动缨"。赵幼文注:"似为曹植青年时期,有所恋慕而志不遂,发为篇章,以抒写内心苦闷情绪之作。"而在《愍志赋(并序)》中也说道:"或人有好邻人之女者,时无良媒,礼不成焉,彼女遂行适人。"就连《洛神赋》中曹植后来与洛神有着良好的沟通,也不忘在此前强调一句"无良媒以接欢"。在曹植的爱情诗赋中,"无良媒"造成了曹植爱的接触的不合理,使其爱恋成为单相思,更是阻断了婚姻的可能。

3. 离别与相思

曹植有《静思赋》写相思:

> 夫何美女之娴妖,红颜晔而流光。卓特出而无匹,呈才好其莫当。性通畅以聪惠,行嫌密而妍详。荫高岑以翳日,临绿水之清流。秋风起于中林,离鸟鸣而相求。愁惨惨以增伤悲,予安能乎淹留。

家乡有最美好的女子,她美丽无方,"娴妖""红颜晔",是那种光彩照人的美丽,而自己却羁旅在途,看到秋风起于中林,天地一片肃杀,分离的鸟都在鸣叫着相求相应,怎能不增加自己的忧伤呢?自己又如何能长久地在外淹留?虽未直言思念,然而浓重的相思溢于言表。繁霜满天,落叶萧萧,作者折花采芝,希望能在回去的时候赠给所思念的人。然而何时是归期呢?相会的日子仍是遥不可及,自己不禁忧伤起来,自己也仅能忧伤罢了。

曹植的诗歌,亦有从女性的视角写对男子的思念与爱恋。比如《闺情(其二)》写曾经喜乐与共,"春思安可忘,忧戚与君并",如今自己孤单独守空闺,"佳人在远道,妾身单且茕"。由于以往的欢会很难再次实现,不由得让人担忧:"人皆弃旧爱,君岂若平生。"自己就像依附在松树上面的女萝,像依水的浮萍一样飘摇不定。然而自己仍然"赍身奉衿带,朝夕不堕倾",以不变的赤诚等待男子的归来。"傥终顾盼恩，永副我中情"，如果能换来、等来男子的回顾，这是最符合我内心的爱恋的。曹植对女子内心的体味可谓细致入微，将女子对意中人的思念写得百转千回、缠绵悱恻。而在《朔风诗》中更是写了分离双方的思念。

4. 女子被抛弃的悲哀

在曹植的诗作中有一些从女方着笔，体贴对方忧愁的诗作，这本得益于建安年间，曹丕倡导的代女性言情的诗歌拟作潮流。曹植此类诗歌的代表性作品是《七哀》，诗中女子虽然未被休弃，然而"君行逾十年，孤妾常独栖"，处于被抛弃的状态，痴情的女子明白"君若清路尘，妾若浊水泥；浮沈各异势，会合何时谐?"一如清尘一样飘摇而上，一如浊泥一样不断下沉，怎么能和谐呢? 可是自己仍然想像风一样投入您的怀中，您却不接纳我，让我依赖谁呢? 此诗视角由外而内，先写女子月夜无眠，独自悲叹，继而以问答的形式引出女子独白，描写了女子被抛弃后感到孤寂，以及男女之间距离日渐扩大无法会合，表达了女子的一腔柔情被拒的悲哀。

在曹植的赋中，亦有弃妇诗。此类作品多为代言，是曹植应曹丕之邀而作，曹丕等人均有创作。《出妇赋》写"无愆而见弃"的女子，赋作从初婚写起，直至男子"悦新婚而忘妾"，然后重点写自己的伤痛："痛一旦而见弃，心忉忉以悲惊。衣入门之初服，背床室而出征。攀仆御而登车，左右悲而失声。嗟冤结而无诉，乃愁苦以长穷。恨无愆而见弃，悼君施之不终。"《代刘勋妻王氏见出为诗》"人言去妇薄，去妇情更重"写出了弃妇对休弃自己的人并没有怨恨，相反仍心存亲情。而《弃妇诗》则代被休弃的刘勋妻抒情，《玉台新咏》注："王宋者，平虏将军刘勋妻也。入门二十余年，后勋悦山阳司马氏女，以宋无子出之。"借石榴无籽写了因无子被休的女子的忧伤，其中有对"有子月经天，无子若流星"不公的控诉，有彻夜无眠、踟蹰屋舍、抚弦调等，想要摆脱却无法排遣的忧愁。这类诗赋虽然是代言体，却能细致入微地体会失意女性的心理。

三 曹植诗赋中爱情的特征

1. 平等的爱恋

曹植笔下的爱情除代言体的弃妇诗赋外，绝大多数是以男子视角，或者男女视角交替而写成的，表达的是男女平等的爱恋。建安时期仍处于女性地位低下的阶段，在曹操、曹丕眼中更是如此，女性有被物化的倾向。曹操战争胜利后，对自己相中的美貌女子，无论是否结婚、是否有子，直接纳为侍妾。而曹丕对甄后直接占有也体现了把女性物化的特征。曹操死后，曹丕甚至连曹操的宫人也搜罗来侍奉自己，可见他们对女性并无必要的尊重。从曹操、曹丕对女性的态度中可以看出二人将女性看作财产，喜欢就可以占有，不喜欢就可以任意处置。体现在文学上，或者拒绝以文学表现爱情，或者表现的是女子对男子的爱恋、不舍。由此我们也可以看出，建安时期士人开始关注女性的内心体验，所以在曹丕等人作品中才出现了大量女性心理体验的语句。只有到了曹植，才开始平等地描写男子对女子的爱，最主要的特征是写男子对女性的爱恋，甚至是求而不得的忧伤。《感婚赋》中有女子追求过程中的悲伤；《慜志赋（并序）》写自己喜欢的女子嫁人后，男子的悲哀；《妾薄命二首》中写偶然得携玉手的喜悦；《朔风诗》中写与女子分别后对女子的刻骨相思。这些诗赋中没有居高临下对女性的欲念，而是以平等爱恋的角度呈现男子在追求女性时的忧伤与喜悦，在文人诗中尤为难能可贵。

2. 知音之恋

在曹植的诗赋中经常塑造一个在表面上风光无限的女子，内心有着不为人知的哀愁，只有作者体味到这一哀愁，于是便成为女子不为人知的知音。比如《美女篇》：

> 美女妖且闲，采桑歧路间。柔条纷冉冉，落叶何翩翩。攘袖见素手，皓腕约金环。头上金爵钗，腰佩翠琅玕。明珠交玉体，珊瑚间木难。罗衣何飘飘，轻裾随风还。顾盼遗光彩，长啸气若兰。行徒用息驾，休者以忘餐。借问女何居？乃在城南端。青楼临大路，高门结重关。容华耀朝日，谁不希令颜。媒氏何所营？玉帛不时安。佳人慕高义，求贤良独难。众人徒嗷嗷，安知彼所观？盛年处房室，中夜起长叹。

在诗中，将自己与众人相对，面对美艳的采桑女，"众人徒嗷嗷，安知彼所观",众人哪里会理解佳人的追求与处境呢?而作者不但知道"佳人慕高义,求贤良独难",同时也能够懂得对方内心的忧伤,"盛年处房室,中夜起长叹"。在最美的年华,不能与相爱的人在一起,这种悲哀无法为外人道,只能在夜深的时候独自叹息。另一首《杂诗》的意脉同样如此。

> 南国有佳人,容华若桃李。朝游北海岸,夕宿潇湘沚。时俗薄朱颜,谁为发皓齿。俯仰岁将暮,荣耀难久恃!

南国的佳人容颜像桃李一样美丽,然而却得不到厚待——"时俗薄朱颜",在这里分明是将自己与世俗之人相对立,表达了对佳人的同情,对时俗的抱怨与感慨。然而佳人只能为不欣赏不厚待自己的人歌唱,作者对此也无可奈何,接下来转入更深的担忧,"俯仰岁将暮,荣耀难久恃",青春易老,此时尚不得善待,更何况岁暮之时呢?在曹植的诗歌中,透过繁华的表象,对女性孤单落寞的内心的理解同情的知音之恋是其重要的创造。

3. 与礼对立的爱

曹植文学中表达了明显的负罪感。《责躬》诗序中写"自知罪深责重",以至于"精魄飞散,忘躯殒命"。由孩子夭折也会联想"信吾罪之所招,悲弱子之无愆"[1]。这种负罪感不仅在于曹植曾经违反了曹魏的律令,还在于爱与礼的冲突。曹植多次在文学作品中明确吟咏情与礼的冲突,"欲轻飞而从之,迫礼防之我拘"[2]。在自认罪行的时候,也痛苦地承认,"窃感相鼠之篇。无礼遄死之义","惧于不修,始违宪法",[3] 因为曹植与甄后仅限于精神爱恋,因此有辩解称"谗言三至,慈母不亲",有被诬陷的委屈。曹植在爱情诗赋中对于情与礼法的冲突也有所表现。如《失题》:

---

① 《金瓠哀辞》。
② 《愍志赋(并序)》。
③ 《初封安乡侯表》。

双鹄俱遨游，相失东海旁；雄飞窜北朔，雌惊赴南湘。弃我交颈欢，离别各异方。不惜万里道，但恐天网张。

曹植此诗写比翼双飞的鸿鹄被迫分离。以雄雌的性别体认与普通朋友相区别，连同"交颈欢"敞开了恋人的身份，比翼双飞的鸿鹄却"相失东海旁"。这不是简单的离别，而是"雄飞窜北朔。雌惊赴南湘"。"窜"写出了分手的惶急，"惊"写出了女性内心的恐惧，"窜""惊"共同写出了二者分别的狼狈与突然，而这天各一方的一对恋人仍然心怀惶恐，"不惜万里道，但恐天网张"。"万里道"以夸张的方式写出了分别距离的遥远，而最终天网体现了迫使二人爱情受阻的因素并不是父母，而是国家的"天网"，从而表现了爱情不被社会承认，甚至会触犯法律的恐惧与忧伤，极大地加强了阻碍爱情不可抗拒的力量。这种经历毫无疑问是独特的，作者以牺牲这首诗的普遍共鸣为代价，抒发自我真实而又独特的爱情苦闷。

有违礼法还体现在对有夫之妇的思恋方面。在《愍志赋（并序）》中作者写了对一个已婚女子的爱恋。

愍志赋（并序）

或人有好邻人之女者，时无良媒，礼不成焉，彼女遂行适人。有言之于予者，予心感焉！乃作赋曰：

窃托音于往昔，迨来春之不从。思同游而无路，情壅隔而靡通。哀莫哀于永绝，悲莫悲于生离。岂良时之难俟，痛予质之日亏。登高楼以临下，望所欢之攸居。去君子之清宇，归小人之蓬庐。欲轻飞而从之，迫礼防之我拘。

由赋序可以知道，此赋的创作缘起是曹植听人讲起一个事：有人喜欢邻家女孩，却因为没有好的媒人，女孩嫁给了别人。作者为之感叹，创作了此赋。殊不知，男子对已婚女子的思念已属违礼之事，为此而感慨、为此而创作自然同样与礼不合。对此，我们可以与曹丕相似题材创作进行比较。感发曹丕进行爱情诗赋创作的主要有三件事：阮瑀死亡，妻子哀伤；清河挽船士与妻子离别；王宋被以无子为借口休弃。三件事均与家庭夫妻有关，具有正统性。而感发曹植进行创作的是无望的爱情，"思同游而无路，情壅隔而靡通"，这种情感由婚前一直延续到女子婚后，所爱的女子成婚了，对男子的打击是巨大的，"哀莫哀于永绝，悲莫悲于生离"。然而此时男子并没有放弃爱恋，而是想到"岂良时之难俟，痛予质之日亏"，难俟良时和予质日亏，与文中情感意脉是相互矛盾的，邻人家的女子已出嫁，对痴情的男子来说无论如何都是无解的。此时男子只能寄希望于未来或许会有相会之时，但是自己的身体一天天衰败下去，恐怕是等不到那一天了。并且写自己内心的渴望，"欲轻飞而从之"，所从之人为已经嫁人的女子，违礼何其甚，爱恋何其浓也！即使后来因为"迫礼防之我拘"放弃了"轻飞而从之"的想法，对已经嫁作他人妇的女子的爱，仍然是对礼的突破。

四　曹植爱情表达的特征

1. 抒情人称转换

建安时期，正处于文学走向自觉的过程中，对这一过程的认知，爱情题材创作情况是一个很好的考察维度。曹丕的爱情诗赋仅有 2 首是以男子口吻进行书写的，其余都是纯正的代言，体现了士人用文学表达爱情时的小心翼翼。正是在这一点上，曹植的创作凸显了价值。曹植将女思男体验情感转化为男思女的自我抒情，以男子第一人称直抒胸臆。情感的抒发也由《诗经》时代的群体化抒情转为个性化抒情。曹植诗赋中以男子为第一人称进行抒情的有《感婚赋》、《愍志赋（并序）》、《静思赋》、《洛神赋》、《芙蓉赋》、《离友诗（其二）》、《弃妇篇》、《杂诗》、《七哀》、《美女篇》、《杂诗》（南国有佳人）、《妾薄命二首》、《闺情（其二）》、《失题》、《代刘勋妻王氏见出为诗》，共 5 篇赋 11 首诗，而纯粹女性视角的诗作仅有 5 篇。我们可以看到，曹植在诗赋中已经开始大胆使用男性第一人称描写现实中的爱情，这在爱情题材诗赋发展史上本身就是一个了不起的成就。建安之前文人诗歌中仅有张衡的《同声歌》《四愁诗》为爱情题材。《同声歌》写的是婚姻礼俗中的感受，且以女性的身份拉开了与作者的距离；《四愁诗》却以东西南北四方的相思明确了虚构的性质。在赋体中，除了闲情赋系列始荡终正的女色考验与历练外，仅有蔡邕《青衣赋》写现实中的爱恋，然而却受到了激烈的抨击。在建安时期，曹丕诗歌大量选择女性身份代言，仅有两篇诗歌以男性口吻写相思，总的看来曹丕爱情诗数量较少而且内容仅限于表面的思念。徐干的诗歌《情诗》《室思》全从女性视角出发。《于清河见挽船士新婚与妻别诗》虽是男子第一人称，但为《清河作诗》同题材的代言之作。曹植男性视角的爱情诗赋共计 16 篇，内容包括对女性美的赞叹，对女性不得爱的同情，女性遭到抛弃的忧伤，自我对女性的追求和因无良媒求而不得的痛苦，爱人被阻隔的深情思念以及因为不合礼俗而不能爱的哀痛。汉末文学仍处于"诗言志"诗论的笼罩之下，以男子第一人称来描写爱情，会被人默认为自我爱情的事实展现，这也是曹丕等人谨慎地多以代言形式抒情的原因。罗宗强先生曾说："建安诗歌的最为突出的特点，便是完全摆脱了汉代诗歌那种'经夫妇、成孝敬、厚人伦、美教化、移风俗'的功利主义诗歌思想的影响，完全归之于抒一己情怀。"① 从爱情诗赋来看，是曹植的相关创作为抒己情打开了一扇门。

曹植诗中还有第三人称全知视角与第一人称限知视角的融合。比如《七哀》：

> 明月照高楼，流光正徘徊。上有愁思妇，悲叹有余哀。借问叹者谁？言是宕子妻。君行逾十年，孤妾常独栖。君若清路尘，妾若浊水泥。浮沈各异势，会合何时谐？愿为西南风，长逝入君怀。君怀良不开，贱妾当何依！

开篇"明月照高楼，流光正徘徊。上有愁思妇，悲叹有余哀"。明月高楼场景阔大，月光徘徊也暗示人的忧愁之久，同时月光的清冷高洁也映射到即将出场的主人公身上，继而推出了主人公"上有愁思妇，悲叹有余哀"。一个忧愁的思念男子的妇人，在悲叹着有不尽的哀愁。诗作从高天中的明月写到高楼中的女子，分明是全知全能视角。而接下来却出现了对答，"借问叹者谁？言是宕子妻"，借问是作者的出场，这一出场使诗歌前

---

① 罗宗强：《魏晋南北朝文学思想史》，中华书局，1996，第 20 页。

四句中全知全能的客观叙事，与第一人称的限知叙事融合了。我们仿佛看到了作者在仰望高楼、看到月光、听到悲叹，然后有体贴的问话。接下来通过对回答语言的直接描写完成了从第三人称全知视角或者从男子第一人称叙事向女性第一人称抒情的转换。"君行逾十年，孤妾常独栖"，接下来的叙述以女子自称妾，称对方为君展开，是标准的夫妻之间的称谓，然而问题是问者身份为何？显然不可能是女子的恋人，何以答者的回答直接称对方为君？诗歌以矛盾的称谓强行使问者虚化，凸显了女子的独白，让女子仿佛面对着自己丈夫一样直抒其情，取得了最真切感人的效果。陈祚明说："愿为西南风数句，真切情深。子建所长，乃在此等。"① 这种"真切情深"恰恰是通过抒情主人公变换获得的。

抒情角度的变换在曹植爱情诗赋中并不是偶然出现的，《失题》（双鹄俱遨游）中先是以全知全能视角第三人称叙述了比翼齐飞的双鹄，"相失东海旁"，并且为背道而惊飞，"雄飞窜北朔，雌惊赴南湘"，接下来换作鸿鹄的第一人称抒情："弃我交颈欢，离别各异方。不惜万里道，但恐天网张。"天网对鸿鹄的压迫和鸿鹄的恐惧无方瞬间便直观地呈现在人们面前。这种抒情主体的变换，是作者"雅好慷慨"的具体实践。先以全知视角交代故事背景，渲染气氛，然后以第一人称直接陈说、直抒其情。叙事技巧与作者抒情的需要妙合无间，使曹植爱情诗赋的抒情的真实性得以凸显。

2. 张力构成

袁枚说："诗者，由情生者也。有必不可解之情，而后有必不可朽之诗。情之最光，莫如男女。"② 曹植恰好有着不可解之情，并将其不可解呈现，因而成就了不朽之诗。也正是因为情不可解，曹植在爱情抒发中很少仅写单纯的思念，总会出现一些矛盾与不和谐的因素，从而使诗歌充满了张力。

比如在《美女篇》中写"妖且闲"的采桑美女。"容华耀朝日，谁不希令颜。"美女之美可以使"行徒用息驾，休者以忘餐"，自己无法得到她，是因为没有合适的玉帛，"媒氏何所营？玉帛不时安"。而"佳人慕高义，求贤良独难"，佳人也无法得到高义贤良之人，只能"盛年处房室，

---

① （清）陈祚明：《采菽堂古诗选》。
② （清）袁枚：《答蕺园论诗书》，《小仓山房文集》第四卷，上海古籍出版社，1988，第1802 页。

中夜起长叹"。汉代并没有将女色妖魔化,《汉书·李夫人传》中李夫人所言:"我以容貌之好,得从微贱爱幸上。夫以色事人者,色衰而爱弛,爱弛则恩绝。上所以挛挛顾念我者,乃以平生容貌也。"① 建安时期文人诗赋也大量铺叙女子的美貌,多写到女性对人的吸引,以男性的自持为结局,然而曹植偏偏反其道而行之,写美女的不遇与悲哀。这便将人们引向了矛盾集中之处。高义贤能之人无法得到美女,美女赢得了所有人的爱恋,却不能与自己在道德能力上相合相知的人结合,只能独自忧伤,由此便突出了富贵地位的代表"玉帛"对情感阻隔的不合理与荒谬。而那空自嗷嗷的众人,只能更进一步反衬出美女的孤独。

《浮萍篇》是弃妇诗,其中也充满了矛盾,"恪勤在朝夕"与"无端获罪尤"相对;"在昔蒙恩惠,和乐如瑟琴"与今日"何意今摧颓,旷若商与参"相对;"新人虽可爱,不若故所欢"中新人与旧人相对;最后,男子的决绝与女子的"行云有反期,君恩傥中还"幻想相对。这些矛盾之处恰恰体现了对女子的不公与对女子痴情的同情。与曹丕单纯写缠绵的思念不同,曹植作品中的相思与哀愁内容要丰富得多,包含着无奈、猜疑、哀怨,不同矛盾因素相互作用,曲折婉转。这种情形在《朔风》中的男女天各一方的对答中体现得淋漓尽致(表4)。

表4 《朔风》中的男女视角

序号	男	女
1	仰彼朔风,用怀魏都。 愿骋代马,倏忽北徂。	凯风永至,思彼蛮方。 愿随越鸟,翻飞南翔。
2	四气代谢,悬景运周。 别如俯仰,脱若三秋。	昔我初迁,朱华未希。 今我旋止,素雪云飞。
3	俯降千仞,仰登天阻。 风飘蓬飞,载离寒暑。	千仞易陟,天阻可越。 昔我同袍,今永乖别。
4	子好芳草,岂忘尔贻。 繁华将茂,秋霜悴之。	君不垂眷,岂云其诚。 秋兰可喻,桂树冬荣。
5	弦歌荡思,谁与销忧。 临川慕思,何为泛舟!	岂无和乐?游非我邻。 谁忘泛舟?愧无榜人!

---

① (汉)班固:《汉书》,中华书局,1962,第3952页。

诗中显然是一男一女的口吻，代马为阳刚雄性象征，越鸟的阴柔雌性特点以及子与君的相互称呼都可以明确这一点。其中关涉一个词语——"同袍"，同袍在先秦《诗经·无衣》中主要是指兄弟，而在汉末则有了夫妻互称的意项，可以代指夫妻间的相互称呼。《古诗十九首》中有"锦衾遗洛浦，同袍与我违"，同袍即为夫妻之间的称谓。本诗两地相思的对举，四句一段对答。北风与南风在这里既代表方向，又代表季节，同时又是沟通自己和恋人的媒介。朔风起，那来自恋人方向的风勾起了无尽的思念，作者希望能够骑着北方的快马，立即驰骋到恋人的身边，而身在北方，女子见南风一起，便渴望随着那原本就属于南方的越鸟飞到南方。当初你荡舟，我乘船，何等快乐，而今你没在身边，找谁来为我撑船呢？钱钟书在《管锥编》中道："分身以自省，推己以忖他；写心行则我思人乃想人必思我，……己思人思己，己见人见己，亦犹甲镜摄乙镜，而乙镜复摄甲镜之摄乙镜。"① 我们可以看到第一组男女之间都在诉说空间的阻隔与二人相向而行的心灵的矛盾。而第二组转向了阻隔之久的时间与个人感觉的煎熬之间的矛盾。一方面是"别如俯仰，脱若三秋"的心理感受，另一方面是从"朱华未希"到"素雪云飞"，从暮春到冬季的长久离别。第三组合叙时空阻隔，以及"今永乖别"的绝望与忧伤。第四组二人却出现了裂痕，一方面是男子借芳草这一爱情信物写出自己的无奈，我并非忘记了送你芳草，而是因为秋霜使繁花凋零。作者所说的秋霜很显然代指外在的阻碍，而女子认为对方无法克服阻碍是因为没有秋兰一样的精诚，否则连桂树都可以冬季开花，又有什么能够阻隔爱情呢？至此，男女之间产生了分歧，而分歧也是因为爱恋。一人为无法传递的爱恋寻找借口，另外一人为对方不够爱而抱怨。而第五组则进入无可奈何之后的相互安慰阶段：男子安慰女子，既然无人像以往一样相与弦歌，那就泛舟以解相思吧；女子忧伤又深情地述说弦歌无故人，泛舟无划船之舟子，这相伴而行的在以往显然应该就是那个思念的男子啊。诗歌通过男女对答倾述了爱的深挚与时空阻隔对双方的折磨，将爱情的美好与无法消解的忧伤展现得淋漓尽致。

---

① 钱钟书：《管锥编》，中华书局，1982，第 86 页。

第三节 《洛神赋》与曹植的爱情表达

在曹植爱情主题赋作中，成就最高的为《洛神赋》，在《文选》"情类"中，共计列入了四篇赋作，分别是《高唐赋》《神女赋》《登徒子好色赋》《洛神赋》。其中《洛神赋》晚出，被认为是"情类"的代表，亦即当时爱情赋的代表。今人袁行霈先生甚至认为（爱情赋）"以《洛神赋》为顶点"。《洛神赋》之自我深情与前三赋所叙之探讨男女人性吸引泛泛之情有着泾渭之别，《洛神赋》中的爱情书写呈现突破性的特征，因而《洛神赋》中呈现的爱情世界以及爱情书写的特征具有特殊的意义。

一 《洛神赋》的主旨

目前，《洛神赋》的主旨主要有两说，其一为感甄说，其二为寄心文帝说。两说各有拥趸，至今争论不休。其中寄心文帝说有两处致命硬伤：（1）在汉代强化男强女弱、男阳女阴，夫为妻纲的文化背景下，将皇帝比作女性是大逆不道的事情；（2）在《洛神赋》中虽然也谈到了"无良媒以接欢"，然而作者马上找到了沟通的方法，也就是"托微波而通辞"，并且颇具成效，洛神对他"抗琼珶以和予兮，指潜渊而为期"，而最终人神分离的原因是"礼防"，这与曹植始终没能通过沟通得到文帝的信任是不相符的。而"感甄说"出现最早，也较为合理，其遭受的最大质疑是与情感伦理不合，对其他学者存在的认识误区，木斋师辨之甚详。① 事实上，《洛神赋》正是因为情感溢出男女遇合而取得了独特的成就。

二 《洛神赋》的渊源与发展

在曹植《洛神赋》序中，明确提到了创作的缘起："黄初三年，余朝京师，还济洛川。古人有言：斯水之神名曰宓妃。感宋玉对楚王说神女之事，遂作斯赋。"从中可以看出，《洛神赋》对宋玉《神女赋》有所承传，且作者毫不讳言。

---

① 木斋：《古诗十九首与建安诗歌研究》，人民出版社，2009，第 232~240 页。

曹植的《洛神赋》名为继承高唐神女二赋，实际上是融合了神女赋系列和《登徒子好色赋》系列的男女遇合之事，且情节更为曲折。情节结构可以分为：遇美艳高雅神女（宓妃）—求女—女子应和—男子犹疑—女子哀伤—女子怜悯男子—男子被女子的风采吸引—献玉寄心永别—思念。

在《洛神赋》中核心结构仍然沿用相遇、相惜、分离、思念的传统模式，以致袁行霈先生认为："这篇赋的特异之处并不在模式有什么变化，而在描写的细腻与生动，特别是人神双方的心理活动有深入的刻画。"[1] 认为不过是拟作和细节超越。同时认为"关于这篇赋有以为感甄后而作者，有以为寄心文帝者，都不可信"[2]。通观《洛神赋》，实则借用《神女赋》的模式，表现了全新的爱情世界。

首先，由写实性的女性身体装饰之美，转向了精神与身体并置而更注重对精神的礼赞。夸饰女性样貌，是神女类赋的一贯传统。《神女赋》中对女神的外貌"茂矣美矣，诸好备矣"，"上古既无，世所未见，瑰姿玮态，不可胜赞"，"在中国文学史上，这两篇赋（《高唐赋》和《神女赋》）以开创了突出而详尽地描绘，以夸饰女性的外貌、形体和情态之美的传统而著称。女性美成为艺术表现的重要主题，在中国可以说是由高唐神女形象的诞生为标志的。仅从这一层意义上说，她也足以相当于西方艺术史上的维纳斯了"[3]。《洛神赋》对女性美的描写有了突破，变传统赋作"以色相寄精神"[4] 为以精神引领色相。

《洛神赋》借鉴了《神女赋》中神女的出场。"其始来也，耀乎若白日初出照屋梁；其少进也，皎若明月舒其光。"《神女赋》将其置于"瑰姿玮态，不可胜赞"之后，限定了其为美貌光彩照人。《洛神赋》开篇，仍然借第三者之口叙述神女的美丽。"睹一丽人"，"彼何人斯，若此之艳也？"以"丽人""艳"开端，仿佛落入了"欲"与以礼止欲的窠臼，然而在此后的描写中，可以清晰地感觉到作者试图突破生理之欲进入生命之

---

① 袁行霈：《陶渊明的〈闲情赋〉与辞赋中的爱情闲情主题》，《北京大学学报》（哲学社会科学版）1992 年第 5 期。

② 袁行霈：《陶渊明的〈闲情赋〉与辞赋中的爱情闲情主题》，《北京大学学报》（哲学社会科学版）1992 年第 5 期。

③ 叶舒宪：《高唐神女的跨文化研究》，《人文杂志》1989 年第 6 期。

④ （清）刘熙载：《艺概》，上海古籍出版社，1978，第 103 页。

美的愿望。《洛神赋》状洛神："其形也，翩若惊鸿，矫若游龙。"化用宋玉《神女赋》"步裔裔兮曜殿堂，婉若游龙乘云翔"。《易经·乾卦》便以龙为象，《象》辞："大哉乾元，万物资始，乃统天。云行雨施，品物流行。"龙有着刚健、利万物的德行，"矫，飞也"①。《说文解字》："游，旌旗之流也。"②《康熙字典》："又闲旷也。"《礼记·王制》："无游民，又自适貌。"而"翩若惊鸿"既赋予了女子身姿的美好、处子的娴静，又包含了鸿雁乍起的灵动与优雅。游龙与惊鸿取象一虚幻一现实，共同突出了女子的动态美，不着具象、扑朔迷离、不可切近。

接下来是"荣曜秋菊，华茂春松"。赵幼文的解释为"颜色美丽，胜于秋日之菊"，"肌体丰盈，齐茂郁之春松"。③ 然秋菊、春松，自有品格：《离骚》借"朝饮木兰之坠露兮，夕餐秋菊之落英"显高士情怀；《爱莲说》中说"菊，花之隐逸者也"。《瀛奎律髓》方回评注道："菊花不减梅花，而赋者绝少。"④ 魏晋时期，人们发现了菊的特殊之处。曹丕《与钟繇九日送菊书》："言群木百草无有射地而生，惟芳菊纷然独荣，非夫含乾坤之纯和，体芬芳之淑气，孰能如此？故屈平悲冉冉之将老，思餐秋菊之落英，辅体延年，莫斯之贵！"认为菊花"夫含乾坤之纯和"，也就是包含着天地的精华。《菊花赋》："何秋菊之可奇兮，独华茂乎凝霜。""故夫菊有五美焉：圆花高悬，准天极也；纯黄不杂，后土色也；早植晚登，君子德也；冒霜吐颖，象劲直也；流中轻体，神仙食也。"⑤ 赋予了菊花天地之大美，君子之德，淑气之芬芳，形象之劲直，神仙之食的高贵。松的原型可溯自《诗经·小雅·斯干》："秩秩斯干，幽幽南山。如竹苞矣，如松茂矣。"借松的茂盛长青祝寿，《论语》中的"岁寒，然后知松柏之后凋也"。曹植以松菊比美人，便不仅仅是描写其肌体颜色，更是对其德行、精神的体认。

"仿佛兮若轻云之蔽月，飘飘兮若流风之回雪"一句，月与雪均为清冷高洁之物象，而轻云、流风极尽飘逸之能事。接下来"远而望之，皎若

---

① 《广雅·释诂三》。
② （汉）许慎：《说文解字》，中华书局，1963，第140页。
③ （三国魏）曹植：《曹植集校注》，赵幼文校注，人民文学出版社，1984，第286页。
④ （元）方回评选，李庆甲集评校点《瀛奎律髓汇评》，上海古籍出版社，1986，第1210页。
⑤ 《艺文类聚》卷八一。

太阳升朝霞；迫而察之，灼若芙蓉出渌波"。红日于朝霞之中喷薄而出，菡萏在绿波之上娉婷而立，艳而不俗。此一段置于写实性的身体发肤状貌之前，纯然精神象征的飞鸿、游龙、秋菊、春松、轻云蔽月、流风回雪、日出朝霞、荷立绿波，构成清雅的意象群加以突出和强调，标志着由肉体向精神的转变。当然，曹植也并没有舍弃对肉体形质之美的描写，"秾纤得中，修短合度"便是对《神女赋》的继承。而在《神女赋》中，所赞美的是"茂矣美矣，诸好备矣。盛矣丽矣，难测究矣。上古既无，世所未见"，不可胜赞的"瑰姿玮态"。接下来"其始来也，耀乎若白日初出照屋梁；其少进也，皎若明月舒其光"，只是写其乍一出现光彩照人的样子。其后虽然也"忽兮改容，婉若游龙乘云翔"，然而与日月之象相距甚远，并且湮没于"秾不短，纤不长"等具体容貌体态描写之中，不能构成意象群，也减弱了精神投射。只是单纯外貌美的描写，加入了局部象征，以此表达钦敬、爱慕的情感。在《洛神赋》中，雅致的美使欲变得隐含与合理，动态的描写体现了生命的美感。陶渊明《闲情赋》序云："张衡作《定情赋》，蔡邕作《静情赋》，检逸辞而宗澹泊，始则荡以思虑，而终归闲正。"① 可见，闲情赋系列是从"荡以思虑"到"终归闲正"，而相较之下，《洛神赋》的不同在于思虑中即有闲正在。

其次，以更曲折的爱恋过程彰显爱的美好。宋玉《神女赋》与《高唐赋》相连，刘刚先生认为其主旨是"宋玉借巫山神女的传说，以优游高唐幸遇神女为说，劝谏楚襄王'思万方，忧国害，开贤圣，辅不逮'，从而延寿楚国"②。在《神女赋》中爱恋的模式为：遇美—爱恋—遭拒—思恋。而在《洛神赋》中爱恋模式更加曲折而富有变化。

《洛神赋》中首先表达的是男子对洛神的爱慕之情，"余情悦其淑美兮，心振荡而不怡"。接下来出现的仍然是无良媒接欢的忧虑，这是曹植在诗赋中经常表现的主题。然而在《洛神赋》中却没有过多纠缠，承接着"托微波而通辞""解玉珮以要之"表达诚素的方法。这种爱恋便得到了回应，"抗琼琲以和予兮，指潜渊而为期"。值得注意的是这种行为之合礼，被作者故意加以强调："嗟佳人之信修兮，羌习礼而明诗。""投我以木瓜，

① （晋）陶渊明著，杨勇校笺《陶渊明校笺》，上海古籍出版社，2008，第206页。
② 刘刚：《宋玉辞赋考》，辽海出版社，2011，第152页。

报之以琼琚。匪报也，永以为好也"①，示好之意甚明，男女爱恋，本与信修、习礼、明诗无关，因此我们便可以聚焦到"指潜渊而为期"。"潜渊"之意据《尔雅·释言》："潜，深也。"《说文解字》："回水也。从水，象形。左右岸也，中象水貌。"②《管子·度地篇》："水出地而不流者，命曰渊。又深也。"③ 潜渊可为洛水女神的居所。若女子约男性于自己所居之处，亦无关乎习礼、信修。《文选·司马相如〈上林赋〉》："若夫青琴、宓妃之徒，绝殊离俗。"李善注引如淳曰："宓妃，伏羲氏女，溺死洛，遂为洛水之神。"④ 均为死后居于水，潜渊，构成了一种含混，既是指洛神所居之处，也可是身没潜渊之时，也就是死后。人是无法到达潜渊生活的，因此具有时间意味。

神女对爱欣然接受，然而因为现世的阻隔，只能期待在死后世界结合，这样的决定才是符合"嗟佳人之信修兮，羌习礼而明诗"的评价。结合甄后的身世，这样的决定是有现实依据的，甄后本嫁袁熙，被曹丕抢得，因此死后便失去了专属一人的可能，也就拥有了自由。在现世不能结合，便压抑着内心的爱恋，把美好的世界期许在遥远的死后世界，这的确可以称为"信修""习礼"。

按照正常逻辑，在自己的爱恋得到回应之后，本应欣喜若狂，然而主人公并没有任何的喜悦，反而"执眷眷之款实兮，惧斯灵之我欺！感交甫之弃言兮，怅犹豫而狐疑"（赵幼文注"眷眷，犹恋恋。款实，即诚实"）。自己的情感是真诚的，在对方接受自己的时候，却又担心受洛神欺骗，遇到像郑交甫一样的际遇。郑交甫事见于汉代刘向《列仙传》（卷上）"江妃二女"条载：

> 江妃二女者，不知何所人也，出游于江汉之湄，逢郑交甫。见而悦之，不知其神人也，谓其仆曰："我欲下请其佩。"仆曰："此间之人，皆习于辞，不得，恐罹悔焉。"交甫不听，遂下，与之言曰："二

---

① 《诗经·木瓜》。
② （汉）许慎：《说文解字》，中华书局，1963，第231页。
③ 李山译注《管子》，中华书局，2009，第315页。
④ （南朝梁）萧统编，（唐）李善注《文选》，中华书局，1986，第375页。

女劳矣!"二女曰:"客子有劳,妾何劳之有?"交甫曰:"橘是柚也,我盛之以笥,令附汉水,将流而下,我遵其傍,采其芝而茹之,以知吾为不逊也。愿请子之佩!"二女曰:"橘是柚也,我盛之以筥,令附汉水,顺流而下,我遵其傍,采其芝而茹之。"遂手解佩而与交甫。交甫悦,受而怀之,中当心,趋去数十步,视佩,空怀无佩。顾二女,忽然不见。①

可见,郑交甫也是获得了神女的认可,然而最终定情物消失,人亦不见,空欢喜一场。由此可知,主人公之"惧斯灵之我欺",并非指向神灵的道德,而是关注着最终不能在一起的结果。联系到曹植与甄后叔嫂的身份,曹植在获得甄后的好感之后,进一步交往的时候因为担心毫无结果,出现犹豫狐疑,以至于"收和颜而静志兮,申礼防以自持"都会是最自然的反应。同时,这也体现了乱伦的情感给双方带来的压力和阻碍。

《神女赋》中的神女展现了自身的魅力之后,拒绝了试图吸引男子的欲望,从而成为"不可乎犯干"的守礼的女性,做到了"发乎情,止乎礼",成为戒好色、止淫念的寓言。

洛神感觉到了主人公的犹疑,"徙倚彷徨。神光离合,乍阴乍阳",借水光的特征写出了洛神的伤感。然而洛神并没有离开,而是继续展示其美丽。或独自"践椒途""步蘅薄",或"众灵杂遝,命俦啸侣","戏清流","翔神渚",主人公"超长吟以永慕兮,声哀厉而弥长"。曼声长叹,爱恋不已。而洛神"叹匏瓜之无匹兮,咏牵牛之独处",对主人公十分怜惜。这种居高而下的世俗的怜爱,符合神相对于人的身份,然而在以往的人神相恋题材的作品中并没有被表现,究其原因在于人神相恋的最终结局必然是无果,因而人神之间便主要表现为人对神的恋慕和神对人的品质(孝、善良)或者地位(王)的肯定。

面对"令我忘餐"的中人,主人公无计可施。洛神上前"动朱唇以徐言,陈交接之大纲"。交接的含义为"交往,结交"。《礼记·乐记》:"射、乡食飨,所以正交接也。"②《汉书·刘向传》:"向为人简易无威仪,

① (汉)刘向:《列仙传》(卷上),文渊阁四库全书本。
② (汉)郑玄注,(唐)孔颖达疏《礼记正义》,北京大学出版社,1999,第1085页。

廉靖乐道，不交接世俗。"①两例均为交往、结交之意。洛神为之确定了交往的方法和原则，实际上便是依礼而行。这才会发出"恨人神之道殊兮，怨盛年之莫当"，恨与怨二字下得极重，以此点出二者不能结合的原因，也就是"人神道殊"。这在神女题材的作品中应该是个合乎情理的理由，然而我们考察以往的相关文学作品，都没有点出人神的身份是爱情的阻隔，那么曹植在这里点出便具有特殊的意味，也就是二人在身份上的不同直接阻遏了爱情的发展。就像曹植与甄后的关系，是无法解决的大悲哀。正因此，才有了忧伤情绪的无法控制："抗罗袂以掩涕兮，泪流襟之浪浪。"与《文选》情赋的其他篇章相比较，更可见《洛神赋》中的爱情曲折细微，具体为：遇美—爱恋—犹疑—互拒—爱恋—死别—思恋。

再次，表现了礼对情感的压抑，以及由此而带来的遗憾与忧伤。郭店楚简《性自命出》认为："目之好色，耳之乐声，郁陶之气也，人不难为之死。"②《美人赋》中有"女弛其上服，表其亵衣；皓体呈露，弱骨丰肌；时来亲臣，柔滑如脂"③，《神女赋》中有"发箧对兮倚床垂，税衣裳兮免簪笄"④。其他赋作礼的动力来自内部，而且坚定不移。大凡分离皆有炫耀自我道德操守之意，是儒家的修养功夫，带有明显的言志成分。但是在《洛神赋》中写了个人在礼的压抑下的痛苦挣扎，最终也没能以和谐与宁静收场。这样，在《洛神赋》中主旨变为寄托情思，"一种来自于生命本能的爱悦与内心礼防之间的冲突以及这一冲突下不得不分离的怅惘，这应是《洛神赋》的最为本质的情感主题"⑤。在所有的两类赋作中，只有《高唐赋》中先王与朝云两性遇合以成功结尾，然而这仅仅是高唐风物传说的一个背景。其他赋作都以没能成功结合的分离作为结局。以上所列赋作中开篇写对女性慕悦的主人公有 15 人，仅有《登徒子好色赋》中宋玉一人表现出对女性的不屑。而这 15 人中最终均以分离为结局。虽部分赋作缺失，从文本的演进中我们可以看出基本为两种方式，其一为女色吸引，

---

① （汉）班固：《汉书》，中华书局，1962，第 1963 页。
② 荆门市博物馆：《郭店楚墓竹简》，文物出版社，1998，第 151 页。
③ 费振刚、仇仲谦、刘南平校注《全汉赋校注》，广东教育出版社，2005，第 127 页。
④ 费振刚、胡双宝、宗明华辑校《全汉赋》，北京大学出版社，1993，第 672 页。
⑤ 王德华：《汉末魏晋辞赋人神相恋题材的情感模式及文体特征》，《浙江大学学报》（人文社会科学版）2007 年第 1 期，第 102～110 页。

男子扬诗守札，其二是女子拒绝，男子因此心思归正，其中都有以理节情的影子。在《洛神赋》之前的赋作中，写男子"脉定于内，心正于怀；信誓旦旦，秉志不回"①，进而《登徒子好色赋》中的秦章华"目欲其颜，心顾其义，扬诗守礼，终不过差"。至建安时期，王粲《神女赋》则发展为"顾大罚之淫愆，亦终身而不灭。心交战而贞胜，乃回意而自绝"。钱钟书认为："伦理学言苦行或出于心实爱好而克抑，或出于心本憎恶而弃掷，前者为禁欲之真，后者只得禁欲之貌。"② 汉代神女赋与闲情赋的着眼点都在于禁欲之真。而《洛神赋》虽然也有"收和颜而静志兮，申礼防以自持"，然而通过此后无法抑制的爱恋与思念，将赋的主题由止欲上升为伤情。

最后，《洛神赋》中的爱情更深挚。《洛神赋》中的爱情是生死绝恋。在《洛神赋》中，由于时代与身份的原因，虽然没有明确地谈到死亡，却有暗示。赋中写"悼良会之永绝兮，哀一逝而异乡"。把分别称为永绝似不可解，因为此为由封地回京的必经之地，何为永绝？接下来的"虽潜处于太阴，长寄心于君王"中的"太阴"使其变得可以理解，太阴主要的含义有四种。

（1）谓纯阴。董仲舒《春秋繁露·官制象天》："是故春者，少阳之选也；夏者，太阳之选也；秋者，少阴之选也；冬者，太阴之选也。"

（2）指北方。《淮南子·道应训》："卢敖游乎北海，经乎太阴，入乎玄阙，至于蒙毂之上。"高诱注："太阴，北方也。"

（3）阴阳五行家以为北方属水，主冬，太阴为北方，故亦指代冬季或水。曹植《蝉赋》："盛阳则来，太阴逝兮。"此指冬季。唐代杜甫《瀺灂》诗："瀺灂既没孤根深，西来水多愁太阴。"仇兆鳌注引朱瀚云："水即太阴也。"

（4）幽暗之所，地下。《云笈七签》卷六二："将父母遗体，埋于太阴，骨腐于蝼蚁，岂不痛哉！"范成大《丰都观》诗："云有北阴神帝庭，太阴黑簿囚鬼灵。"

可见，太阴既指水下，与潜渊同义，同时又因与死后所埋之所相同而透露出死亡的意味。永绝与太阴相连，加强了死别的哀伤与苦痛。通过献

---

① 司马相如：《美人赋》。
② 钱钟书：《管锥编》，中华书局，1979，第 104 页。

"江南之明珰"第二次表达爱意，重申了二人之间的爱情，并且带有浓重的留念的含义。而生死不变的相思与爱恋，也将爱情推到了至情的高度。离别之后，主人公为洛神"遗情想像，顾望怀愁"。"夜耿耿而不寐，沾繁霜而至曙"的深挚思念，为二人的旷世情感留下了袅袅余音。《洛神赋》将以往简单的感情提升为相爱的美好，生死相恋不得相守，由神的舍弃转为人神相思。弱化了神，突出了礼，坠入人间将爱情演绎出生生死死为情多的况味。

三 《洛神赋》爱情表达特征

（一）爱情书写是蕴藉与显露的结合

《洛神赋》在结构上首先设置了隐藏的背景。在《洛神赋》序中，曹植标明写作时间："黄初三年，余朝京师，还济洛川。"从而拥有了更明确的写作背景，丰富了赋作的内涵。根据木斋师考证，"黄初二年六月前后，先后发生甄后被赐死和曹植入洛阳请罪的重大事件"[1]，曹植因与甄后的情事被举报，"谤重于泰山"，先是"待罪于南宫"后归本国。这一时间的交代，便使《洛神赋》与曹植特殊时期的人生经历有了直接的关联。

"古人有言：斯水之神名曰宓妃。感宋玉对楚王说神女之事，遂作斯赋。"特意点出宓妃。宋玉对楚王说神女事存于《高唐赋》与《神女赋》中。《高唐赋》中写了朝云自荐枕席，与楚国先王遇合之事。而在《神女赋》中写襄王运用了预叙与对比手法。表面上看《洛神赋》是与《神女赋》同一的。《神女赋》中存在楚王与宋玉的对话，而《洛神赋》转为作者与"御者"之间的交谈。可是宋玉作为叙述者与楚王的关系为臣与君，因此求女之事便带有讽谏隐喻的意味。而《洛神赋》中的叙述者与御者之间，是主从关系。显然，御者仅仅是叙述的线索起到引出对话的作用，焦点便全部集中在主人公与神女之间。

在《神女赋》中，赋作的创作缘起是"楚襄王与宋玉游于云梦之浦，使玉赋高唐之事。其夜玉寝，梦与神女遇，其状甚丽，玉异之"，求女便

---

[1] 木斋：《论〈洛神赋〉为曹植辩诬之作》，《山西大学学报》（哲学社会科学版）2010年第1期，第17～23页。

是其终极目的。而在《洛神赋》中，主人公与洛神是不期而遇，而开篇黄初三年的日期，便隐含着刚刚甄后被赐死，曹植被治罪，险些丧命，唯依赖母亲的保护才得免一死。而甄后之死又与自己有着莫大的干系，曹植带着惶惑、恐惧、愧悔等复杂的心绪开始归藩的旅途。

因此，在《洛神赋》中情感的表达便分为隐显两条线索，在明线中作者写了与洛神的相遇、相恋与相别。在隐线中作者一开始便交代了背景，将《洛神赋》的时空拉入现实之中。相较其他的赋作，尚没有任何一个同题材作品，有意突出其现实背景。接下来又以最美的女子、明诗守礼将女子的形象与甄后拉近，同时，隐藏的线索不时显露出来，与明线形成矛盾，提醒人们作者真正的情感内涵。矛盾的最初显现在于当洛神回应了他的求爱时，"抗琼珶以和予兮，指潜渊而为期"，主人公竟然不喜反忧。其后仅仅是没有拒绝之人的犹豫，洛神便"超长吟以永慕兮，声哀厉而弥长"，情感之郁勃出人意表。此后没有任何怨恨，反而"叹匏瓜之无匹兮，咏牵牛之独处"对男子加以怜惜。而男主人公也没有经过任何铺垫便再一次被洛神的优雅所吸引，"华容婀娜，令我忘餐"。接下来道出分离的本质，"恨人神之道殊兮，怨盛年之莫当"。而最终我们可以看到，似乎洛神对男主人公的爱恋更深一层，以至于泪流满襟，献玉寄心，即使死后"虽潜处于太阴"，也要"长寄心于君王"。宋玉《神女赋》中，求之不得，"惆怅垂涕，求之至曙"尚可理解，《洛神赋》男主人公也一改犹豫，"遗情想像，顾望怀愁"便显得极为突兀。

《洛神赋》的情感大开大合，转换之间毫无铺垫，现在看来，《洛神赋》中诸多不合理之处，当时人们一直以感甄赋目之遂不觉。这是因为种种不合理如果以曹植与甄后故事解之则契合无痕。甄后美貌天下无双，所以曹植被其吸引毫不见怪，曹植虽然无良媒，不能在 13 岁时求得甄后，但也通过日常接触，"托微波而通辞"获得甄后的认可。然而甄后是有夫之妇，爱情受礼的约束，所以只能"抗琼珶以和予兮"，还玉的同时，"指潜渊而为期"。"期，会也。"《说文解字》段注："会者，合也，期者，邀约之意，所以为会合也。"[1] 将爱的承诺定于死后来生。也正因如此，才能经

<hr />

[1] （汉）许慎著，（清）段玉裁注《说文解字注》，上海古籍出版社，1981，第 314 页。

得起感叹"嗟佳人之信修兮，羌习礼而明诗"的评价。

曹植的犹豫以及怀疑甄后对自己是否真心也就成了自然反应。甄后感觉到了这种怀疑与爱恋，同时又无法从此时与曹丕存在婚姻的困境中解脱，以她品性的高洁，"践椒途之郁烈，步蘅薄而流芳"，自然会哀伤无限。此后，在日常生活中对曹植由怜生爱，"叹匏瓜之无匹兮，咏牵牛之独处"，曹植对其是在日常接触中爱慕增强。虽然存在爱恋，甄后对二人的身份有着清醒的认识，因此"动朱唇以徐言，陈交接之大纲"。至于如何交往，承后省也就是"恨人神之道殊兮，怨盛年之莫当"——叔嫂殊途。而正是因为要永诀所以才献玉留念。而在现实中，也正是玉作为罪证之一，造成了甄后的死亡。最终的结局，甄后"潜处于太阴，长寄心于君王"，曹植"遗情想像，顾望怀愁"。表现了身体可以死亡，但爱是不会磨灭的至情之恋。这样《洛神赋》在被极度压抑的爱恋中表达了双重怅惘，表达了极致的失落与哀思。

（二）句式与情感

《洛神赋》的句式长短结合，以四字句与六字句为主，辅以杂言，整齐而不凝滞，恰到好处地实现了文以传情。

《洛神赋》以散体交代完创作原因之后，以两个四字句交代出发之地和目的地，平稳而冷静。接下来便是四个三字句"背伊阙，越轘辕，经通谷，陵景山"，节奏短促，写出归程行进的迅速。接下来便是两个四字句"日既西倾，车殆马烦"和"尔乃"引出的四个五字句。而且五字句均由"2 + 乎 + 2"的形式构成，更见舒缓。"尔乃税驾乎蘅皋，秣驷乎芝田，容与乎阳林，流眄乎洛川"，一片悠闲与逍遥中"于是"领起六个四字句；以作者的视角"睹一丽人"，交代了洛神的存在，继而以散句过渡到对洛神的书写。

接下来叙述洛神的形象，以 8 个比喻开场，句式为"4 + 4 + 4 + 4 + 9 + 9 + 4 + 7 + 4 + 7"，整齐而又富于变化。细致分析会发现，四字句中先以两个若字连接，继而曜、茂相续，构成 1、1、2 句式，接下来是以兮、之调剂的两个九字句。"仿佛兮若轻云之蔽月，飘飘兮若流风之回雪。"舒缓之后，微微收束，"远而望之，皎若太阳升朝霞；迫而察之，灼若芙蓉出渌波"。以两个"4 + 7"相对的句式结束对洛神形象的赞美，句式富于变化，极尽摇曳之能事。

接下来以 20 个四字句，8 个六字句，铺叙洛神的外貌性格服饰之美。以同类赋作最常用的四言句式赞美甄后"奇服旷世，骨像应图"，从形式到内容都向传统致敬，表明洛神同样符合传统的审美要求。王符著《潜夫论》："人之相法，或在面部，或在手足，或在行步，或在声响……身体形貌皆有象类，骨法角肉各有分部，以著性命之期，显贵贱之表。"①《洛神赋》中不厌其烦地描写，实际上是在叙述洛神符合现实相法中所有的美好，"骨像应图"表达了作者的意图。

继而写动作，是欢快的四字句组合，"忽焉纵体，以遨以嬉。左倚采旄，右荫桂旗"。四字句本身是板滞的，然而曹植却以 211、22、112、112 的节奏获得了灵动的感觉，继而是"攘皓腕于神浒兮，采湍濑之玄芝"句式的舒缓也与洛神专注采芝的美好相符，表明真正吸引作者的主要是生命本身，而非仅仅是女色。

接下来对洛神的爱慕的表达便转换为楚辞的"6 兮 6"句式，将节奏改变得更加舒缓，曼声长叹，写出了主人公的"犹豫而狐疑"，消解了"抗琼珶以和予兮，指潜渊而为期"的喜悦，引出"收和颜而静志兮，申礼防以自持"爱的收缩。

此后，洛神面临自己接受爱，对方却放弃爱的困境，内心的复杂也幻化成节奏的散乱。洛神在感知到对方的犹疑之后，内心十分复杂。先是"徙倚彷徨"，继而"超长吟以永慕兮，声哀厉而弥长"，充满了怨恨。接下来洛神恢复了神的姿态，与其他众神遨游，却对男子充满了怜惜，"叹匏瓜之无匹兮，咏牵牛之独处"。而其美丽的举止，也再一次吸引了男主人公，"华容婀娜，令我忘餐"。句式由 4 个四言 +6 个六言 + "尔乃"引起 6 个四言 +6 个六言 +14 个四言组成。句式转换之大让人目不暇接，很好地表达了洛神内心的动荡以及其美好的姿态对"我"的吸引。

继而以 4 个四字句、6 个六字句、4 个三字句写洛神在众神护卫下的巡行，节奏明显加快，最终归结于"动朱唇以徐言，陈交接之大纲"的动作，引起的是"恨人神之道殊兮，怨盛年之莫当"的感慨。接下来便是分

---

① （汉）王符：《潜夫论》，上海古籍出版社，1990，第 44 页。

别的忧伤，又选择了楚歌体"6兮6"的句子写双方的哀伤。

最后以四字句写主人公的行进，以及"遗情想像，顾望怀愁"继之以9个六字句写自己的不舍，而最末一句并没有削足适履，以七字句"怅盘桓而不能去"恰到好处地将情思向外蔓延。

（三）《洛神赋》中塑造了至情的女性形象

《洛神赋》中的洛神形象是高洁的，这不仅在于开场便以青松、白雪、明月、芙蓉相组合，形成了一个意象群，突出了洛神不但有着美貌更有着高洁的品质、夺人的风采。其高洁也通过后来的"践椒途之郁烈，步蘅薄而流芳"加以照应。曹植笔下的洛神，有着神女一贯的美好，更有着高洁的精神。

《洛神赋》中神女形象具有唯情特征。班固《白虎通德论·情性》："性者，阳之施，情者，阴之化也，人禀阴阳气而生，故内怀五性六情。"[1]王充《论衡·本性》："天之大经，一阴一阳；人之大经，一情一性。性生于阳，情生于阴。"[2] 洛神处于潜渊、太阴本身就具有情的代言人的特征。

洛神对于爱情最初被动，然而也是积极爽直的，当男主人公发出爱的信号时，洛神爽快地接受了——"抗琼珶以和予兮，指潜渊而为期"，而在男主人公接下来犹豫彷徨时，洛神充满了哀伤——"超长吟以永慕兮，声哀厉而弥长"。然而她并没有放弃、抱怨，反而对男主人公充满了同情："叹匏瓜之无匹兮，咏牵牛之独处"。点出之所以暂时不能在一起的原因，"恨人神之道殊兮"。然而同样是充满了爱，因而"怨盛年之莫当"。从男主人公彷徨之时开始，便被动变为主动，直至死去都会"虽潜处于太阴，长寄心于君王"。中国古代文学史上向来有殉情的女子，也有人有诗作传世，但是为情而包容、坚持、至死不渝的女性形象还是第一次出现，弥足珍贵。

洛神失去爱恋的机会仍然痴情不改，以此坠入人间，并非为了止欲，而是为了扬情，张扬情感的美好，以及失去情感的哀伤。与之相对比，以往的男女相恋的赋作则不然。"《登徒子好色赋》、《美女赋》类型作品，

---

① （清）陈立：《白虎通疏证》，中华书局，1994，第381页。
② 黄晖：《论衡校释》，中华书局，1990，第139页。

其中的男女双方之所以未能遇合，而是在即将交合的最后时刻又分开，原因是不难理解的，其中起作用的是礼教培养出的防范力、自制力，是那种依礼行事的理智。""他们从趋近到分开的过程，是欲望、情感与理智的冲突，是自然冲动力与社会意识、伦理的较量，最后，坚强的意志、清醒的理智成为把双方阻隔起来的屏障。这道屏障是无形的，不像高墙深池、险关要塞那样可以用肉眼看到，但它却是精神上的铜墙铁壁，能够经受住近距离的猛烈冲击。"①

《洛神赋》的基础是守礼，守礼中不时有违礼的情感透出，"嗟佳人之信修兮，羌习礼而明诗。抗琼珶以和予兮，指潜渊而为期"中直接点明其习礼明诗，且应允的前提是"抗琼珶以和予兮，指潜渊而为期"，直指死后好合。"动朱唇以徐言，陈交接之大纲。"感情不可遏制地喷涌而出，连用"恨""怨"二字领起，"恨人神之道殊兮，怨盛年之莫当"。在人神道殊不得相爱的情况下，情感是难以抑制的，"盛年莫当"点出了最好年华却不能在一起的深深遗憾。最终"虽潜处于太阴，长寄心于君王"更是情突破礼、生死相恋的呐喊。

汉代是一个士人的个体情感受到外在世界与内心自觉双重压制的时代，"一般士人是不能作诗的，更不敢想象以诗歌写作个人的喜怒哀乐，写作一己的日常生活，更是万万不能想象以诗歌写作自我真实的情爱，特别是不伦的恋情思念"②。曹植承此背景之余风，其《洛神赋》借用传统情类赋《高唐赋》《神女赋》的男女遇合模式，表面上仿佛仍然探讨与《登徒子好色赋》相类似的人性之欲与道德自守，实则是将曹植甄后的现实爱情经历、情感体验放置于黄初三年这一特定的历史情境中进行书写，从而使情类赋由书写空泛的情感与哲思，转向了作者自身经历的个体化言说，曹植于其中表现了与甄后亲身经历的刻骨铭心的爱情，在《洛神赋》中所表现的男子求爱得到允可之后的担忧，被拒绝之后的接触与恋慕，以及在女主人公死后的倾情怀念极具个性化特征；女主人公的大胆接受求爱、对犹豫退缩男子的同情与体贴，以及对男主人公交往要合礼的告诫、至死不渝的爱情也打下了甄后鲜明的烙印。也正是因为

---

① 李炳海：《黄钟大吕之音——古代辞赋的文本阐释》，吉林人民出版社，2001，第 21 页。
② 木斋：《再谈原典为学术研究的基本原则》，《琼州学院学报》2015 年第 4 期，第 1～4 页。

对现实人生的书写，才突破了传统赋作的概念化表达，而书写了一个更加复杂曲折的爱情经历，抒发了在爱情追求与礼的夹缝中人心中的喜悦、犹豫、痛苦、焦虑、不舍等情感体验，同时，蕴藉与显露相结合的书写方式、至情女主人公形象的塑造、与情感相一致的句式变化共同使《洛神赋》成为古今爱情赋之经典！

第五章

曹植的友情世界与文学表达

友情向来受儒家的重视，孔子为人的理想境界是："老者安之，朋友信之，少者怀之。"① 在《论语》中，孔子认为与朋友交往是快乐的："有朋自远方来，不亦乐乎?"② 曾子每天要反省的事情就包括与朋友的交往："与朋友交而不信乎?"③ 朋友是五伦之一，《孟子·滕文公上》："使契为司徒，教以人伦。父子有亲，君臣有义，夫妇有别，长幼有序，朋友有信。"④ 由此可见先秦儒家对友情的看重。蔡仁厚认为："五伦之中亦以师友一伦最富精神意义，人能亲师取友，尚友古人，就可以超越自我的限制，而宛然若涌身于历史文化之大流；此时，我们的生命便顿然有充实庄严之感。"⑤ 然而汉魏之前，单纯描写友情的诗赋并不多见。

曹植是一个重视友情的人，这从他对待吴质的态度中就可以看出。吴质是曹丕阵营中的人，与曹植并不亲近，然而曹植在《与吴季重书》中，仍然对其十分亲切："虽燕饮弥日，其于别远会稀，犹不尽其劳积也。……然日不我与，曜灵急节，面有过景之速，别有参商之阔。思欲抑六龙之首，顿羲和之辔，折若木之华，闭蒙汜之谷，天路高邈，良久无缘。怀恋反侧，如何如何。"⑥ 吴质助曹丕与曹植为敌，平日与曹植的关系必不亲近，然而

---

① （清）刘宝楠撰《论语正义》，高流水点校，中华书局，1990，第204页。
② （清）刘宝楠撰《论语正义》，高流水点校，中华书局，1990，第3页。
③ （清）刘宝楠撰《论语正义》，高流水点校，中华书局，1990，第3页。
④ （清）焦循撰《孟子正义》，中华书局，1987，第386页。
⑤ 蔡仁厚：《孔孟荀哲学》，台北：台湾学生书局，1984，第246页。
⑥ （三国魏）曹植：《曹植集校注》，赵幼文校注，人民文学出版社，1984，第142页。

吴质谈锋甚健，文笔甚美，曹植对其也颇为欣赏，由是便作文相与。其写
"别远会稀"的无奈、"怀恋反侧"的忧伤颇为真挚。自曹操去世起，曹植
的生存环境有了很大的变化，曹植由于受到夺嫡的猜忌颇受曹丕曹叡父子
猜忌，因而朋友并不多，后期所写的《闲居赋》曾经谈道："何吾人之介
特，去朋匹而无俦。出靡时以娱志，入无乐以销忧。"① 可见，曹丕即位之
后，曹植便鲜有与友人交往的机会，离友独居是其寻常的状况。

第一节　曹植的朋友与交友原则

一　曹植的朋友构成

（一）政治上的支持者：丁仪、丁廙、杨修、邯郸淳、杨俊

根据《三国志·魏书·陈思王植传》："植既以才见异，而丁仪、丁
廙、杨修等为之羽翼。太祖狐疑，几为太子者数矣。"明确认定丁仪、丁
廙、杨修三人为曹植的羽翼。除此之外，史书上明确提到的支持曹植的还
有邯郸淳和杨俊。

1. 邯郸淳和杨俊对曹植的支持

邯郸淳：《三国志》裴注引《魏略》邯郸淳"博学有才章，又善苍、
雅、虫、篆、许氏字指"。太祖、曹丕、曹植均闻其名，"太祖遣淳诣植"。
邯郸淳初见曹植便叹服其才华，"及暮，淳归，对其所知叹植之材，谓之
'天人'。而于时世子未立。太祖俄有意于植，而淳屡称植材。由是五官将
颇不悦"。在太子未立之际多次赞美曹植的才能，可能产生的影响邯郸淳
必定清清楚楚，可见邯郸淳是曹植坚定的支持者。

杨俊：《三国志·魏书·杨俊传》记载，杨俊曾经担任丞相掾属，并
且举茂才，任安陵令，升为南阳太守。为人正直，以德化人，"宣德教，
立学校"，赢得了人们的称赞。杨俊在曹操为立嗣之事密访的时候支持了
曹植："初，临淄侯与俊善，太祖适嗣未定，密访群司。俊虽并论文帝、
临淄才分所长，不适有所据当，然称临淄犹美，文帝常以恨之。"黄初三

---

① （三国魏）曹植：《曹植集校注》，赵幼文校注，人民文学出版社，1984，第 130 页。

年，曹丕借口市不丰乐，令其自杀。就连司马懿、王象、荀纬等重臣叩头流血为其求情，亦不被允许。众人为之冤痛。杨俊赞赏曹植的才华，被曹丕借故而杀。史书中明确记载"临淄侯与俊善"，可见杨俊是曹植的友人，而在定嗣这样一个关键的问题上，比较曹丕与曹植的才能，能够称赞曹植，其意义的重大，可想而知，难怪曹丕会记恨不已，杀之后快。

邯郸淳、杨俊与曹植的友情仅仅体现在对曹植才华的称赏上，相较而言，丁氏兄弟、杨修与曹植的交往更加密切。

2. 丁氏兄弟的为人及与曹植交往

《魏略》曰："丁仪字正礼，沛郡人也。父冲，宿与太祖亲善。"《刘虞传》："与丁仪共论刑礼。"《文心雕龙·才略篇》："丁仪、邯郸，亦含论述之美。"① 丁廙的才华史书中记载较少，但从曹植在《与杨德祖书》中的一段记载中可以管中窥豹："昔丁敬礼常作小文，使仆润饰之，仆自以才不过若人，辞不为也。"曹植说自己"才不过若人"或是谦辞，但思及曹植恃才傲物的个性，能说"才不过若人"，丁廙之才与曹植相去不远大致不差。丁氏兄弟是史书记载主动赞举曹植取代曹丕的人物。"时仪……与临淄侯亲善，数称其奇才。"《卫臻传》云："太祖久不立太子，方奇贵临淄侯，丁仪等为之羽翼。""太祖既有意欲立植，而仪又共赞之。""廙尝从容谓太祖曰：'临淄侯天性仁孝，发于自然，而聪明智达，其殆庶几。至于博学渊识，文章绝伦。当今天下之贤才君子，不问少长，皆愿从其游而为之死，实天所以钟福于大魏，而永授无穷之祚也。'"想要劝动太祖。丁廙认为举荐曹植的行为是"发明达之命，吐永安之言，可谓上应天命，下合人心，得之于须臾，垂之于万世者也。廙不避斧钺之诛，敢不尽言！"结果，"太祖深纳之"。曹丕对此恨之入骨，因此才有了"文帝即王位，诛丁仪、丁廙并其男口"。二人最终为支持友人付出了生命。

史书中对丁氏兄弟中的丁仪颇有微词，此涉及曹植交友的原则，不可不辩。

丁仪用事。《三曹年谱》于"建安二十一年"条下："丁仪用事，群下畏之。"引《三国志》卷一二《徐奕传》：徐奕"为东曹属，丁仪等见

---

① （南朝梁）刘勰著《文心雕龙校证》，王利器校笺，上海古籍出版社，1980，第283页。

宠于时，并害之"，"宜思所以下之"。奕曰："以公明圣，仪岂得久行其伪乎！且奸以事君者，吾所能御也，子宁以他规我。""《傅子》曰：武皇帝，至明也。崔琰、徐奕，一时清贤，皆以忠信显于魏朝；丁仪间之，徐奕失位而崔琰被诛。"又，卷一二《何夔传》注引《魏书》："时丁仪兄弟方进宠。"可见，正史将丁仪形象归于奸佞一类。

史书记载的倾向性。《晋书·陈寿传》记载，丁仪、丁廙有名于魏，寿向其子索要千斛米才为其立佳传，丁子不予，竟不为其立传，"议者以此少之"。① 有学者怀疑此事非真，然而无论索米之事真假，通过"不为立佳传"的事实，"议者以此少之"，我们可以看出当时人们对陈寿记载丁仪、丁廙事并不认可。

丁氏兄弟出生于沛郡，谯沛之士与曹丕最依仗的汝颍之士是两大势力。曹操依赖汝颍之士的同时也需要制衡之，丁氏兄弟便承担了这一角色。当时表现为西曹东曹之争，谯沛出身的魏讽之乱牵连上千士人，亦可为证。丁氏兄弟首先是帝党然后才是曹植一党，因此我们可以看到曹操对丁氏兄弟极为信任。就连选择了曹丕为世子之后，考虑到终始之变的时候也是杀掉了杨修，而没有杀相对来说更加主动支持曹植的丁氏兄弟。由此可见，丁氏兄弟的为人未必如汝颍之士掌权之后史书所说一样不堪。

为人奸猾的主要罪证，是"丁仪间之"，导致"一时清贤"的崔琰被诛、徐奕失位。崔琰被诛的原因实则主要在于曹操要实现代汉的野心。《魏氏春秋》记载，夏侯惇劝曹操"应天顺民"，王曰："'施于有政，是亦为政'。若天命在吾，吾为周文王矣。"人们一般只注意到曹操拒绝代汉，对曹操所说的"吾为周文王矣"的含义并未给予足够的重视。文王之后便是取代了殷商的武王，也就是说此时的曹操已经公开宣扬为曹丕代汉做铺垫和准备的真实愿望。为此他不惜诛杀崔琰和孔融。孔融作为孔子后人占据了理论高地，且常与曹操唱反调，而崔琰以自己正直的德行颇得人望，即使见刑也"通宾客，门若市人"，这更说明崔琰的影响力，曹操最终以"对宾客虬须直视，若有所瞋"为借口杀之，那是欲加之罪何患无

---

① （唐）房玄龄等撰《晋书》，中华书局，1974，第2137页。

辞。就连此后为崔琰之死不悦的毛玠也被找借口"收付狱",救毛玠的和洽被"废于家",可见其与党人的前赴后继。

徐奕为人如曹操所言,"君之忠亮,古人不过也"。孔融、崔琰、毛玠、徐奕皆得人望,忠于朝廷且不唯曹操马首是瞻,因此,曹操除去他们也是势所必然。丁仪不过是曹操的耳目与爪牙而已。"太子立,欲治仪罪,转仪为右刺奸掾,欲仪自裁而仪不能。乃对中领军夏侯尚叩头求哀,尚为涕泣而不能救。后遂因职事,收付狱,杀之。"从丁仪临死时所求之人也可以看出丁氏兄弟与谯沛之士关系较为密切,所以夏侯尚才会为其涕泣而求。

从《三国志》对丁仪之死的评价中也可以看出丁仪的所作所为与曹操政策的关联。"假令太祖防遏植等,在于畴昔,此贤之心,何缘有窥望乎?彰之挟恨,尚无所至。至于植者,岂能兴难?乃令杨修以倚注(被植依赖器重)遇害,丁仪以希意族灭,哀夫!"① 此则材料,明确指出丁仪是以希意,也就是迎合别人的意愿而被族灭的,迎合谁的意愿呢?只能是曹操的意愿,根据史实可以知道,主要是曹操早期的意愿。由此可见,丁氏兄弟为曹操一党,与曹丕所亲近的汝颍集团相背离,因此后来史料中对其负面的记载的真实性必定大打折扣。

曹植与丁氏兄弟关系亲近,所以丁氏兄弟在曹植与曹丕力量悬殊的时候才会为曹植冒死以谏,丁廙才会在日常生活中作小文让曹植润饰;曹植组织的那种"吾与二三子"参加的聚会,多半有丁氏兄弟参与,曹植在丁仪内心不安之际才会写诗相赠,"子其宁尔心,亲交义不薄"体现了曹植的热诚,然而在丁氏兄弟被诛杀之前曹植并未设法营救,对此我们不应过分苛责,因形势所迫,曹植"利剑不在掌"已无力出手,如有什么动作或许适得其反。这一点连丁仪也十分清楚,因而他最后的希望并没有寄托在曹植身上,而是寄希望于谯沛出身却与曹丕关系非常亲近的夏侯尚。曹植所做只能是沉默、哀叹而已,然而此时,曹植作《野田黄雀行》一抒悲愤与懊悔,将自己推到危险的边缘,亦可见曹植对友人的一片赤诚。

---

① (晋)陈寿,(南朝宋)裴松之注《三国志》卷十九裴《注》转引,中华书局,1982。

3. 杨修与曹植关系

杨修，字德祖，少好学，有俊才，为丞相曹操主簿，用事曹氏。因为显露才华，曹操"忌修。且以袁术之甥，虑为后患，遂因事杀之"。① 杨修出身儒学世家，其四世祖弘农杨震被当时诸儒称为"关西孔子杨伯起"。杨修以才华见称，《后汉书·杨彪传》明确记载："修好学，有俊才。"《文心雕龙·才略篇》："路粹、杨修，颇怀笔记之工。"② 《世说新语·捷悟篇》记载杨修四件事，可见其聪颖与识见广博。③

杨修与曹植的交往，缘起二人都是才高之人，同气相求，相互欣赏。杨修"建安中，举孝廉，除郎中，丞相请署仓曹属主簿。是时，军国多事，修总知外内，事皆称意。自魏太子已下，并争与交好。又是时临淄侯植以才捷爱幸，来意投修"。杨修的家世显赫，祖上"四世清德，海内所瞻"，具有党人背景，自己又才华横溢，因此曹植、曹丕争与交好，曹植与之交往主要是才学相仿、志趣相投，有邯郸淳相佐证。

曹植与杨修关系密切，在《柳颂序》中曹植写道："予以闲暇，驾言出游，过友人杨德祖之家。"④ 日常游玩便会相过，可见曹植对杨修的亲切随意。且写有《与杨德祖书》，信中提到将自己的作品相予，谈到了对其他文人的看法、自己的志向，非常亲近。

关于杨修之死，《古文苑》中记载："操与彪书曰：……恃豪父之势，每不与我同怀。"而《续汉书》曰："人有白修与临淄侯曹植饮醉共载从司马门出，谤讪鄢陵侯彰。太祖闻之，大怒，故遂收杀之。时年四十。""太

---

① （南朝宋）范晔：《后汉书》，中华书局，1965，第 1789 页。

② （南朝梁）刘勰著《文心雕龙校证》，王利器校笺，上海古籍出版社，1980，第 283 页。

③ 杨德祖为魏武主簿，时作相国门，始构榱桷。魏武自出看，使人题门作"活"字便去。杨见，即令坏之，既竟，曰："门中活，阔字。王正嫌门大也。"人饷魏武一杯酪，魏武啖少许，盖头上题"合"字以示众，众莫能解。次至杨修，修便啖，曰："公教人啖一口也，复何疑？"魏武尝过《曹娥碑》下，杨修从，碑背上见题作"黄绢幼妇，外孙齑臼"八字。魏武谓修曰："解不？"答曰："解。"魏武曰："卿未可言，待我思之。"行三十里，魏武乃曰："吾已得。"令修别记所知。修曰："黄绢，色丝也，于字为'绝'。幼妇，少女也，于字为'妙'。外孙，女子也，于字为'好'。齑臼，受辛也，于字为'辞'。所谓'绝妙好辞'也。"魏武亦记之，与修同，乃叹曰："我才不及卿，乃觉三十里。"魏武征袁本初，治装，余有数十斛竹片，咸长数寸。众云并不堪用，正令烧除。太祖意所以用之，谓可为竹椑楯，而未显其言。驰使问主簿杨德祖，应声答之，与帝心同，众伏其辩悟。

④ （三国魏）曹植：《曹植集校注》，赵幼文校注，人民文学出版社，1984，第 197 页。

祖既虑终始之变，以杨修颇有才策，而又袁氏之甥也，于是以罪诛修。植益内不自安。""植后以骄纵见疏，而植故连缀修不止，修亦不能自绝。至二十四年秋，公以修前后漏泄言教，交关诸侯，乃收杀之。修临死，谓故人曰：'我固自以死之晚也。'其意以为坐曹植也。"可见史料记载杨修的死因稍有出入，但均与曹植有关。

《典略》记载："杨修字德祖，太尉彪子也。谦恭才博。""谦恭"与露才扬己有异，曹植在《与杨德祖书》中称赞杨修"足下高视于上京"，而杨修赞同曹植对其他人的誉美，称自己为"至于修者，听采风声，仰德不暇，自周章于省览，何遑高视哉！"从杨修回答曹植的书信中可以看出谦恭的品性，杨修因职务与曹操接触便利，却没有像丁仪一样数为曹植说。由此可见，杨修为人十分谨慎，而且对曹植、曹丕的实力对比以及世子之位的最终所属有着清晰的认识。杨修并没有直接参与夺嫡之争，但杨修与曹植交往甚密，有着绝世的才华与深厚的家族背景，被曹操忌惮，曹操诛杀杨修为防患于未然而已。

杨修的诗文、与曹植往来书信留存较少，联系丁氏兄弟的情况可以看出，建安时期，凡是以国家的名义被杀掉的文士，其诗文很少会在社会上流传，后世更加难以见到（孔融之所以例外，有赖于曹丕的大力搜集）。

杨修死后，曹植并未作诗相悼，并非曹植无情，而是源于对曹操律令的遵守，对强大国家机器的敬畏。建安二十二年大疫，曹植文友大多死亡，曹植同样不为一言，私以为皆因杨修，挚友已死且时势不允许悼祭，伤痛之至，其他人的死亡便不能与之相提并论，于是才有了《说疫气》冷静得出人意料的表述。哀莫大于心死，信然。

（二）文友：王粲、徐干、阮瑀、刘桢、陈琳

曹植的朋友中很多是文友，他们形成了一同聚集在以曹丕为中心的文士集团，宴饮、游玩、同题创作、相互切磋诗艺，从《与杨德祖书》中曹植对众人的称赞可以看出曹植必然会对众人的诗歌写作技艺加以借鉴。而对于曹植的才华，陈琳《答东阿王笺》的赞美可谓代表："君侯体高世之才，秉青萍干将之器，拂钟无声，应机立断，此乃天然异禀，非钻仰者所庶几也。音义既远，清辞妙句，焱绝焕炳，譬犹飞兔流星，超山越海，龙骥所不敢追；况于驽马，可得齐足？"由此可见，陈琳认为曹植的文学创作有着"天然异禀",并非自己这些钻仰者所能比得上,自己与曹植相较,就如驽马与龙骥一样差距巨大。由此可见曹植与建安文士对于彼此的文采相互称赏。建安七子中,王粲对曹植的影响最大,在《王仲宣诔》中,曹植将二人关系定义为"吾与夫子,义贯丹青,好和琴瑟,分过友生"。作者回忆的也是"感昔宴会,志各高厉",期待着"庶几遐年,携手同征"。与文人的欢宴、西园之会相合,且真情灌注,并非泛泛客套而已。

曹植的友人除了以上所列诸人,尚有同乡夏侯威,曹植曾有诗相赠,其他交往已不可考。

二 曹植友情世界的特征

1. 择友标准:同调才情、不拘小节

曹植对待刘桢与邢颙的态度,最能够反映他交友的标准。邢颙被时人称为"德行堂堂邢子昂",太祖将其选为曹植的家丞,并且寄予厚望:"侯家吏,宜得渊深法度如邢颙辈。"刘桢对邢颙推崇备至:"北土之彦,少秉高节,玄静淡泊,言少理多,真雅士也。"然而曹植对待邢颙十分冷淡,反而对待刘桢十分热情,以至于连刘桢都感觉不妥,写信劝说曹植:"桢诚不足同贯斯人,并列左右。而桢礼遇殊特,颙反疏简,私惧观者将谓君侯习近不肖,礼贤不足,采庶子之春华,忘家丞之秋实,为上招谤,其罪不小,以此反侧。"刘桢才华横溢,而邢颙却鲜有作品问世,仅以德行闻名,在日常生活中邢颙必然处处依礼而行,曹植近刘桢而远邢颙也就顺理成章了。

曹植的其他朋友亦非等闲之辈。杨修被狂士祢衡称为"大儿孔文举,小儿杨德祖。余子碌碌,莫足数也"。丁氏兄弟中丁仪之才受到曹操的称赏,曹操曰:"丁掾,好士也,即使其两目盲,尚当与女。"丁廙也以才著称,《文士传》曰:"廙少有才姿,博学洽闻。"曹植在《与杨德祖书》中都自称不如丁廙,可以想见丁廙的才华。王粲在年少的时候就被大文豪蔡邕赏识,具有非凡的才能,据《王仲宣诔》:"文若春华,思若涌泉。发言可咏,下笔成篇。何道不洽,何艺不闲。棋局逞巧,博弈惟贤。""算无遗策,画无失理",可见王粲有着多方面值得称道的才能。邯郸淳"博学有

才章，又善苍、雅、虫、篆、许氏字指"①。连曹操、曹丕都"素闻其名"，曹操对其十分敬重。《三国志》记载："自颍川邯郸淳、繁钦、陈留路粹、沛国丁仪、丁廙、弘农杨修、河内荀纬等，亦有文采，而不在此七人之列。"② 据此我们可知曹植友人之中，五分之四为才华横溢之人，而这种才华又偏向于文采。

曹植与朋友的友情源于相互欣赏，而不是政治上的所谓夺宗的阴谋。曹植没有一个是纯然的政治谋士朋友。有一些与曹植有过密切接触，本可以在政治上成为其极大助力之人，也就是那些文才较少，偏于德行、智谋的人，曹植均未与其深入交往。比如司马孚，曾经任曹植的属官，曹植并未有意与其结交。《晋书》卷三七《安平献王孚传》中记载司马孚曾经担任曹植的文学掾，对于曹植负才陵物，司马孚曾经屡屡劝谏，曹植并未接受。③ 后来司马孚转任太子中庶子，在曹操去世、政局未稳的关键时刻，成为拥立曹丕的关键人物之一。"德行堂堂"的"北土之彦"邢颙，曹植也未与之深入交往。

2. 交往特征：平等相交

曹植与众人相交，虽然亦有居高临下的语气，比如"命王粲并作"，主要是在语气上要符合身份、符合礼节。实际上，我们可以看到曹植与诸友的交往是平等的。最明显的事例是邯郸淳，曹植初见邯郸淳竟然先为其进行表演："自澡讫，傅粉。遂科头拍袒，胡舞五椎锻，跳丸击剑，诵俳优小说数千言。"而对王粲亦有"我与夫子，分过友生"的感慨。对杨修更是如此，曹植在诗文中多次写到与朋友的友情，从与杨修的书信中我们可以看到数日不见便相互想念的亲切，写将自己的文章通通相予的信任，曹植更是在诗歌中大量描写与友人欢聚的快乐。

曹丕与朋友交往时虽然也有对夏侯尚一样披肝沥胆，对吴质情真意切，然而从曹丕对待刘桢的态度可见其待友之一二，曹丕曾经向刘桢索要廓落带，同时却写信《借取廓落带嘲刘桢书》嘲笑刘桢，"夫物因人为贵，

① （晋）陈寿著，（南朝宋）裴松之注《三国志》裴注引《魏略》。
② （晋）陈寿著，（南朝宋）裴松之注《三国志》，中华书局，1982，第602页。
③ （唐）房玄龄等撰《晋书·安平献王孚传》，中华书局，1982，第1081页。

故在贱者之手，不御至尊之侧，今虽取之，勿嫌其不反也"①。虽然贵贱为当时二人现实身份，然而出自曹丕本人之口，则有违平等交友之道。两相比较，更见曹植待友之平等。

第二节　曹植友情诗赋的主要内容

一　欢宴与游赏

欢聚之乐是建安时期文人诗歌中的一个重要题材。除徐干外，曹丕、曹植、王粲、阮瑀、刘桢、陈琳、应玚均有创作。一般包括三个方面，其一为宴饮，其二为游玩，其三为游戏。具体统计如下：曹丕共有 7 篇诗歌与友情相关，均为宴饮与游赏，其中 5 篇为宴饮，2 篇为游赏；陈琳仅有 1 篇诗作与友情相关，其五言诗《游览诗二首（其二）》写与友秋日游览引出时不我与，表达了及时建功的慷慨之情；王粲的友情诗赋较多，其中涉及欢聚的诗共计 5 篇，游玩 4 篇、欢宴 1 篇；阮瑀共有 2 首诗涉及友情，其中《公宴诗》写宴饮之乐；应玚有 4 首诗涉及友情，其中有 3 首为欢聚（2 首宴饮、1 首游戏）；刘桢共有 4 首诗涉及欢聚（1 首宴饮、2 首游观、1 首游戏）；曹植在诗赋中也写了宴饮相聚之乐，《文选》中有公宴诗一类，以曹子建公宴诗为首，可见其地位。

曹植宴游诗赋首先表现了玩乐的美好。曹植的《公宴》诗虽名为写公宴，在行文中点出组织者曹丕之后，把笔墨集中在众人宴后的游西园赏美景之上。"飞盖相追随"点出了众人游园，而所遇之景有着清丽之美又生机盎然，"明月澄清景，列宿正参差。秋兰被长坂，朱华冒绿池。潜鱼跃清波，好鸟鸣高枝。神飙接丹毂"，明月清风之下的西园美丽如斯，友人相伴游园的美好使作者觉得这就是人生的终极目标，"飘飘放志意，千秋长若斯"。

宴饮的组织者并不总是曹丕，有时候是曹植。这时候曹植可以更加自由地表达自己的思想，《当车以驾行》中可以尽情表达"不醉无归来，明灯以继夕"的热情。《名都篇》写了平乐观宴饮之乐："我归宴平乐，美酒

---

① 夏传才、唐绍忠校注《曹丕集校注》，河北教育出版社，2013，第 222 页。

斗十千。脍鲤膴胎鰕，炮鳖炙熊蹯。鸣俦啸匹侣，列坐竟长筵，连翩击鞠
壤，巧捷惟万端。"在《赠丁翼》^①中明确地表达了是因为与朋友在一起，
才拥有宴饮的放纵与快乐：在城隅的欢宴有美味佳肴，"丰膳出中厨"；有
音乐盈耳，"秦筝发西气，齐瑟扬东讴"；有酣畅饮宴的气氛，"肴来不虚
归，觞至反无余"；因为与朋友在一起，一切都有了存在的理由，"我岂狎
异人，朋友与我俱"。

　　曹植之所以理直气壮地赞美玩乐，还在于他发现并描写了玩乐与道德
的相合之处，比如《娱宾赋》：

　　　　感夏日之炎景兮，游曲观之清凉，遂衍宾而高会兮，丹帏晔以四
张。办中厨之丰膳兮，作齐郑之妍倡。文人骋其妙说兮，飞轻翰而成
章。谈在昔之清风兮，总贤圣之纪纲。欣公子之高义兮，德芬芳其若
兰。扬仁恩于白屋兮，逾周公之弃餐。听仁风以忘忧兮，美酒清而
肴甘。

　　因赋这一文体之便利，曹植在《娱宾赋》中铺叙了与朋友高会之快
乐，在炎夏的清凉之中，有美味佳肴，有齐郑美丽的歌女，文人妙辞谈
笑、飞翰成章，嗅德芬若兰，听仁风忘忧。文人雅集，何等逍遥快乐！其
中突出了公子曹丕，众宾形成了众星捧月之势，作者也借曹丕的存在，借
席间谈论的"贤圣之纪纲"，宣扬了德行与朋友宴乐的妙合无垠。

　　《箜篌引》中除传统的丰膳、乐舞、德行赞颂之外，还增添了人生短
暂、繁华易逝之忧："惊风飘白日，光景驰西流。盛时不再来，百年忽我
遒。生存华屋处，零落归山丘。先民谁不死？知命复何忧。"时光如流，
生死相接，难能可贵的是作者竟然没有生出及时行乐的情愫，而是以"先
民谁不死"的反问，消解了与友人相聚的快乐难久、生命易逝的大悲哀，
竟然有了随缘任运的豁达之怀。

　　曹植命运多舛，志愿不遂，携友同游并不总是带来欢乐。在《感节
赋》中，开篇便点出"携友生而游观，尽宾主之所求。登高墟以永望，冀

---

　　①　不同文献著录此诗的名称不同，或为《赠丁翼》，或为《赠丁廙》。

消日以忘忧"。游赏消忧，本是魏晋文人常套，"欣阳春之潜润，乐时泽之惠休"，仿佛沿着俗套发展，然而笔锋一转，眼前之景引起的却是三种忧伤："嗟征夫之长勤，虽处逸而怀愁"，"唯人生之忽过，若凿石之未耀"，"亮吾志之不从，乃抚心以叹息"。在这里友人的相聚游赏化为了背景，以其给自己带来忧伤强化了自己志不得遂的无奈与悲哀。

与友人相聚，除宴饮、游观之外，还有游戏，曹植写有《斗鸡》①，出同看斗鸡游戏是在"游目极妙伎，清听厌宫商"的情况下进行的，也就是在众位宾客每天满目妙妓、满耳宫商的情况下发生的。宾客们提议斗鸡，于是转入对斗鸡的描写，作者着重写了一只斗胜的鸡的凶猛，以及"长鸣入青云，扇翼独翱翔"的得意之情。最终借斗鸡"愿蒙狸膏助，常得擅此场"表达自己争胜之雄心。

曹植的欢聚诗赋中虽然有友人的身影，写到共同的欢乐，然而并未聚焦于彼此的情感，而是客观地写出共同的经历，或者说自己的欢乐抑或忧伤的情感是在与友人共同相处时获得的，从而从侧面表达出友情对个体的重要性。

曹植对于游玩的态度有时是矛盾的。在《节游赋》② 中，作者先是铺叙了春季自然的美好，"于是仲春之月，百卉丛生。萋萋蔼蔼，翠叶朱茎。竹林青葱，珍果含荣。凯风发而时鸟欢，微波动而水虫鸣。感气运之和顺，乐时泽之有成"。继而写"遂乃浮素盖，御骅骝，命友生，携同俦"。同游之美，游园、泛舟、品酒、赏乐，欢欣愉悦，接下来由一天的消逝联想至人生短暂："嗟羲和之奋迅，怨曜灵之无光。念人生之不永，若春日之微霜。"继而对游赏的乐趣加以否定："愈志荡以淫游，非经国之大纲。罢曲宴而旋服，遂言归乎旧房。"由此可见曹植一边享受着与友人诵诗、游园、饮酒、泛舟、赏乐之美，另一方面有着游玩与经国之大纲殊途的焦虑。

二　留别与赠别

曹植对离别向来十分重视。在《赠白马王彪》诗中，虽为兄弟赠别，但也道出了与朋友离别时共通的不舍与宽慰，"丈夫志四海，万里犹比邻。

---

① （三国魏）曹植：《曹植集校注》，赵幼文校注，人民文学出版社，1984，第 1 页。
② （三国魏）曹植：《曹植集校注》，赵幼文校注，人民文学出版社，1984，第 183 页。

恩爱苟不亏，在远分日亲。何必同衾帱，然后展殷勤。忧思成疾疢，无乃儿女仁"，更是引起后世离别之人的强烈共鸣，因而才有了王勃千古名句："海内存知己，天涯若比邻。无为在歧路，儿女共沾巾。"正如曹植在《杂诗》中所感叹的一样，"离思一何深"，《离别诗》："人远精神近，寤寐梦容光。"《文选》中有祖饯一类，其首便是曹子建送应氏诗二首，可见其地位。曹植关于友情的离别诗有 6 首，其中 2 首仅存残句。其余 4 首中饯别诗 3 首，留别诗 1 首。

离友（其一）

        王旅旋兮背故乡，彼君子兮笃人纲，媵余行兮归朔方。驰原隰兮寻旧疆，车载奔兮马繁骧。涉浮济兮泛轻航，迄魏都兮息兰房，展宴好兮惟乐康。

    《离友》共 2 首，其二赵幼文案语："'建安十八年、夏四月至邺。'而此篇所述皆秋日景物，疑与前作异，似非怀念夏侯威者。未能考其写作岁月。"[①]《离友》其一创作时间较早，仍然采用楚歌体来抒发离情。其中有离别的原因，"王旅旋兮背故乡"；有对挚友的赞美，"彼君子兮笃人纲"；有对对方送行的感激，"媵余行兮归朔方"；有对自身所处浩大的队伍的描绘，"驰原隰兮寻旧疆，车载奔兮马繁骧"；有对目的地的展望，"涉浮济兮泛轻航，迄魏都兮息兰房"；有对友情、对对方的良好祝愿，"展宴好兮惟乐康"。

    赠别诗：曹植的友情赠别诗主要有《送应氏》《当来日大难》（《赠白马王彪》为赠兄弟的诗歌）。

    友情诗创作较早的是王粲。王粲的《赠文叔良》《赠蔡子笃诗》都是名篇。两首诗都是以四言的形式创作，开篇均用比兴领起，写送行的原因、祝愿、不舍与思念，为送别诗内容的常调。曹植的送别诗则别开生面：

---

    ① （三国魏）曹植：《曹植集校注》，赵幼文校注，人民文学出版社，1984，第 56 页。

送应氏（其一）

步登北邙坂，遥望洛阳山。洛阳何寂寞！宫室尽烧焚。垣墙皆顿擗，荆棘上参天。不见旧耆老，但睹新少年。侧足无行径，荒畴不复田。游子久不归，不识陌与阡。中野何萧条，千里无人烟。念我平生亲，气结不能言。

送应氏（其二）

清时难屡得，嘉会不可常。天地无终极，人命若朝霜。愿得展嬿婉，我友之朔方。亲昵并集送，置酒此河阳。中馈岂独薄，宾饮不尽觞。爱至望苦深，岂不愧中肠。山川阻且远，别促会日长。愿为比翼鸟，施翮起高翔。

曹植写赠别，开篇并没有直接从离别入笔，而是选择了世乱时局，登山远望，一片萧条，"洛阳何寂寞！宫室尽烧焚。垣墙皆顿擗，荆棘上参天。不见旧耆老，但睹新少年。侧足无行径，荒畴不复田。游子久不归，不识陌与阡。中野何萧条，千里无人烟"。黍离之意味，跃然纸上，为在汉末动荡之中的离别增添一层哀愁，"游子久不归，不识陌与阡"既写洛阳，又隐含着对友人此行的担忧，同时"念我平生亲，气结不能言"，为正式抒发离情奠定了情感基调。

《送应氏（其二）》正式进入送别主题，两首诗并非同一主题的简单叠加，而是前后勾连形成组诗。在《送应氏（其二）》中，开篇点出了两组矛盾：清时、嘉会的美好与难得长久之间的矛盾，天地的无终极与人生短暂之间的矛盾。这两组矛盾共同为作者要表达的离别主题，同时也为第三组矛盾做铺垫。正是美好的清时、嘉会难得长久才更让人留恋，正因为人生与天地的无终极相比过于短暂，友情才更值得珍惜。可是"愿得展嬿婉，我友之朔方"，想要共展嬿婉之情，却不得不面对离别——友人要到朔方。于是欢乐的宴集便自然而然带有忧伤的意味。"山川阻且远，别促会日长"，空间的阻隔和距离，时间上的遥遥无期，都加剧了离别的忧伤，最终，"愿为比翼鸟，施翮起高翔"，既情真意挚，又冲淡了离别的悲戚，呈现曹植离别诗结尾一贯的温暖而明亮的色调。

《送应氏》是为应氏个人祖饯之作，而《当来日大难》则为群体饯别之作：

> 日苦短，乐有余，乃置玉樽办东厨。广情故，心相于，阖门置酒，和乐欣欣。游马后来，辕车解轮。今日同堂，出门异乡。别易会难，各尽杯觞。

开篇是欢快的相聚，座中是"心相于"之人，有丰膳美酒相伴，气氛"和乐欣欣"，对客人是"辕车解轮"的殷殷情谊。据赵幼文注，"解轮"典出《后汉书·陈遵传》，"'遵好客，每宴会，辄取客车辖投井中。'投辖与解轮意近，皆喻主人殷勤留客之至意"，欢宴之情浓到极点，忽然抖出主题，原来实为众人饯别。"今日同堂，出门异乡"，"别易会难，各尽杯觞"，貌似轻松，实则以欢乐反衬内心的无比伤痛。

三 恤友

曹植友情诗赋中的重要一类便是对朋友的体恤。相关诗歌主要有《赠徐干》《赠王粲》《赠丁仪王粲》《赠丁仪》《野田黄雀行》。被收入《文选》赠答类的有 5 篇。除《赠白马王彪》外，均属于这方面的内容。

曹植对待朋友的真挚从其在诗歌中对朋友的体恤即可看出，在《赠徐干》中，用太阳与星星的交替生辉、人生终将有遇劝慰徐干，"良田无晚岁，膏泽多丰年。亮怀玙璠美，积久德愈宣"。在《赠王粲》中安慰王粲不要多虑，"重阴润万物，何惧泽不周"。在《赠丁仪王粲》中劝说丁仪和王粲对于"君子在末位，不能歌德声"不要欢与怨，而要采取中和的态度，亦即"欢怨非贞则，中和诚可经"。曹植对友人的体恤很早就有人注意到。吴淇说："丕与诸子虽往来赠答，意不甚恤。而植与诸子则笃，故其与诸子酬和之诗，皆恤其隐，颇有魏武怜才意。"[1] 不仅如此，曹植尚有为友人两肋插刀救人于水火之志。

---

[1] 河北师范学院中文系古典文学教研组编《三曹资料汇编》，中华书局，1980，第 155 ~ 156 页。

传统观点认为，杨修、丁氏兄弟的死均与曹植有关，曹植却不为一言，向来受人诟病，实则曹植非不为也，是不能也。曹植虽然真情外露，但并非鲁莽之人，最为明显的是，当他的妻子崔氏被曹操赐死之后，曹植也并无一言写自己的悲哀，自己的挚友杨修、丁氏兄弟死后亦复如此。实际上曹植亦有挺身而出、救朋友于危难的志向。最为明显的诗作就是《赠丁仪》与《野田黄雀行》。

赠丁仪

初秋凉气发，庭树微销落。凝霜依玉除，清风飘飞阁。朝云不归山，霖雨成川泽。黍稷委畴陇，农夫安所获。在贵多忘贱，为恩谁能博！狐白足御冬，焉念无衣客！思慕延陵子，宝剑非所惜。子其宁尔心，亲交义不薄。

此诗当写于曹操杀杨修，明确以曹丕为继承人之后，丁仪定是感觉到山雨欲来风满楼，向曹植求助，曹植写诗表达了救援的决心。开篇是清秋的环境，渐凉的天气、开始飘落的黄叶、台阶上一层白霜、吹在身上凉爽的风无不提醒人们季节的转换，肃杀的秋正迈着毫不迟疑的脚步前来。而今年不同的是连绵的秋雨没有止歇，致使"黍稷委畴陇，农夫安所获"。农夫辛劳一年，眼见黍稷就要成熟，却因为一场秋雨而颗粒无收，这种劳而无功恰恰与丁仪的力推曹植最终失败相合。而"在贵多忘贱，为恩谁能博！狐白足御冬，焉念无衣客"分明是在劝说，当权者对丁仪的忽视不过是正常现象，联想到丁仪曾经炙手可热，此时必然是当权者疏远丁仪，丁仪到曹植这里抱怨并求助。而后"思慕延陵子，宝剑非所惜"含义极丰，"延陵子"是吴公子季札，曹植借其让位、避位之举以"思慕延陵子"表明自己决心退让。而"宝剑非所惜"用典故表明曹植会尽自己所能帮助丁仪，因为他相信凭借曹丕与自己的血缘亲情以及二人的日常交往、曹丕的人格等整体情况，丁仪的安全应该是有保障的，因此才会说"子其宁尔心，亲交义不薄"。在风雨欲来，自己朝夕不保的情形下，曹植仍然想到一旦有事，会全力救助丁仪，拳拳深情，溢于言表。

而在风雨真正到来的时候，曹植终于发现自己的天真，帮助丁氏兄弟的愿望显然在现实中碰了壁，朋友陷于危难自己却无能为力，使曹植悲哀不已，同时亦心有不甘。于是便有了《野田黄雀行》：

> 高树多悲风，海水扬其波。利剑不在掌，结友何须多！不见篱间雀？见鹞自投罗。罗家得雀喜，少年见雀悲。拔剑捎罗网，黄雀得飞飞。飞飞摩苍天，来下谢少年。

《野田黄雀行》的恤友之意前贤论述较多，此不赘述，应该更加关注的是，友人受难之时，也是曹植处境最为危险的时候，在别人的心目中丁氏兄弟为曹植羽翼，矛头的指向最终是曹植，在这种情况下，曹植仍然写诗抒发自己因为"利剑不在掌"而无法救援友朋的无奈与悲哀，需要极大的勇气。而在幻想中"拔剑捎罗网"，救落入罗网的小雀，对抗的是国家机器。此等悬想直接将自己置于更加危险的境地，然而曹植却慷慨吐之，体现了对友朋的不离不弃却又爱莫能助的真实状态。

第三节　曹植友情文学的新变

一　曹植友情诗赋数量与内容

曹植关于友情的诗赋创作从数量上看为建安众人之冠，共计 19 首诗、4 篇赋涉及友情。而其他人涉及友情的作品如下：曹丕 7 首诗歌；王粲 9 首诗歌、1 篇赋作；陈琳仅有 1 首诗歌；徐干 1 首诗歌、1 篇赋作；阮瑀 2 首诗歌；应玚 4 首诗歌；刘桢 7 首诗歌。曹植 1 人便创作了 23 首友情诗赋，而排名第二的王粲创作 10 首诗赋，尚不及曹植的一半。而从内容上看，曹植的友情诗赋包含了欢宴、游赏、游戏、留别、饯别、恤友赠答等各个方面。清人叶燮在《原诗・内篇》中说："建安、黄初之诗，乃有应酬、纪行、颂德诸体，遂开后世种种应酬等类，则因而实为创，此变之始也。"[①] 不可否认这种改变的主将便是曹植。

---

① （清）叶燮：《原诗》，人民文学出版社，1979，第 4 页。

二 友情主题的文体开拓

1. 游宴诗的声韵探索

建安时期是五言腾涌的时期，而五言诗的兴盛，源于建安十六年以曹丕为中心的游宴活动，友情题材的宴饮、游赏、赠答等内容就成了五言诗创作的先锋。其中引领新变的应该是曹丕，而曹植友情诗后来居上，起到了重要的示范作用。

曹植的五言诗起于宴饮，在宴饮诗中曹植对声韵进行了有益的试验，以《公宴》《赠丁翼》《侍太子坐诗》三首诗为例分析如下。

公宴

公子爱敬客，陌韵　终宴不知疲。支韵

清夜游西园，桓韵　飞盖相追随。支韵

明月澄清景，梗韵　列宿正参差。支韵

秋兰被长坂，阮韵　朱华冒绿池。支韵

潜鱼跃清波，戈韵　好鸟鸣高枝。支韵

神飙接丹毂，屋韵　轻辇随风移。支韵

飘飖放志意，志韵　千秋长若斯！支韵

平仄为：

平仄仄仄仄，平仄仄平平。

平仄平平平，平仄平平平。

平仄平平仄，仄仄仄平平。

平平仄平仄，平平仄仄平。

平平仄平平，仄仄仄平平。

平平平平仄，平平平平平。

平平仄仄仄，平平平仄平。

赠丁翼

嘉宾填城阙，月韵　丰膳出中厨。虞韵

吾与二三子，止韵　　曲宴此城隅。虞韵
秦筝发西气，未韵　　齐瑟扬东讴。侯韵
肴来不虚归，微韵　　觞至反无余。鱼韵
我岂狎异人！真韵　　朋友与我俱。虞韵
大国多良材，哈韵　　譬海出明珠。虞韵
君子义休偫，止韵　　小人德无储。鱼韵
积善有余庆，映韵　　荣枯立可须。虞韵
滔荡固大节，屑韵　　时俗多所拘。虞韵
君子通大道，晧韵　　无愿为世儒！虞韵

平仄为：

平平平平仄，平仄仄平平。
平仄仄平仄，仄仄仄平平。
平平仄平仄，平仄平平平。
平平仄平仄，平仄平平平。
仄仄仄仄平，平仄仄仄平。
仄仄平平平，仄仄仄平平。
平仄仄平仄，仄仄仄平平。
仄仄仄平仄，平平仄仄平。
平仄仄仄仄，平仄平仄平。
平仄平仄仄，平仄仄仄平。

侍太子坐

白日曜青春，谆韵　　时雨静飞尘。真韵
寒冰辟炎景，梗韵　　凉风飘我身。真韵
清醴盈金觞，阳韵　　肴馔纵横陈。真韵
齐人进奇乐，觉韵　　歌者出西秦。真韵
翩翩我公子，止韵　　机巧忽若神。真韵

平仄为：

仄仄仄平平，平仄仄平平。

平平仄平仄，平平平仄平。

平仄平平平，平仄仄平平。

平平仄平仄，平仄仄平平。

平平仄平仄，仄仄仄仄平。

从节奏类型来看，《公宴》节奏类型为221，221。212，212。212，212。212，212。212，212。212，2111。212，2111。《赠丁翼》节奏类型为212，212。11111，1112。212，212。2111，2111。1121，2111。212，1112。212，212。212，2111。212，2111。212，212。《侍太子坐》节奏类型为212，212。212，2111。212，221。212，212。212，212。

从三首诗节奏类型中可见，212型句最多，为29句，约占66%；2111型句共8句，约占18%；221型句共3句，约占7%；1112型句共2句，约占5%；1121、11111型散句各仅有1句。从以上节奏类型中可以看出，曹植早期抒发友人相聚之乐的游宴诗已经开始追求句式节奏整齐之美，因而出现了大量212型句，真正的散句较少，212型句明显受楚辞"2分2"句型的影响，体现出五言诗初创时期不成熟的特征。但此时已经出现许多后三字结合较散的2111型句，甚至已经直接发展为221节奏句，表现出曹植五言诗正在探索中前行。

从平仄来看，《公宴》共7联，奇句均为平起，有5句仄收，2句平收，偶句7句皆平收；《赠丁翼》一诗，共10联，奇句7平起3仄起，7仄收3平收，偶句10句皆为平收；《侍太子坐》共5联，奇句4平起1仄起，3仄收2平收，偶句5句皆平收，首句仄起平收尾字入韵。

三首诗既没有5字俱平，也没有一句皆仄，每句之中均有平仄高低变化。三首诗共计22奇句，18句为平起，仅有4句为仄起，15句为仄收，不足三分之一为平收；而偶句22句皆为平收。基本句式为奇句平起仄收至偶句结尾再以平声收束，与快乐情绪的抒发十分相合。王易在《词曲史》中说："音韵与文情关系至切：平韵和畅，上去韵缠绵，入韵迫切，此四声之别也。"① 曹植的三首游宴诗偶句均押韵，并且都压平声韵，和畅的音韵特征与宴饮、友情、欢乐的文情相符。

诗歌的押韵，从韵尾的角度看，分为阴声韵、阳声韵、入声韵三种，《赠丁翼》虞韵阴声韵，鱼虞二韵发音时口型小，响度弱，气流迂缓呜咽，听之缠绵悱恻。与曹植对组织游宴的反思有关，也就是自己并非狎昵之人，而是"君子通大道，无愿为世儒"，情思细腻，选用绵长细腻的鱼虞阴声韵，恰到好处地与情感意趣相谐和。《公宴》中抒发宴饮游玩的快乐之情，但曹丕为主，已为客，因而诗歌韵尾选用支韵，支韵是阴声韵，具有绵长细腻的特点，快乐中有所收敛。

同样是随太子游宴，《侍太子坐》压真韵，且首句入韵。真欣韵为阳声韵（便于在鼻腔内形成鼻音共鸣），周济说："东真韵宽平，支先韵细腻，鱼歌韵缠绵，萧尤韵感慨，各有声响，莫草草乱用。"② 魏晋时期虽并没有对音韵的系统总结，然而曹植凭借对声韵的敏感恰到好处地选用韵脚，使声响与情感表达妙合无垠。

2. 五言赠答诗的新开拓

梁启超在《中国美文及其历史》中指出："盖古代之诗，本以自写抒情，不用为应酬之具。建安时，文士盛集邺下，生气相竞，始有所报。"③ 以诗歌赠答，其起源应为《诗经》，《诗经·大雅·崧高》："吉甫作诵，其诗孔硕。其风肆好，以赠申伯。"明确指出是诗为赠申伯之作。汉代的赠答诗较少，朱穆的《与刘伯宗绝交诗》以四言的形式借庄子鹓鶵与鸱鸮之别，写自己同刘伯宗的道德之高下与追求之异路，以与刘伯宗断交。"长鸣呼凤，谓凤无德。凤之所趋，与子异域。永从此诀，各自努力。"值得注意的是此诗附于《与刘伯宗绝交书》之中，并不是完全意义上的赠诗。桓麟的《答客诗》已经成为完全意义上的有赠有答的赠答之作，可惜过于简单，只为谦辞了无余韵。汉末蔡邕的《答卜元嗣诗》《答对元式诗》，二诗所答为对方所赠的"贻我德音"，"贻我以文"所赠应不是自创

---

① 转引自竺家宁《语言风格学之观念与方法》，《扬州大学学报》（人文社会科学版）2003年第 3 期，第 31 页。

② （清）周济：《介存斋论词杂著》，顾学颉校点，人民文学出版社，1959，第 14 页。

③ （清）梁启超著，沈鹏等主编《梁启超全集》，北京出版社，1999，第 4399 页。

之诗，因而答诗亦简，惜不可考。

赠答诗至魏晋开始蔚为大观。《文选》选诗，赠答类最多。王粲《赠蔡子笃诗》："何以赠行，言赋新诗。"徐干《赠五官中郎将诗》："贻尔新诗。"刘桢《赠五官中郎将诗》其二："望慕结不解，贻尔新诗文。"为何强调新诗？古代诗歌交流本为士大夫交流的常态，正如孔子云："不学诗，无以言。"多为引用《诗经》抒发己情。至建安时期，自创新诗用以赠答成为风尚，因此，才有大量作品强调自己的诗歌是新诗。

正是在这样的背景下，曹植大力开拓答诗，使诗歌真正形成了唱和循环。由此，建安时期赠诗的传统渐渐兴盛，但答诗并未建立起传统，其表现为刘桢有数首诗歌赠曹丕，却不见曹丕应答。当时许多诗人有赠无答，盖因赠可宿构，而答难立就，时过境迁则无滋无味。王粲曾经写《杂诗》（日暮游西园），而曹植写有答诗《赠王粲》，为有赠有答的一组诗。在此组诗歌中，王粲诗歌并未书写所赠之人，应不是专赠曹植，而是宴会中的自我抒情。而"褰衽欲从之"的"特栖鸟"也并不专指曹植，而是指所有自己可以依靠，可以援引自己的人。因此，曹植的答诗开日常赠答的风气，便显得尤其可贵。二诗如表 5 所示。

表 5　王粲《杂诗》与曹植答诗《赠王粲》

序号	王粲《杂诗》	曹植答诗《赠王粲》	相照应之处
1	日暮游西园，冀写忧思情。	端坐苦愁思，揽衣起西游。	王：先游西园，后写忧思 曹：先有愁思，后写游园
2	曲池扬素波，列树敷丹荣。	树木发春华，清池激长流。	王：先写曲池，后写树荣 曹：先写树荣，后写曲池
3	上有特栖鸟，怀春向我鸣。	中有孤鸳鸯，哀鸣求匹俦。	王：先孤鸟，后求伴 曹：先孤鸟，后求伴
4	褰衽欲从之，路险不得征。	我愿执此鸟，惜哉无轻舟！	王：欲从路险不得 曹：欲执无舟不可
5	徘徊不能去，伫立望尔形。	欲归忘故道，顾望但怀愁。	王：徘徊而伫立 曹：欲归忘故道，隐含不能去而徘徊；顾望、怀愁点出伫立之内心
6	风飚扬尘起，白日忽已冥。	悲风鸣我侧，羲和逝不留。	王：风起日逝 曹：悲风起，日不留

续表

序号	王粲《杂诗》	曹植答诗《赠王粲》	相照应之处
7	回身入空房，托梦通精诚。	重阴润万物，何惧泽不周？	王：入房托梦通心 曹：雨润万物，不必忧心
8	人欲天不违，何惧不合并。	谁令君多念，遂使怀百忧。	王：人欲与上天是不违背的，为什么还会惧怕二者不合呢？ 曹：谁让你思虑过多，才让你有了这么多忧惧啊

曹植与王粲的赠答环环相扣，比起刘桢、徐干各说各话，更见精致。并且曹植诗作于建安十六年建安七子与曹氏兄弟"并见友善"之际（此说见于俞绍初《王粲年谱》），观其诗歌中的季节当为春末夏初。而刘桢与徐干的唱和相对稍晚，当作于夏秋之际，应是受到曹植、王粲唱和的影响而作。

3. 五言送别诗具有典范意义

"黯然销魂者，唯别而已矣"①，友人离别为人生的一大伤心之事，中国自古便有以诗送别的传统，王粲创作的《赠文叔良》《赠蔡子笃诗》《赠士孙文始》可谓建安时期送别诗的代表。前两首诗从《诗经》惯用的比兴手法入手，交代对方远行自己送行，《赠文叔良》中大量铺叙了对对方的赞美与叮咛以显示关切之情。《赠士孙文始》则结合乱世铺叙友人离别造成的影响，同时想象别后自己的思念之苦。《赠蔡子笃诗》以"载飞载东"的"翼翼飞鸾"起兴，写友人的离开，继而以想象中的对方归乡之路因为世乱而多阻隔，"悠悠世路，乱离多阻"。故而人生的艰难更加深了离别的悲伤，"风流云散，一别如雨"的感觉，"中心孔悼，涕泪涟洏"便自然生发而出。

曹植的送别诗并没有采用四言体，而是在尝试以楚辞体写赠别后，专注以五言诗写送别。《送应氏》五言饯行组诗的形式，亦为曹植首创。在《送应氏（其二）》中，一改其他作者追求面面俱到的铺叙，转为专注抒发当下的感受。"清时难屡得，嘉会不可常。天地无终极，人命若朝霜。"开篇便以极具概括性的笔调写出送别之所以艰难在于清时嘉会的难得，而人

---

① （南朝）江淹：《别赋》。

生短暂，本想与朋友一起展嬿婉之情，却不得不面对"我友之朔方"的事实，接下来进入送别场景的描写，表达"爱至望苦深"之情，继而"山川阻且远，别促会日长"。山川阻隔，再相见遥遥无期，引出自己的愿望，"愿为比翼鸟，施翮起高翔"，情深意切。我们从中可以看出，曹植此诗完全从自我的感觉出发，写自己对离别的不舍，写自己置酒相送，写自己的心愿，竟无一笔涉及对方的人品，无对对方的叮嘱、宽慰，将笔墨集中到自己的情绪中，感情喷薄而出，真切地表达出对友人的关切与不舍之情。

魏晋时期是友情大量进入文学的时期。曹丕《交友论》曰："夫阴阳交，万物成；君臣交，邦国治；士庶交，德行光。同忧乐，共富贵，而友道备矣。"① 随着血缘亲情笼罩一切的情形被打破，友情步入人的心灵。曹植正是站在时代之巅对友情进行多角度歌咏。恰如日本汉学家吉川幸次郎所说："曹植诗中所见对友情如此强烈的赞美，在文学史上具有划时代的性质。在他以前的时代，即《诗经》的时代和汉代，如此热烈的友情之歌，也有据说是李陵和苏武的赠答作品留传下来，但这些诗并不是确实可信的。在曹植之后，友情成为中国诗歌最为重要的主题，它所占有的地位，如同男女爱情之于西洋诗。"②

余　论

曹植友情类诗赋所取得的成就如下。

1. 序增其真

曹植诗、赋、诔等文体中常有序，而对友情主题而言，序增强了诗赋的应用性质，使情感更加具体。比如《离友·序》："乡人有夏侯威者，少有成人之风。余尚其为人，与之昵好。王师振旅，送予于魏邦，心有眷然，为之陨涕。乃作离友之诗。"完整地记载了友情诗歌创作的背景，将告别的朋友的姓名、交好的原因、送别的原因、离别伤心落泪的场景，交代得清清楚楚。相比之下曹丕在诗赋序中，谈及友情多为故意虚化。例如曹丕的《戒盈赋·序》："避暑东阁，延宾高会，酒酣乐作，怅然怀盈满之

---

① 夏传才、唐绍忠校注《曹丕集校注》，河北教育出版社，2013，第273页。
② 〔日〕吉川幸次郎：《中国诗史》，章培恒等译，安徽文艺出版社，1986，第130~131页。

戒，乃作斯赋。"其中谈到"延宾高会"，却没有涉及任何一个宾客之情，专注于自我的"盈满之戒"。《柳赋》也同样如此，"昔建安五年，上与袁绍战于官渡，时余始植斯柳，自彼迄今，十有五载矣。（左右仆御已多亡）。感物伤怀，乃作斯赋"。点出"左右仆御"却不涉及其中任何一人的具体情感，可见曹丕自矜身份，故意虚化友情。相比之下，曹植则通过对友人的具体描述，使情感落到了实处。

2. 书气浩然

曹植现存仅有书信 7 篇，其中 5 篇关乎友情，分别为《与丁敬礼书》《与杨德祖书》《报陈孔璋书》《与陈琳书》《与吴季重书》。而其中除《与吴季重书》《与杨德祖书》外均为残篇。曹植的书信中充满了深情，在《与杨德祖书》中，从二人书信往来可以看出二人交往十分密切，"植白：数日不见，思子为劳，想同之也"①，几天不见便十分想念，明早便可相见，今日却要写信相予，可见二人情感之笃。且曹植将自己的辞赋都让杨修过目，"今往仆少小所著辞赋一通相与"，也非挚友所不能为。

曹植的书信还有慷慨激昂、浩然之气满纸的特征。刘勰说："详总书体，本在尽言，言（所）以散郁陶，托风采，故宜条畅以任气，优柔以怿怀。文明从容，亦心声之献酬也。"② 可见，条畅任气、优柔怿怀、文明从容应当为书信体的基本特征。曹植的友情书信却慷慨恣肆，呈现不同的风貌。刘熙载曾言："文有仰视，有俯视，有平视。仰视者，其言恭。俯视者，其言慈。平视者，其言直。"③ 曹植书信能平视其友，直抒其情，故能气势浩然。曹植在《与杨德祖书》中论诸子才华："昔仲宣独步于汉南，孔璋鹰扬于河朔，伟长擅名于青土，公干振藻于海隅，德琏发迹于大魏，足下高视于上京。当此之时，人人自谓握灵蛇之珠，家家自谓抱荆山之玉。"尽显指点江山之豪情！笔锋一转写曹操将其"悉集兹国"之后，又点出诸子仍存缺憾，"此数子犹复不能飞轩绝迹，一举千里"。谦称自己的诗文亦有缺点，请杨修指点张本。一反曹丕在《典论·论文》中所说"书论宜理"的特征，也与刘勰所总结的"故宜条畅以任气，优柔以怿怀。文

① （三国魏）曹植：《曹植集校注》，赵幼文校注，人民文学出版社，1984，第 153 页。
② （南朝梁）刘勰著《文心雕龙注》，范文澜注，人民文学出版社，1958，第 455 页。
③ （清）刘熙载：《艺概》，上海古籍出版社，1978，第 47 页。

明从容"的风格不同，这种特点在其他书信中也有体现，比如《与吴季重书》中描述快意人生，"愿举泰山以为肉，倾东海以为酒，伐云梦之竹以为笛，斩泗滨之梓以为筝。食若填巨壑，饮若灌漏卮"，气魄何等宏大。《与陈琳书》虽为残篇，但从其"夫披翠云以为衣，戴北斗以为冠，带虹霓以为绅，连日月以为佩，此服非（其）［不］美也"的铺张扬厉中，可见曹植将自己的浩然之气灌注到书信中，使书信由应用向审美迈进。

3. 诔入常情

《王仲宣诔》是曹植为友人创作的唯一的诔文，其中按照诔文的创作常调，记叙王粲才能功业才华，同时记叙了王粲的坎坷经历："皇家不造，京室陨颠。宰臣专制，帝用西迁。君乃羁旅，离此阻艰。翕然凤举，远窜荆蛮。身穷志达，居鄙行鲜。振冠南岳，濯缨清川。潜处蓬室，不干势权。"继而写出自己与王粲的关系："呜呼哀哉！吾与夫子，义贯丹青。好和琴瑟，分过友生。庶几遐年，携手同征。如何奄忽，弃我夙零。"以上虽情感真挚，文采斐然，然而却是诔文中的常调。

曹植此赋的突出贡献是将日常交往写入诔文之中："感昔宴会，志各高厉。予戏夫子，金石难弊。人命靡常，吉凶异制。此欢之人，孰先陨越？何痛夫子，果乃先逝！又论死生，存亡数度。子犹怀疑，求之明据。"谈到昔日的宴会之中谈笑，"此欢之人，孰先陨越"，以及对死生、存亡的议论，既写出二人日常交往的深情，又自然引出了作者希望人死后魂灵存在。曹植"将假翼，飘飘高举。超登景云，要子天路"。曹植此文对于自己与王粲日常交往的记叙，挥洒自如，更与曹操《祀故太尉乔玄文》相类。然曹操文章为过故人墓祭奠的即兴之作，而曹植的作品是要用于庄严肃穆的王粲丧礼之上的，且要表之素旗。曹植将日常交往引入庄严的诔文中，更有意义。

第六章

曹植诗赋的情绪特征

马斯洛的需求层次理论认为，人的需求可以划分为五个层次，分别为生理需求、安全需求、归属与爱的需求、尊重需求、自我实现需求。五种需求从低级向高级排列形成了一个层级结构，低一层的需求得到满足后，主体便会被驱动追求高一层级的需求，各层次之间相互重叠，次序并不完全固定。① 从需求层次理论角度，可以清晰地把握曹植的情绪特征。

曹植在曹丕被立为世子之前，五个层次需求都得到了应有的发展。此后，曹植的第一层次也就是生理需求仍然能够得到基本满足，因此在曹植的文学中很少表现生活困顿带来的忧伤。

因为被认为是皇权的争夺者，或者说是潜在的威胁者，曹植在建安二十二年后便面临安全的隐忧，尤其在黄初年间，曹植因为与甄后的爱情，以及由此引起的劫胁使者，甚至面临被曹丕"舍而不诛"的境遇。曹植在诗文中真切地表现了自己的恐惧。曹操去世之后，曹植主动压抑了自我实现的需求，以换取曹丕与曹叡对自己的放心。在曹植的安全需求得到满足的早期，他尽情地歌咏着自己的友情，憧憬着自己的爱情，以此表达自己在归属与爱的需求中获得的快乐和忧伤。

曹植对自己的实力地位和威望并不在意，因而他对尊重需求并没有特别的追求，在此需求不能得到满足的情况下，也没有表现出应有的忧伤。而自我实现是曹植毕生为之努力的方向，即使在自身的安全需求并没有得

① 〔美〕亚伯拉罕·马斯洛：《动机与人格》，许金声等译，中国人民大学出版社，2007，第16~32页。

到满足的情况下仍然有自我实现的诉求，这种诉求始终没有成为现实给曹植带来了莫大的痛苦。

第一节　曹植的快乐情绪与生理需求

一　曹植的生理需求状况

曹植的一生，在生活上并未过度匮乏，早期还可以说很丰裕，例如《赠丁翼》中谈道："嘉宾填城阙，丰膳出中厨。吾与二三子，曲宴此城隅。秦筝发西气，齐瑟扬东讴。"丰膳、音乐皆由曹植备办，可见其日常生活的富足。后期的生活或许不丰裕，然而也远谈不上困苦。《谢鼓吹表》中记载："许以箫管之乐，荣以田游之嬉。"在《作车帐表》中记录了曹植上表请求："欲遣人到邺市上党布五十匹，作车上小帐帷。"曹植单只车帷帐就需要五十匹布，日常箫管之乐必然所费不菲，可见曹植平时的消费之侈。在曹植困顿的时候，曹丕曾经赐谷，具体情况在曹植作《谢赐谷表》中有体现："诏书念臣经用不足，以船河邸阁谷五千斛赐臣。"汉朝许慎《说文解字》："斛，十斗也。"当时邓艾提出屯田主张，有一则记载："六七年间，可积三千万斛于淮上，此则十万之众五年食也。以此乘吴，无往而不克矣。"①依此计算，5000 斛谷物是 83.3 个青壮年兵士一年的食物。而跟随曹植的老幼弱者较多，这些谷物必能养活更多的人口，何况曹植所封的土地必然会有物产，因此曹植困顿之时，会得到外界的接济以免于饥寒，这在其他表文中可以得到验证。在《求自试表》中，曹植写道："位窃东藩，爵在上列，身被轻暖，口厌百味，目极华靡，耳倦丝竹者，爵重禄厚之所致也。"《谏取诸国士息表》中记载："得兵百五十人，皆年在耳顺，或不逾距，虎贲官骑及亲事凡二百余人。"曹植毕竟是一方诸侯，虽不得信任，但基本的架构仍在，尚不至真有衣食之忧。

因此，在《迁都赋》中曹植说自己"连遇瘠土，衣食不继"，在《望恩表》中谈到"臣闻寒者不贪尺玉，而思短褐；饥者不愿千金，而美一

---

① （晋）陈寿著，（南朝宋）裴松之注《三国志·魏书·邓艾传》，中华书局，1982。

餐。夫千金尺玉至贵，而不若一餐短褐者，物有所急也"，均为一时的言说策略，不宜深信。

由此，我们可以得出曹植日常的生理需求可以得到基本满足，在某些特殊的阶段尚较为宽裕，体现在诗赋中，便是曹植快乐情绪的抒发多与口腹之欲有关。

在曹植的诗赋中出现了大量的表示情绪的词句，具体见表6。

表6　曹植诗赋中的表示情绪的词句

情绪词	词句
乐	众宾进乐方
	予乐恬静
	予闻君子乐奋节以显义
	乐鸳鸯之同池
	展宴好兮惟乐康
	信乐土之足慕
	（蝉）独怡乐而长吟
	惟耽乐之既阕
	生时等荣乐
	岂无和乐
	乐时泽之有成
	信乐天之何欲
	匪徇荣而愉乐
	乐我稷黍
	和乐如瑟琴
	好乐和瑟琴
	乐饮过三爵
	陛下长寿乐年
	陛下长欢乐
	今日乐相乐
	乐饮过三爵
	乐有余
	和乐欣欣
	乐哉未央
	乐时泽之惠休
	乐时物之逸豫
	取乐今日
	今日相乐

情绪词	词句
欢	为欢未渫 为欢未央 惧欢媾之不成 望所欢之攸居 叙嘉宾之欢会 王子欢自营。欢怨非贞则 凯风发而时鸟欢 戚戚少欢娱 无良媒以接欢兮 不若故所欢 欢爱在枕席 往古皆欢遇 左右咸欢康 陛下长欢乐 欢坐玉殿 任意交属所欢 欢笑尽娱 弃我交颈欢 欢会难再逢 皆当喜欢 欢日尚少
喜	林修茂而鸟喜 罗家得雀喜 喜霁赋 群臣拜贺咸悦喜 众喜填门至 喜雨 喜同车 皆当喜欢

二 曹植的欢乐情绪分析

在表6中，以欢、乐、喜为情绪词在曹植诗赋中检索，可得57处。而作者的欢乐情绪中欢聚最多——10次；以欢为情绪词，有6处为欢会。可见友人的相聚最能使曹植感到快乐。具体到诗赋中，我们可以看到在相对完整的129首诗赋中，曹植表现欢乐情绪的共计25篇，占总数的19.37%，加上以欢乐为主，多种情绪掺杂的共33篇，占总数的25.58%（详见附表六）。由此可见，在曹植的诗赋中忧多欢少。从文体上看，作者以 22 首诗歌表现欢乐，占曹植所有诗歌（不包括附录部分残句）的 25.3%；有 1 篇赋表现欢乐，占曹植所有赋作（不包括附录部分残句）的 24.5%。

附表所列诗赋共计 129 篇，为赵幼文所录《曹植集校注》中的正文部分，不包括附录中仅有残句的诗赋。其中诗歌 83 篇，赋 46 篇，从表 6 中可以看出，在曹植的诗赋中表现出欢乐情绪的有 11 首赋作，22 首诗，共计 33 首。其中 7 首诗歌是游仙之乐，所选用的文体为四言诗、五言诗、六言诗各 1 首，4 首为杂言诗。一诗一赋（《喜雨》《喜霁赋》）为天象变化引起的欢乐；宴饮游乐共 12 篇，其中包括 9 首诗（四言诗 1 首、六言诗 1 首、杂言诗 2 首、五言诗 5 首）、3 篇赋。以欢乐为主多种情绪掺杂的 8 首诗赋中，有 5 首与游宴有关，其中包括 3 首赋、2 首诗歌。2 首诗与游仙有关，另外有 1 首赋——《鹞雀赋》比较特殊，写了雀在鹞的威胁下，在恐惧中百般辩解，最终雀脱鹞口，《鹞雀赋》以寓言的形式表现了得脱险境的喜悦。

通过以上统计，我们可以得出这样的结论，曹植的欢乐情绪主要存在于游宴与游仙两种题材中。具体来看，游宴之乐可以《娱宾赋》为代表。

感夏日之炎景兮，游曲观之清凉，遂衍宾而高会兮，丹帏晔以四张。办中厨之丰膳兮，作齐郑之妍倡。文人骋其妙说兮，飞轻翰而成章。谈在昔之清风兮，总贤圣之纪纲。欣公子之高义兮，德芬芳其若兰。扬仁恩于白屋兮，逾周公之弃餐。听仁风以忘忧兮，美酒清而肴甘。

《娱宾赋》中有游赏之乐，"感夏日之炎景兮，游曲观之清凉"；有美味佳肴，"办中厨之丰膳"，"美酒清而肴甘"；有音乐歌舞相伴，"作齐郑之妍倡"；有宾主和乐，"文人骋其妙说兮，飞轻翰而成章"；有道德点缀，"欣公子之高义兮，德芬芳其若兰"。作者在不同的篇章中突出了一种或者几种快乐。比如《登台赋》突出了登台观看人文美景与自然美景，加道德点缀；《公宴》突出了宴后的游园观赏美景之乐和宾主和乐；《斗鸡》诗写观看斗鸡之乐；《闲居赋》写无人相伴的情况下独自游赏的快乐；《赠丁翼》则写出了美酒佳肴与音乐之美、宾主和乐之美，突出的是由道德点缀转化而来的自己的道德追求；《侍太子坐》同样突出了美酒佳肴、音乐咏歌，突出公子弹棋之术——"机巧忽若神"；《芙蓉赋》以全知视角铺叙了芙蓉之美、狡童媛女同游攡手的快乐；《当车以驾行》为宾主和乐加音乐之乐；《妾薄命（其一）》为男女牵手游观美景之乐；《妾薄命（其二）》写宾主和乐，在音乐歌舞中突出了舞蹈之乐。

有的诗赋以快乐为主，多种情绪融合其中。最集中的是一方面"乐时物之逸豫"，另一方面"悲予志之长违"。《感节赋》与《临观赋》都是写游赏之乐和由此引起时光流逝功业难成之感慨。《节游赋》写游玩的快乐与人生短暂的伤感，"愈志荡以淫游"与"经国之大纲"不符，从而否定了自身的快乐情绪体验。《箜篌引》中则是对快乐的追寻，"亲友从我游""主称千金寿，宾奉万年酬"为宾主和乐；"乐饮过三爵""烹羊宰肥牛"为美酒佳肴；秦筝齐瑟、阳阿舞、京洛讴为音乐歌舞之乐；谦谦君子德则为道德的点缀。五言诗《箜篌引》至此集合了游宴的所有快乐因素，接下来笔锋一转，下接时光如流，"盛时不再来，百年忽我遒"，仿佛要引出否定欢宴的常调，然而作者却转为"先民谁不死？知命复何忧"，将人生的各种忧虑以世人终将一死、万事成空消解，在快乐—忧伤—消解中，使快乐有了理由。《当来日大难》将宴饮之乐与离别的忧伤融合在一起。"今日同堂，出门异乡"，即将到来的离别，促使此刻的相聚更加"和乐欣欣"。食色，性也，美味佳肴昭示了曹植以本性对美食的爱好突破了礼的藩篱。同时，曹植突出了宴会的组织者，《礼记·射义》："乡饮酒之礼者，所以明长幼之序也。"曹植笔下的宴饮，借此具有了合理性。

三　单纯的欢乐成为主题

曹植的乐忧交织的诗赋从内容上看是汉末以来创作的常式，更大的贡献在于有些将单纯的欢乐作为主题。

胡大雷指出："曹魏时期，带有组织文学创作性质的宴饮活动主要由曹丕与曹植主持……这些宴饮活动较少带有政治功利目的，即不是为某些政治事件而组织的，只是文学家们聚会在一起的娱乐性活动。因此，吟咏如此'公宴'的诗作，对宴饮场面的描摹就比较多一些，而宴饮场面的描摹又突出在彼时彼地的园林景物；诗人们的情感抒发也更个人化一些；政治性的歌功颂德只是诗中的附带物，或与个人化的情感抒发融合在一起。"① 然而当时的诗作，均有政治赞美或者个人建功立业情感的渗透，"酒以成礼，过则败德"②。只有曹植在有些诗歌中，专注于描写个体的欢乐。对此，前人早有明确认识。

《对床夜语》卷一："曹子建乐府云：'置酒高殿上，亲友从我游。秦筝何慷慨，齐瑟和且柔。主称千金寿，宾奉万年酬。'又'盛时不再来，百年忽我遭。生存华堂处，零落归山丘。'有诗人为乐之意而无其讽。""有诗人为乐之意而无其讽"是曹植乐观情绪表达的一个重要特征。

在《名都篇》中，曹植将个人的快乐上升推崇到了极致：

> 名都多妖女，京洛出少年。宝剑直千金，被服丽且鲜。斗鸡东郊道，走马长楸间。驰骋未能半，双兔过我前。揽弓捷鸣镝，长驱上南山。左挽因右发，一纵两禽连。余巧未及展，仰手接飞鸢。观者咸称善，众工归我妍。我归宴平乐，美酒斗十千。脍鲤臇胎鰕，炮鳖炙熊蹯。鸣俦啸匹侣，列坐竟长筵。连翩击鞠壤，巧捷惟万端。白日西南驰，光景不可攀。云散还城邑，清晨复来还。

郭茂倩在《乐府》中说："名都者，邯郸、临淄之类，刺时人骑射之妙，游骋之乐，而无忧国心也。"实际上，在《名都篇》中，曹植没有任何"刺"之意图，相反铺叙了少年生活的多方面快乐，连乐极生悲的传统模式都舍弃了。诗中开篇出场的是在妖娆女子映衬下的京洛少年，身着鲜丽的衣裳，佩带着价值千金的宝剑。玩乐为斗鸡走马射猎，接下来是饮宴，喝着美酒，吃着山珍海味，宾主和谐，玩着击鞠壤的游戏。在《名都篇》中一切都推崇到极致，人物是妖女、少年，宝剑为千金之剑，射猎为"一纵两禽连"，宴饮美酒突出了斗十千的名贵，食物是"炮鳖炙熊蹯"，游戏也突出了"巧捷惟万端"。时光流逝并未带来沮丧与伤感，反而带来了"云散还城邑，清晨复来还"的期待。在这里，快乐形成了一个循环，

---

① 胡大雷：《中古"公宴诗"初探》，《广西师院学报》1997 年第 4 期。
② （三国魏）曹丕：《酒诲》。

周而复始。快乐，极致的快乐本身就成为诗歌的主题。李泽厚说："由音乐而自然景物而诗，审美和艺术常以激发人的悲哀为特征和极致，这大概是一种普遍规律也是塑造人类情感的一种方法或模式。"① 建安时期的宴饮欢聚大多也以乐极生悲为基本结构，曹植对快乐情感的张扬是对个体生命力的体认，无疑是一种开拓。曹植向有豪侠气，从《结客篇》"结客少年场，报怨洛北荒"可见一斑。正因为有豪侠气概，曹植"任性而行"，在生活中亦能追求极致纯粹的欢乐，而文人诗赋创作中对纯粹欢乐情绪的抒发，无疑在建安时期具有开创意义。

第二节　安全需求与曹植的恐惧情绪

一　安全无着的恐惧

曹植的一生以曹丕被立世子为界发生转折。曹丕被立为世子之前，曹植与曹丕虽然存在竞争关系，但总的看来关系比较和谐，此时的曹植并没有感觉到恐惧。曹丕为世子之后，曹植的处境开始发生微妙变化，后期曹操为打击曹植的势力，以防终始之变，杀掉了杨修，曹丕即位之后，更是立即杀掉了丁氏兄弟，全然不顾曹植自司马门事件开始便主动退出了夺嗣之争，从此再无争位之心。更为重要的是曹植在黄初年间获罪，几乎有性命之忧。曹丕、曹叡父子统治时期，曹植均未得到信任，猜忌不断，不安全感给曹植带来了莫大的痛苦与恐惧。

曹植这一时期的恐惧表现在他的不言和假言之中。曹植在杨修、丁氏兄弟死后均不为一言，实则为恐惧所致。曹植的恐惧也表现在言行不一的言说之中，在曹丕代汉后，曹植发服悲哭，然而所上之表中却充满了歌颂。假言比不言更表现了曹植的恐惧与不安。

在黄初年间，曹植因为与甄后的爱情获罪，在《谢初封安乡侯表》中对恐惧情绪有生动的描写。连用"忧惶恐怖""且惧且悲""精魄飞散"。"臣抱罪即道，忧惶恐怖，不知刑罪当所限齐。……奉诏之日，且惧且悲：惧于不修，始违宪法；悲于不慎，速此贬退。……臣自知罪深责重，受恩

---

① 李泽厚：《古典文学札记一则》，《文学评论》1986 年第 4 期。

无量，精魄飞散，忘躯陨命。"此虽然是在曹植受人检举获罪之时，但恐惧的情绪自杨修之死起便深植于曹植内心。在《封鄄城王谢表》中同样认为自己是"狂悖发露，始干天宪。自分放弃，抱罪终身，苟贪视息，无复睎幸。不悟圣恩，爵以非望，枯木生叶，白骨更肉，非臣罪戾所当宜蒙。俯仰惭惶，五内战悸"。可见曹植认为受罚的罪过是因己所招，于是便陷入了无法逃遁之境地。《求习业表》："虽免大诛，得归本国。"表明曹植在后期时有生命之忧。

曹植在《黄初六年令》中详细描述了黄初年间自己的处境："吾昔以信人之心无忌于左右，深为东郡太守王机、防辅吏仓辑等任所诬白，获罪圣朝。身轻于鸿毛，而谤重于太山。……反旋在国，揵门退扫，形景相守，出入二载。机等吹毛求瑕，千端万绪，然终无可言者！"表明了无人可以信任，无人再敢信任的恐惧与悲哀。此后的《写灌均上事令》："孤前令写灌均所上孤章，三台九府所奏事，及诏书一通，置之坐隅。孤欲朝夕讽咏，以自誓诫也。"将抨击自己的奏章、群臣议罪的奏事，以及皇帝定罪的诏书放在身边，朝夕讽咏，这本身就是没有安全感的表现。

曹植的不安全感一直延续到曹叡统治的后期。曹叡统治时期，曹植虽然被牢牢地禁锢在封地，然而影响还在。《魏略》曰："是时讹言，云帝已崩，从驾群臣迎立雍丘王植。京师自卞太后群公尽惧。及帝还，皆私察颜色。"京师连卞太后及群公都十分恐惧，更何况当事人曹植，其内心的恐惧可想而知。

曹植诗赋中从出现的情绪词中可以看出，"恐"字共计 7 个，"惧"共 13 个（其中"何惧泽不周"意为不惧，故不计），包括对岁月如流功业无成的恐惧："恐年命之早零"（《感节赋》），"惧天河之一回"（《感节赋》），"惧平仲之我笑"（《感节赋》），"常惧颠沛"（《责躬》）。对爱情无成的恐惧："恐疏贱而不亲"（《出妇赋》），"惧欢媾之不成"（《感婚赋》），"惧斯灵之我欺"（《洛神赋》）。另有两处为代言，津吏："畏惧风波起。"（《精微篇》）主上治国："惧声教之未厉。"（《七启》）

自身历险境仅有一处，"常恐沈黄垆"（《盘石篇》），写自己远客异乡，飘摇于淮东，常怀葬身于彼的恐惧。曹植时常借动物对危险的恐惧表达自身的恐惧。鹦鹉："常戢心以怀惧"，"恐往惠之中亏"（《鹦鹉赋》）。

蝉："惧草虫之袭予"，"恐余身之惊骇"（《蝉赋》）。龟："惧沉泥之逢殆"（《神龟赋》）。白鹤："惧冲风之难当"，"并太息而祗惧"（《白鹤赋》）。雀："欺恐舍长"（《鹞雀赋》）。鸿鹄："但恐天网张"（《失题》）。

二　恐惧的表达

1. 寓言传情

在极致恐惧的状态中，社会环境是不允许曹植用文学作品来直接表达自身情感的，因而曹植在诗赋中便借寓言来表达自己的恐惧。

以动物赋传情，在曹植的早期诗赋中就已经存在。例如《鹖赋》中赞美其"体贞刚之烈性，亮乾德之所辅""游不同岭，栖必异林"的殊特，"长鸣挑敌，鼓翼专场。逾高越壑，双战只僵"的勇猛，实则有自我比附的含义。随着曹丕被立为世子曹植失宠，尤其是曹操杀杨修之后，曹植分明感到寒意阵阵涌来，以寓言的形式传情便成为曹植经常的选择。

在《蝉赋》中，曹植借蝉喻己，写出了自己所面临的重重危机。《蝉赋》首先塑造了一个具有"淡泊而寡欲"的"贞士"特征的蝉的形象。此蝉体性"清素"、餐风饮露，"内含和而弗食兮，与众物而无求"，分明是以蝉自况，自明心志。然而高洁无欲之蝉却危机四伏："苦黄雀之作害兮，患螳螂之劲斧。冀飘翔而远托兮，毒蜘蛛之网罟。欲降身而卑窜兮，惧草虫之袭予。"黄雀、螳螂虎视眈眈，远走有蜘蛛之毒，降身有草虫偷袭。无论如何自处都难以周全，这种危境难以久居，不得不"遥迁集乎宫宇。依名果之茂阴兮，托修干以静处"。然而表面的平静与富丽堂皇却暗藏杀机，最终使蝉丧命于斯。一个冈叶不挽、无干不缘的翩翩狡童，"持柔竿之冉冉兮，运微粘而我缠"。自己"欲翻飞而逾滞兮"，越挣扎越糟糕，最终"委厥体于庖夫，炽炎炭而就燔"。

此后，"秋霜纷以宵下，晨风烈其过庭。气僭怛而薄躯，足攀木而失茎。吟嘶哑以沮败，状枯槁以丧形"，赋作结尾充满了矛盾，"委厥体于庖夫，炽炎炭而就燔"，分明已经死亡，那么怎么么会出现"气僭怛而薄躯，足攀木而失茎。吟嘶哑以沮败，状枯槁以丧形"的情形呢？这里曹植分明是运用了双结尾来表明蝉的两种结局。

山雨欲来风满楼，《蝉赋》应创作于世子位定之后，曹操去世之前，是曹植预感到会遭到曹丕的报复，内心充满恐惧与不安的作品。于是赋中出现了双结尾：其一，蝉被翩翩公子捉住，结局为"炽炎炭而就燔"而死；其二为到了秋季失去了生命力，攀木失茎，枯槁丧形，苟且地活着。而最终辞曰："《诗》叹鸣蜩，声嘒嘒兮，盛阳则来，太阴逝兮。皎皎贞素，侔夷节兮，帝臣是戴，尚其洁兮。"前文与"辞曰"之辞的不合，恰恰表现了曹植内心的猜测狐疑与矛盾，道德的高尚与遭遇的凶险形成鲜明的反差，突出了恐惧事件来临的不合理。

在曹植笔下"痛美会之中绝兮，遭严灾而逢殃"的白鹤太息祗惧、吞声不扬、离群独处、窜伏穷栖均为曹植自我流离忧惧的象征。而"冀大网之解结，得奋翅而远游"，分明是处于困境中的曹植最大的希冀。加之被箭所伤而变得"纵躯委命，无虑无求。饥食粱稻，渴饮清流"的大雁，因为畏惧天网而"雄飞窜北朔，雌惊赴南湘"的双鹄，《鹦鹉赋》中的"常戢心以怀惧，虽处安其若危"的鹦鹉，《鹞雀赋》中那得脱鹞口的公雀的喜悦，都有曹植自己在动辄得咎的处境中的小心翼翼，以及得免大诛的喜悦的影子。这些"达到了物我为一的境界"（马积高语）的动物赋，以寓言的形式表达了曹植内心最真切的恐惧。

2. 指桑骂槐

曹植把自己不被信任的原因归结为奸人间阻，虽然明知对其不信任甚至打击是曹丕、曹叡故意所为，却采取指桑骂槐的方法，将矛头对准其中的小人。其一是通过物理引出。《乐府》："胶漆至坚，浸之则离。皎皎素丝，溺色染移。君不我弃，谗人所为。"诗作开篇通过胶漆喻自己与朝廷、与君主的亲密关系之稳固，而谗人如水让其分离，接下来说自己的品性就如素丝一样纯正高洁，而谗言却使之变色。接下来引出自己的观点，君主是不会无缘无故抛弃我的，是谗人的行为使然。其二是直陈其弊。《当墙欲高行》："龙欲升天须浮云，人之仕进待中人。众口可以铄金，谗言三至，慈母不亲。愤愤俗间，不辨伪真。愿欲披心自说陈，君门以九重，道远河无津。"将矛盾直接引到了中人的谗言之上。在《赠白马王彪》中，"鸱枭鸣衡轭，豺狼当路衢。苍蝇间白黑，谗巧令亲疏"，将小人直接比作鸱枭、豺狼、苍蝇。曹植通过转移批评对象的方式使自己的诗歌得以在世上流传，然而谁都知道，任命中人的人、偏听偏信或者是主使的就是皇帝曹丕，曹植之所以指桑骂槐是因为恐惧，而背后暗指的无疑是统治者。

3. 以褒写贬

曹植后期的生活始终处于猜忌之中，对于许多事情，曹植都不敢真正表达自己的内心所想。比如曹丕禅代之后曹植十分悲伤，《三国志·魏书·苏则传》中说："初，则及临淄侯植闻魏氏代汉，皆发服悲哭。"然而表面上曹植却一再上表道贺。就在同一年曹植创作了《庆文帝受禅表》《魏德论》《魏德论讴》等贺表、赞诗，歌咏曹丕禅代是"圣德龙飞，顺天革命""明圣之德，受天显命"，个中原因曹植在"为君既不易，为臣良独难。忠信事不显，乃有见疑患"中有所透露。作为臣子，即使为人忠信，亦不能摆脱遭到猜忌的命运。因而，出于对皇帝猜忌的恐惧，曹植经常以褒写贬。

曹植对于诸王归藩的政策十分反感，《求通亲亲表》认为那是使得"婚媾不通，兄弟永绝，吉凶之问塞，庆吊之礼废，恩纪之违，甚于路人"的政策。曹植认为自己是禁锢于藩国中的"圈牢之养物"。出于恐惧，在《圣皇篇》中曹植对曹丕让诸王归藩之事以明赞实贬的方式表达了自己的见解。虽然曹植对于曹丕代汉充满了不满与忧伤，甚至到了发服悲哭的境地，可是《圣皇篇》开篇即为"圣皇应历数，正康帝道休"，赞美曹丕的禅代是应历数的行为。而"三公奏诸公，不得久淹留"又把强制诸王归藩的责任推在了三公重臣的身上，三公的理由是"蕃位任至重，旧章咸率由"。对于这样的奏章，仁慈的曹丕"沈吟有爱恋，不忍听可之。迫有官典宪，不得顾恩私"，显得十分无奈。一方面对兄弟怀有爱恋，另一方面"迫有官典宪"，被迫舍弃了自己的私情，且在后文中以"主上增顾念，皇母怀苦辛"重言加以强调，并且以"何以为赠赐！倾府竭宝珍"铺叙所赠之厚作为主上仁慈的佐证。接下来铺叙离京赴藩的车骑之盛，继而写离别，祖道东门，泪下沾缨。忧伤不可阻遏，忧伤的原因有两个，其一是"俯仰慕同生"亲人被迫离别；其二是"何时还阙庭？"会面遥遥无期。最后车轮徘徊不前，马蹄踯躅哀鸣。路人酸鼻哀伤，反衬出骨肉离别的难舍之情！

《晋书·乐志》曰："鞞舞，未详所起，然汉代已施于燕享矣。"宴飨为以酒食祭神或帝王饮宴群臣、国宾，说明鞞舞歌所演奏歌唱的场合相对庄重。《鞞舞歌·序》中说："故依前曲，改作新歌五篇。不敢充之黄门，近以成下国之陋乐焉。"可见这五首歌是作为组诗一起创作的，而且作为侯国音乐传播。五首诗分别为《圣皇篇》《灵芝篇》《大魏篇》《精微篇》《孟冬篇》，《圣皇篇》创作于黄初四年①，为曹植归藩后所作。通观全诗无一贬词，然而把《圣皇篇》放到这五首诗组合之中，便可以看出其贬义。《圣皇篇》为组诗的第一首，第二首《灵芝篇》的内容为思亲孝亲与国家的德化，《大魏篇》赞美国家昌盛，《精微篇》写民风随化移，《孟冬篇》写冬季校猎武备。除《圣皇篇》其他四首皆合乎宴飨之时赞颂的氛围。《圣皇篇》作为开篇第一首诗歌，本应集中笔墨赞美曹丕的功德，然而在《圣皇篇》中，对圣皇的赞颂却是以"九州咸宾服，威德洞八幽"一笔带过，接下来是不得不同意三公所奏诸王归藩的建议。对比《三国志·魏书·任城威王彰传》下引《魏略》："（曹彰）意甚不悦，不待遣而去。"②诸王归藩虽然有典制，然而执行并不严格，而曹丕却是毫不留情地将所有为王的兄弟驱逐出京，且派出使者监国。由此可知，曹丕的不得已完全是尽人皆知的借口，曹植便将这一借口堂而皇之地细加描写，其讽刺意味便悄然透出。此后便开始描写"文钱百亿万，采帛若烟云"的赏赐，以此引出的是因为无功受赏而"思一效筋力，糜躯以报国"。粉身报国为曹植的夙志，何况诸王中本就有军功的曹彰，本应得到支持，却不可得。接下来是壮观的归藩送行队伍，引出离别的哀伤，作者有意细写"祖道魏东门"的场景，突出了亲人离别的酸辛。由此，圣皇之圣除了空洞的赞语之外，仅剩下离别骨肉的决绝，对圣皇的赞叹便转成暗中的贬斥。

第三节　归属和爱的需要与曹植漂泊的忧伤

归属与爱的需求是"渴望同人们有一种充满深情的关系，渴望在他的团体和家庭中有一个位置"。当归属与爱的需求不能得到满足时，便"强

---

① 徐公持：《曹植年谱汇考》，范子烨编《中古文学研究·中古作家年谱汇考辑要（卷一）》，世界图书出版西安有限公司，2014，第321页。

② （晋）陈寿著，（南朝宋）裴松之注《三国志》，中华书局，1982，第557页。

烈地感到孤独、感到在遭受抛弃、遭受拒绝，举目无亲、浪迹人间的痛苦"。① 曹植的一生，爱情无成，友情只存在于人生的前期，虽属皇亲，却始终受到猜忌，亲情受到人为的阻隔。在这几种情感需求中，爱情是绝望而无法达成的，后期的友情获得需要取决于曹丕、曹叡对亲情的认可。终其一生，曹植也没有改变其名为王实为囚、圈牢之养物的命运。归属与爱的需求无法得到满足便具体表现在身体的漂泊与心灵的无处安顿两个方面。

一 曹植的漂泊状态

1. 属地的变动不居

曹植后期生活始终处于漂泊之中。《迁都赋》序："余初封平原，转出临淄，中命鄄城，遂徙雍丘，改邑浚仪，而末将适于东阿。号则六易，居实三迁。连遇瘠土，衣食不继。"曹植一直想要安定的家园，即使是在后期仍然写有《乞田表》："乞城内及城边好田，尽所赐百年力者。臣虽生自至尊，然心甘田野，性乐稼穑。"心系田园的曹植人生却始终处于漂泊之中，《转封东阿王谢表》："臣在雍丘，劬劳五年，左右罢怠，居业向定。园果万株，枝条始茂，私情区区，实所重弃。然桑田无业，左右贫穷，食裁糊口，形有裸露。"曹植在谢表中的语言充满了复杂的心境，有感激，有不舍。人们往往忽略了东阿至洛阳 500 多公里，雍丘至洛阳仅有 260 余公里，转封之后距离朝廷远了将近一倍。对于一直心向朝廷的曹植来说，更是增添了漂泊的意味。"十一年中而三徙都，常汲汲无欢，遂发疾薨"②，由此可知，曹植死亡也与漂泊的处境有关。

2. 忠心却不被信任

曹植的漂泊感不仅来自身体，还来自心灵。曹植渴望获得来自皇帝的认可，回归到真正拱卫皇室的皇亲身份。然而曹丕因为曹植的才华和早期曹操在立储方面的犹疑，对曹植始终存在猜忌，曹叡继位后对曹植仍然充满了顾忌。曹植始终处于猜忌之中而不能一展抱负，这使曹植十分苦恼。

---

① 〔美〕亚伯拉罕·马斯洛：《动机与人格》，许金声等译，中国人民大学出版社，2007，第26页。

② （晋）陈寿著，（南朝宋）裴松之注《三国志·魏书·陈王植传》，中华书局，1982，第576页。

曹植在《豫章行（其二）》中，写"周公穆康叔，管蔡则流言。子臧让千乘，季札慕其贤"。借周公的助亲，子臧、季札之间的互让来说明亲人之间更应该互相帮助、信任，互相谦让，而不要受外人流言的干扰。在《九愁赋》中，曹植代屈原陈辞，同时写出了自己"以忠言而见黜，信无负于时王"，时王却"受奸柱之虚辞"，从而"扬天威以临下，忽放臣而不疑"，忠而被谤的哀愁屈子与己同之，马积高在《赋史》中认为："此赋通篇代屈原陈辞，又处处切合时事和自己的感触，实是作者的借题发挥，故汉人拟屈之作皆不能及。"①

《成王汉昭论》中细致地讨论周公被疑于成王，而赞美昭帝不疑霍光。这些作品表面上与曹植不被信任无关，实则曹植辩诬之作甚多。在《萤火论》中分辨萤火并非鬼火与磷，而是萤与腐草之光，《萤火论》与之相类，均有相同的指向，那就是众人的理解未必为真。可见曹植力图证明表面的现象，社会悠悠众口的传言未必是真，这是曹植力图破解不被信任之困境的努力。

曹植曾经说"君子通大道"，然而他的行为有时会使自己游走于罪与罚的边缘。《责躬》："追思罪戾，昼分而食，夜分而寝"，"五情愧赧"，"忍垢苟全"。对于信而见疑，曹植也清醒地看到这是一种普遍的现象。而《当事君行》云："人生有所贵尚，出门各异情。朱紫更相夺色，雅郑异音声。好恶随所爱憎，追举逐声名。"曹植认为人之好恶各有不同，朱紫、雅郑很容易相混。曹植将避嫌疑上升到经验的层面，《君子行》："君子防未然，不处嫌疑间。瓜田不纳履，李下不整冠。叔嫂不亲授，长幼不并肩。"曹植总结出远嫌猜的四点经验，瓜田李下避偷盗之嫌，"叔嫂不亲授，长幼不并肩"来自儒家之礼，带有"非礼勿动"的意味，这种行为在日常生活中时常发生，却被先秦儒家反对。曹植此时刻意提出带有不被信任的焦虑情绪，可以说《怨歌行》中"为君既不易，为臣良独难"是其长久以来内心的感受，处于嫌疑间，不断被猜忌使其无法找回向往的亲情。

因为不被信任，曹植有时会有生存无价值的焦虑感，具有生无所恋的悲伤。曹植曾经仿《庄子·至乐篇》内容创作《髑髅说》："夫死之为言

---

① 马积高：《赋史》，上海古籍出版社，1987，第 154 页。

归也。归也者，归于道也。……偃然长寝，乐莫是逾。"当曹子想要请求上帝"反子骸形"时，髑髅感叹道："甚矣！何子之难语也。昔太素氏不仁，无故劳我以形，苦我以生，今也幸变而之死，是反吾真也。何子之好劳，而我之好逸乎？"《髑髅说》与庄子亦步亦趋，在艺术上并无特殊之处，曹植之所以仿作，显然在于与庄子认为生不如死的思想非常契合。

二　离亲与游仙

在曹植的诗文中，有大量反映漂泊忧伤的作品。比较集中的是对家族、对故乡的眷恋。

《释思赋（并序）》中便感伤"出养族父郎中"的兄弟，"亮根异其何戚，痛别干之伤心"。可见曹植早期便有极强的家族意识，对于远离家族之人表现出深切的同情。《橘赋》中感慨橘树"邦换壤别，爰用丧生"，从而"附微条以叹息，哀草木之难化"。而后期曹丕的藩国政策，更增加了曹植离乡离亲的忧伤。《归思赋》："背故乡而迁徂，将遥憩乎他滨。"因为离乡而产生深深的忧虑。《盘石篇》中写道："仰天长叹息，思想怀故邦。"叹息的原因是怀念故邦，也与离乡漂泊有关。家乡是家庭所在，对家乡的眷恋也是对家庭的眷恋。《感节赋》："岂吾乡之足顾，恋祖宗之灵丘。"《失题》："游鸟翔故巢，狐死反丘穴。"一赋一诗，表达的都是对回归家乡、回归宗族的渴望。《杂诗》中集中体现了远客他乡之人的漂泊之痛。"悠悠远行客，去家千余里。出亦无所之，入亦无所止。浮云翳日光，悲风动地起。"客子远游，离家千里之外，出门不知到哪里去，回来也无处止泊。一切都失去了意义，心灵无处栖息。自己的忧伤仿佛也感染了天地，浮云遮住了象征着光明和希望的太阳，世界一片昏暗，悲啸的风动地而起，而这一切都源于远客异乡，漂泊在外。

在游仙诗中，曹植通过营造虚幻世界表达在现实中失去家园的漂泊感。漂泊"它向人们展示的是生命的意义，是陷入困境下的个人对归宿的询问"[1]，曹植询问的结果显然不在此岸，"昆仑本吾宅，中州非我家"[2]。于是，曹植习惯以游仙主题表达一种安适于彼岸的情绪。

---

[1]　张法：《中国文化与悲剧意识》，中国人民大学出版社，1989。
[2]　《远游篇》。

首先，游仙诗中，曹植塑造了令人向往的神仙世界。

曹植的游仙诗包括 7 首五言诗、2 首四言诗、2 首杂言诗。在《平陵东》中写乘龙采灵芝，从而长生不老——年若王父无终极。在《飞龙篇》中同样是遇仙"授我仙药""教我服食"，最终达到"永世难老"。《桂之树行》以"上有栖鸾，下有蟠螭"的景物奇观开篇，继而写真人讲仙，方式为服食与"淡泊、无为、自然"的道家哲学，继而便可以去留万里，"穷极地天"。在《仙人篇》中，作者将游宴诗与游仙诗完美结合，写玩乐——"仙人揽六箸，对博太山隅"；写音乐——"湘娥拊琴瑟，秦女吹笙竽"；写美味佳肴——"玉樽盈桂酒，河伯献神鱼"；写游赏——"阊阖正嵯峨，双阙万丈余"；而对于"人生如寄居"的矛盾，最好的方法自然是"潜光养羽翼"，最终能够像轩辕大帝一样，"乘龙出鼎湖"成仙而去。曹植在《升天行（其二）》中写游观仙境奇景、日出之地，有"愿得纡阳辔，回日使东驰"使时光倒流的想法。曹植在游仙诗中塑造了一个完整的快乐神仙世界。

其次，曹植的游仙是现实中无处止泊的心灵的替代。

现实世界不如意，神仙世界是美好的，游仙便有了逃离现实追寻理想家园的意味。在《五游咏》中开篇便写"九州不足步"，作为"愿得陵云翔"的原因，在故作潇洒之外，现实社会中的局促隐隐透出。继而写游历见天地奇观，遇仙得药，长生不老。《苦思行》中的景物减少了奇异性，"绿萝缘玉树""郁郁西岳颠，石室青青与天连"是与现实世界极为接近的环境。诗歌突出了遇仙，但是将遇仙转化为遇真人、隐士，最终的"教我要忘言"将游仙与道家老庄融合在一起，提供了另外一种出世的方式。

《驱车篇》开篇以现实入手，写游仙成为一种理由，一种掩盖。"驱车挥驽马，东到奉高城"，在诗中出现的交通工具并不是神龙，也不故意省略，而是驽马，一下便把游仙这种充满玄幻色彩的行为拉回到现实。继而对泰山的雄壮的描写具有写实特点，突出泰山作为封禅之地与皇权的关系，"王者以归天"，"封者七十帝"，最终歌咏黄帝的成仙，"同寿东父年，旷代永长生"。表达的情绪中自然含有被排挤在朝廷之外，终生不可能有参与封禅这样具有象征性的大典的遗憾。

游仙诗中对安适情绪的表达非常节制，其中很少出现"欢乐"这样的情绪词，这就更加突出了现实中的心灵安顿的艰难。《游仙》专注于游，写四方上下的游历，极力铺叙行游之远，甚至连具体景物如何都不屑于表现。开篇"人生不满百，岁岁少欢娱"使游历本身成为一种消解忧伤的形式。《善哉行》同样将宴饮与游仙结合在一起，诗中出现了"今日相乐，皆当喜欢"，人生短暂、及时行乐的劝慰，"弹筝酒歌"饮宴因素，夹杂着遇仙得药、驾龙游观的正题。诗中出现了游仙诗中唯一的正面谈到快乐的词句，"今日相乐"且已经能够得药游历，诗歌却没有单纯按照快乐的情绪发展，"愁无灵辙，以救赵宣"，"欢日尚少，戚日苦多"，使游仙成为愁苦的避风港。"对时间和生命较敏感者，往往沉溺于神话世界，以之作为观照冥想的对象。"① 曹植对生命极其敏感，同时曹植也并不完全相信神仙的存在。曹植创作的游仙诗成为心灵寄托，体现了人世间无可留恋的漂泊感。

三 蓬草意象的营铸

"意象是经作者情感和意识加工的由一个或多个语象组成、具有某种意义自足性的语象结构，是构成诗歌本文的组成部分。"② 由语象到意象需要情感与意识的加工，曹植对于漂泊情感的表达便选择了蓬草作为象征。"蓬"很早就进入诗赋中，《诗经·伯兮》中有"自伯之东，首如飞蓬"句。蓬，为蓬蒿，取其乱状，不能称之为意象。建安时期，转蓬开始受到重视，曹操诗中已经出现转蓬："田中有转蓬，随风远飞扬。长与故根绝，万岁不相当。"③ 曹植更是在文中多次用蓬，除去 2 处指地名蓬莱外，尚有 14 处用其本意，具体为：

《愍志赋（并序）》：去君子之清宇，归小人之蓬庐。

《赠徐干》：顾念蓬室士，贫贱诚足怜。

《王仲宣诔》：潜处蓬室，不干势权。

《朔风》：风飘蓬飞，载离寒暑。

《说疫气》：悉被褐茹藿之子，荆室蓬户之人耳！

《盘石篇》：盘石山巅石，飘飖涧底蓬。

---

① 刘岱编《中国文化新论·文学篇二：意象的流变》，三联书店，1992。
② 蒋寅：《语象·物象·意象·意境》，《文学评论》2002 年第 3 期，第 94 页。
③ （汉）曹操：《却东西门行》。

《文帝诔》：拔才岩穴，取士蓬户。

《吁嗟篇》：吁嗟此转蓬，居世何独然！

《大司马曹休诔》：好彼蓬枢，甘彼瓢箪。

《杂诗（其二）》：转蓬离本根，飘飘长随风。

《借田说》：刺藜、臭蔚，弃之乎远疆，此亦寡人之所远佞也。

《前录自序》：质素也如秋蓬，摛藻也如春葩。

《谏取诸国士息表》：蓬户茅牖，原宪之宅也。

《感节赋》：愿寄躯于飞蓬，乘阳风而远飘。

其中 7 次用蓬室、蓬户、蓬枢，代指贫穷；用飘飞的飞蓬的共计 5 处；此外尚有 1 处意为无用的杂草以表否定，1 处表其质素。"意象是融入了主观情意的客观物象，或者是借助客观物象表现出来的主观情意。"① 在这些物象中，蓬草与房屋相结合表示贫穷，蓬草作为杂草，具有质素的特点，是蓬草特征的自然体现，并没有融入过多的主观情谊。飞蓬则不然，曹植将自身的情感附于飞蓬之上，对其进行了意象化的熔铸。早在《感节赋》中，曹植便注意到蓬草随风远飘的特征，"愿寄躯于飞蓬，乘阳风而远飘。亮吾志之不从，乃拊心以叹息"。身体并不可能寄托在飞蓬之上，作者偏要如此想象，分明是说自己连飞蓬都不如，普通的蓬草尚能随风飘扬至高远之地，而自己只能居处一处，毫无上升的希望。此后曹植在蓬草中寄托了身不由己之情意，使随风飘荡的蓬草进一步意象化。

在《盘石篇》中开篇就写道："盘石山巅石，飘飘涧底蓬。我本泰山人，何为客淮东？"眼前之景光怪陆离，"蚌蛤被滨涯，光采如锦虹。高彼陵云霄，浮气象螭龙。鲸脊若丘陵，须若山上松"，华丽至极、壮丽至极然而却与崩缺的岸岩、汹汹的湖水联系起来。加之"呼吸吞船棹，澎濞戏中鸿"，巨鲸给人带来了巨大的不安，想要乘舟"一举必千里"，又充满了忧虑，"常恐沈黄垆，下与鼋鳖同"。游历四方"南极苍梧野，游盼穷九江"。最终"仰天长叹息，思想怀故邦。乘桴何所志？吁嗟我孔公"。分明是归乡不得、远游无方、漂泊不定的悲哀，这种情感与文中的飘摇的蓬草最为相合。

《杂诗（其二）》中，将"捐躯远从戎"之人称为"游客子"，而且以

---

① 袁行霈：《中国古典诗歌的意象》，《中国诗歌艺术研究》，北京大学出版社，1987。

离开本根的蓬草喻之，"转蓬离本根，飘飘长随风。何意回飙举！吹我入云中。高高上无极，天路安可穷"。在这首诗中，作者对蓬草离开本根随风飘荡进行细节描写，写蓬草被大风无奈地吹到高处，而这条路却是没有尽头的。在"何意回飙举"之后，接"吹我入云中"，一个"我"字，将自我的情感投射到蓬草之中，"去去莫复道，沈忧令人老"便同时有游客子、蓬草，还有自我的伤悼。

在《吁嗟篇》中更是完全以蓬草为中心，完成了对蓬草融入漂泊情感构成意象的建构。

> 吁嗟此转蓬，居世何独然！长去本根逝，夙夜无休闲。东西经七陌，南北越九阡。卒遇回风起，吹我入云间。自谓终天路，忽然下沈泉。惊飙接我出，故归彼中田。当南而更北，谓东而反西。宕若当何依？忽亡而复存。飘飘周八泽，连翩历五山。流转无恒处，谁知吾苦艰！愿为中林草，秋随野火燔。糜灭岂不痛？愿与株荄连。

开篇便感叹转蓬的命运，离开本根的蓬草"长去本根逝，夙夜无休闲。东西经七陌，南北越九阡"，时间上宿夜无休地飘摇，空间上"东西经七陌，南北越九阡"，继而是写自己的身不由己，"卒遇回风起，吹我入云间。自谓终天路，忽然下沈泉。惊飙接我出，故归彼中田"。无论是高飞，还是沉泉，直至归田，都不是自己能够主宰的。甚或是与己意相违，"当南而更北，谓东而反西。宕若当何依？忽亡而复存"，形式上"飘飘周八泽，连翩历五山"，而内心却是"流转无恒处，谁知吾苦艰"。最后，以蓬草的口吻点出自己的愿望："愿为中林草，秋随野火燔。糜灭岂不痛？愿与株荄连。"在这首诗中，蓬草经过作者的情感的融铸，具有了漂泊不定、无法把握自己命运、离根之痛的特征，是情感与物象的融合，具有了自足性。

第四节　曹植的自我实现无法达成的焦虑与忧伤

曹植对自己的人生目标有着清晰的认识，早在《与杨德祖书》中，曹植就对自己的志向有着明确的表达——"勠力上国，流惠下民，建永世之

业，流金石之功"。由于特殊的人生经历，终其一生，曹植都没能一展抱
负，由此，形成了贯穿曹植整个后期无法排遣的焦虑与忧伤。

一　曹植的自我实现目标

从曹植的追求和实践可以看出，其自我实现的目标如下。

1. 列有职之臣，赐须史之问

为朝廷重臣是很多人实现自我的梦想，曹植也不例外。曹丕即位魏王
之后，曹彰便认为自己有军功，可得留用，最终，曹彰亦需归藩，以致愤
愤。曹植在《求通亲亲表》中，明确表示"执鞭珥笔，出从华盖，入侍辇
毂，承答圣问，拾遗左右，乃臣丹情之至愿，不离于梦想者也"。可见，曹
植一直拳拳于心的是能成为朝廷股肱之臣，为朝廷出谋划策，以尽己材。

2. 拱卫朝廷

后期曹植作为藩王，清醒地认识到王朝潜伏着异姓称王的危机，曹植
希望能成为真正的辅弼。对于曹丕、曹叡重用异姓的事实，曹植指出：
"权之所在，虽疏必重；势之所去，虽亲必轻。"并且列举古代取齐分晋的
都是异姓而不是宗族以警醒曹丕，同时指出异性之臣"吉专其位，凶离其
患"的特征。而公族之臣有"存共其荣，没同其祸"的优势，表达力与皇
帝共同"践冰履炭，登山浮涧，寒温燥湿，高下共之"的心愿，这样便可
保证王朝不至于生变。

3. 统一国家

现实世界中国家尚未统一，国家不安定使曹植忧心。"东有覆败之军，
西有殪没之将，至使蚌蛤浮翔于淮泗，鼲鼬喧哗于林木。臣每念之，未尝
不辍食而挥餐，临觞而扼腕矣。"在《求自试表》中说："顾西尚有违命之
蜀，东有不臣之吴，使边境未得脱甲，谋士未得高枕者，诚欲混同宇内，
以致太和也。"曹植希望能够建立些许军功，"须臾之捷，以灭终身之愧，
使名挂史笔，事列朝荣"，即使"身分蜀境，首悬吴阙，犹生之年也"。曹
植对自己的能力是自信的："臣生乎乱，长乎军，又数承教于武皇帝，伏
见行师用兵之要，不必取孙吴而暗与之合。"① 曹植对统一事业十分关注，

---

① 《陈审举表》。

即使不在其位，亦谋其政。《征蜀论》《谏伐辽东表》对于国家统一的政策提出自己的见解，反对"不息邦畿之内，而劳神于蛮貊之域"。在《与司马仲达书》中，迫切地建议其主动出击，统一江南。曹植不在其位，亦谋其政，不避嫌猜地将统一国家当作自己的志向之一。

4. 得不朽之名

曹植十分重视身后之名，《令禽恶鸟论》明确指出："鸟兽昆虫犹以名声见异，况夫吉士之与凶人乎？"《任城王诔》中借评价曹彰提出自己的观点："凡夫爱命，达者徇名。王虽蘧徂，功著丹青。人谁不没，贵有遗声。"曹植的功名思想往往是合二为一的，在《自试表》中曹植不甘心："今臣文不昭于俎豆，武不习于干戈，而窃位藩王，尸禄东夏，消损天日，无益圣朝"，"臣闻士之羡永生者，非徒以甘食丽服，宰割万物而已。将有补益群生，尊主惠民，使功存于竹帛，名光于后嗣"。在《求自试表》中说："今臣无德可述，无功可纪，若此终年，无益国朝，将挂风人彼己之讥。是以上惭玄冕，俯愧朱绂。"同时"如微才弗试，没世无闻，徒荣其躯而丰其体，生无益于事，死无损于数。虚荷上位而忝重禄，禽息鸟视，终于白首，此徒圈牢之养物，非臣之所志也"。"志欲自效于明时，立功于圣世。每览史籍，观古忠臣义士，出一朝之命，以殉国家之难，身虽屠裂，而功勋著于景钟，名称垂于竹帛，未尝不拊心而叹息也。""常恐先朝露，填沟壑，坟土未干，而身名并灭。"可见在曹植的心目中痛苦的来源主要是尸位素餐，忧惧的是"无益国朝，将挂风人彼己之讥"，对功名的重视远远超过自己的生命。

由于曹植始终受到猜忌，后期过着"每四节之会，块然独处，左右唯仆隶，所对惟妻子，高谈无所与陈，发义无所与展"的生活。在这里曹植最不能消受的不是孤独，而是"高谈无所与陈，发义无所与展"的人生无价值的空落感。

曹植自我实现的梦想无缘实现，便将日常生活政治化聊以自慰。在《借田说》中，曹植将借田比作治国，初看兴味盎然，深究则心酸满目。开篇便指出自己将兴田，"欲以拟乎治国"。公田为封疆，"日殄没而归馆，晨未昕而即野，此亦寡人之先下也。菽藿特畴，禾黍异田，此亦寡人之理政也。及其息泉涌，庇重阴，怀有虞，抚素琴，此亦寡人之习乐也。兰、蕙、荃、蘅，植之近畴，此亦寡人之所亲贤也。刺藜、臭蔚，弃之乎远疆，此亦寡人之所远佞也"。在藩国治理上，从《黄初五年令》中可以看出，曹植把小小的藩国比之唐尧、汤武之地，把种植田园比作治国理政，内中寄托可想而知。

曹植知道自己的志向很难实现，退而求其次，希望能够将自己的《陈审举表》"藏之书府，不便灭弃"，身死之后，或可有所启发，甚至希望能够"还部曲，罢官属，省监官，使解玺释绂"，从而能够"荡然肆志，逍遥于宇宙之外"，实际上已经是绝望之下的无可奈何之举。

二 功业无成焦虑的诗赋表达

1. 对及时建功立业的渴望与功业难成的忧伤

"深刻的焦虑是作家对自我现存在及其最内在困境所体验的不安和恐惧。创作家在其作品所透露出来的焦虑，一方面指向作家身外的社会文化，另一方面又指向创作家内在的个体文化心理，即是说，最能摇撼我们心灵的焦虑，常常是作家在其最直接的存在困境中的一种自我叩问、自我深省乃至自我批判。"[1] 在《薤露行》中，曹植写道："人居一世间，忽若风吹尘。"天地流转，人生在世就如风吹尘土一样迅捷。想要实现自己的价值，"愿得展功勤，输力于明君"，自认有着王佐之才，"怀此王佐才，慷慨独不群"，并能够尊崇主上，"鳞介尊神龙，走兽宗麒麟。虫兽岂知德，何况于士人"。建立功业的方式，是"骋我径寸翰，流藻垂华芬"。

曹植正面写自己的征战经历，《失题》："皇考建世业，余从征四方。栉风而沐雨，万里蒙露霜。剑戟不离手，铠甲为衣裳。"[2] 虽然仅仅是从征，曹植也自豪无比，因为向往这种生活，所以形诸歌咏。

实现自己的理想已经成为曹植生活的中心，在《应诏》诗中，得以应诏聚会京师，曹植内心无比欣悦："肃承明诏，应会皇都。星陈凤驾，秣马脂车。"可是到达京师之后因为没有受到皇帝的召见忧心忡忡："嘉诏未赐，朝觐莫从。仰瞻城阈，俯惟阙庭。长怀永慕，忧心如醒。"《当欲游南山行》从朝廷的角度出发："长者能博爱，天下寄其身。大匠无弃材，船

---

① 周宪：《文学创作与焦虑体验》，《文艺理论研究》1990 年第 1 期。
② （宋）李昉等撰《太平御览》卷三三九，中华书局，1960。

车用不均。锥刀各异能，何所独却前。嘉善而矜愚，大圣亦同然。"《豫章行（其一）》则从个人的角度出发，认为圣人都有穷困之时："虞舜不逢尧，耕耘处中田。太公不遭文，渔钓终渭川。不见鲁孔丘，穷困陈蔡间。周公下白屋，天下称其贤。"形成了一个独立的闭合结构，表达了曹植渴望得到朝廷起用的心境。

曹植对有志不遂的状态十分不满，自认是不得时，《言志诗》："庆云未时兴，云龙潜作鱼。神鸾失其俦，还从燕雀居。"曹植自认为天上的龙与鸾凤，只因为未得其时暂做鱼与燕雀。《天地篇》中直接点出"俱为时所拘，羁绁作微臣"。功业难成的消解方式为保持高洁的品格。《九咏》："民生期于必死，何自苦以终身！宁作清水之沈泥，不为浊路之飞尘。"以道德的超越完成功业难成的忧郁的消解。《玄畅赋（并序）》中"嗟所图之莫合，怅蕴结而延伫"，明知自己不可能鹏举抟天、青云奋羽，"弘道德以为宇，筑无怨以作藩。播慈惠以为圃，耕柔顺以为田。不愧景而惭魄，信乐天之何欲"，以信守道德、自然柔顺处之。

2. 通过塑造一心功业、至死不悔的志士形象，寄托自己建功立业之情

胡大雷认为在对汉乐府注重叙事特征改造之中，"曹植的贡献最大"，其中原因之一就是"他在乐府诗中创造出一种似我非我、非我似我的新型艺术形象，在传统吟咏他人之事的乐府诗里表现自我，叙写出带有强烈自我意识的自我之事，同时又具有虚构性的他人之事的全部丰富曲折"①，比如《白马篇》：

> 白马饰金羁，连翩西北驰。借问谁家子？幽并游侠儿。少小去乡邑，扬声沙漠垂。宿昔秉良弓，楛矢何参差。控弦破左的，右发摧月支。仰手接飞猱，俯身散马蹄。狡捷过猴猿，勇剽若豹螭。边城多警急，虏骑数迁移。羽檄从北来，厉马登高堤。长驱蹈匈奴，左顾陵鲜卑。弃身锋刃端，性命安可怀。父母且不顾，何言子与妻。名在壮士籍，不得中顾私。捐躯赴国难，视死忽如归。

---

① 胡大雷：《中古文学研究·〈文选〉诗研究》，世界图书出版西安有限公司，2014，第313~314页。

在中国诗歌史上，第一次塑造了决心为国捐躯的游侠形象。游侠与曹彰、曹植的身份均不完全相符，无论其是否以曹彰为原型，其中蕴含的一往无前的意志、潇洒英武的个人形象，都是文学史上的伟大创造，寄托了作者舍身报国的心志。曹植塑造的是极具代表性的个体，是曹植将自己的报国之志寄托在游侠儿身上的一种体现，作者以此将报国志士形象与其原型曹彰拉开距离，从而突出自我情感的表达。

3. 直抒胸臆的表达方式

曹植自言"雅好慷慨"，直抒胸臆是建安诗歌的特征，也是曹植言志诗的突出特征：

杂诗

仆夫早严驾，吾行将远游。远游欲何之？吴国为我仇。将骋万里途，东路安足由。江介多悲风，淮泗驰急流。愿欲一轻济，惜哉无方舟。闲居非吾志，甘心赴国忧。

诗歌开篇便急切地要求仆夫早整车驾，自己要"将骋万里途"去平定吴国之仇，然"愿欲一轻济，惜哉无方舟"，自己的愿望无法达成，也要"闲居非吾志，甘心赴国忧"。全诗虽然有想象，有场景，将人生的阻隔化为淮泗的阻隔，然而却把自己的愿望、自己的希冀，以及愿望无法达成时的心态直陈而出，个体的思想成为被表现的对象，具有了自足的价值。在《杂诗》（飞观百余尺）中，也表明了自己"国仇亮不塞，甘心思丧元。抚剑西南望，思欲赴太山"的人生志向。

4. 曹植善于通过对比的手法书写自己的不得志

曹植对自己的才能十分自信，骄然不群。如《鰕鳝篇》：

鰕鳝游潢潦，不知江海流。燕雀戏藩柴，安识鸿鹄游。世士诚明性，大德固无俦。驾言登五岳，然后小陵丘。俯观上路人，势利惟是谋。仇高念皇家，远怀柔九州。抚剑而雷息，猛气纵横浮。泛泊徒嗷嗷，谁知壮士忧。

开篇以只知游潢潦的鰕鳝与只能戏于藩柴的燕雀作为能力见识不足的

一方，而与可以游于江海的巨鱼、翱翔蓝天的鸿鹄相对比，从而"势利惟是谋"的上路人与自己形成对比，突出自己"仇高念皇家，远怀柔九州"的远大之志，以及"抚剑而雷息，猛气纵横浮"的英雄气概。

在曹植的赋中，又时常通过哀乐对比写自我的忧伤，使哀乐倍增。《游观赋》"静闲居而无事，将游目以自娱"情感的表达十分节制。"登北观而启路，涉云际之飞除。从罴熊之武士，荷长戟而先驱。罢若云归，会如雾聚。车不及回，尘不获举。奋袂成风，挥汗如雨"，想象中场面浩大与自我闲居无用的状态形成鲜明对比，其渴望建功立业的焦灼，溢于言表。在《闲居赋》中开篇感叹自己的忧伤："何吾人之介特，去朋匹而无俦。出靡时以娱志，入无乐以销忧。何岁月之若骛！复民生之无常。"叙述登临远观的原因，眼前之景是如此美好，"翡翠翔于南枝，玄鹤鸣于北野。青鱼跃于东沼，白鸟戏于西渚"。乐景衬哀情。虽为残篇，我们也可以想见其倍增哀乐的特征。在《临观赋》中，更是明确地提出"乐时物之逸豫，悲予志之长违"，可见曹植写"春风畅而气通灵，草含干兮木交茎。丘陵崛兮松柏青，南园蔓兮果载荣"之美景，与"进无路以效公，退无隐以营私。俯无鳞以游遁，仰无翼以翻飞"，志不获遂的哀情，二者所形成的对比是有意为之。

曹植在诗赋中表现了大量的自我情绪，其中包括开创性地抒发纯粹欢乐的情绪；因为安全无着，曹植以寓言、指桑骂槐、以褒写贬的方式表达着自己的恐惧情绪；因为生存之地变动不居，忠心耿耿却不被信任，曹植的内心充满了漂泊的忧伤，这种忧伤曹植通过对离亲的书写、对神仙世界的向往，以及蓬草意象的营铸传递了出来。曹植很早就有"勠力上国，流惠下民，建永世之业，流金石之功"的志向，却始终未能实现，有着难以排遣的焦虑。他渴望被"列有职之臣，赐须臾之问"，渴望能够拱卫朝廷、助朝廷一统天下，渴望能够获得不朽之名，然而对曹植来说这些都是镜花水月，曹植或直抒胸臆抒发对功名的渴望，或塑造一心功业、至死不悔的英雄形象，或以对比的手法书写自己的不得志，表达了自己内心的焦虑。

第七章

曹植在诗赋情志分离过程中的贡献

钱穆在《中国学术思想史论丛》中说："盖建安文学之所由异于前者，古之为文，则莫不于社会实际事务有某种特定之应用，经史百家皆然。故古有文章而无文人。……有文人，斯有文人之文。文人之文之特征，在其无意于在人事上作特种之施用。其至者，则仅以个人自我作中心，以日常生活为题材，抒写性灵、歌唱情感。"建安诗歌正处于从空泛言志至穷情写物的转变时期。曹植恰恰是这一转变的核心，他的诗赋代表着建安时期"抒写性灵、歌唱情感"的最高成就。同时曹植对于抒情的观点分散于他的书信、诗序、赋序和诗赋创作中，构成了曹植在诗赋缘情方面独特的贡献。

第一节　曹植诗赋缘情之作的成就

一　曹植诗赋对情感世界的整体性建构

"曹植真切地抒写了自己内心的苦闷，从而使建安诗歌在刻画人物内心世界上大大地深入了一步，艺术的表现因而也更为细腻。在中国文学史上，像曹植这样充沛地展示了一个失意个性之内心世界的诗人文士，此前，还只有屈原一人。"① 比较屈原和曹植的抒情，屈原只是集中抒发自我

---

① 王钟陵：《中国中古诗歌史——四百年民族心灵的展示》，人民出版社，2005，第183～184页。

的失意，对其他情感状况表现甚少，曹植却以自己的诗赋创作展现了失意文人完整的内心世界。这里不仅有人生功业无法实现的苦闷，还有爱情追求短暂的欢欣，有因为没有良媒无法随心所愿的长久忧伤，甚至有天网——现实的伦理与政治制度对爱情压制所带来的惊恐；有朋友欢聚的快乐，有离别的忧伤，有对友人的劝慰，有友人遇难自己无力救援的无奈与凄凉。在亲情方面，更是渗透了对亲人的关爱、思念与体贴，同时亦有对亲人离隔的不解与对小人间阻的愤恨。这些共同构成了一个完整的世俗的文人情感世界。

二 曹植的诗赋创作情感表达的质量亦首屈一指

对于曹植的诗赋创作，不仅同时期的杨修、刘桢等人大加赞叹，而且在诗赋《文选》入选的数量和位次中也可见其重要性。《文选》情类赋中，所选赋作除宋玉之外，最具代表性的便是曹植的《洛神赋》。而在代表欢宴的公宴诗中，曹植竟然超越了王粲排在了首位，按照年龄顺序来看表面上是不合情理的，实则此处之误，从侧面反映了萧统对曹植诗歌的看重。祖饯诗亦以曹植的《送应氏》二首为先。哀伤之类，也选了曹植的《七哀》作为代表。在赠答类中选曹植诗歌 6 首，分为赠友、赠弟两种，在所有作家中选诗最多。从《文选》对曹植的推崇可以看出，曹植诗赋缘情的成就受到后世的重视。

三 曹植重视自我的情绪抒发

曹植十分重视情绪。考察曹植诗赋中的代表性情绪词，可得如下词句（表 7）。

表 7 曹植诗赋中的代表性情绪词

情绪词	词句	情绪词	词句
悲	（才人妙妓）悲歌 悲风 （蛰虫）悲鸣 （男子）悲良媒之不顾 （男子婚姻遇阻）悲莫悲于生离 （鸟）悲鸣。悲鸣	乐	众宾进乐方 予乐恬静 予闻君子乐奋节以显义 乐鸳鸯之同池 展宴好兮惟乐康 信乐土之足慕

续表

情绪词	词句	情绪词	词句
悲	（弃妇筝音）要妙悲且清 （弃妇）悲惊 （左右）悲而失声 （思女男子）愁惨惨以增伤悲 悲心 百鸟之悲鸣 马悲鸣 悲一别之异乡 烈士多悲心 弦急悲声发 黄鸟为悲鸣 悲风 高树多悲风 少年见雀悲 思孤客之可悲 悲性命之攸遭 （马）悲鸣 （我）悲啸 怆矣其悲 心悲 心悲 悲风 愁思妇，悲叹 我悲 太仓令自悲 此曲悲且长 悲风 秋气悲 悲歌 流波之悲声 悲予志之长违 悲风 孤客之可悲 悲命赋 □于今之可悲	乐	（蝉）独怡乐而长吟 惟耽乐之既阕 生时等荣乐 岂无和乐 乐时泽之有成 信乐天之何欲 匪徇荣而愉乐 乐我稷黍 和乐如瑟琴 好乐和瑟琴 乐饮过三爵 陛下长寿乐年 陛下长欢乐 今日乐相乐 乐饮过三爵 乐有余 和乐欣欣 乐哉未央 乐时泽之惠休 乐时物之逸豫 取乐今日 今日相乐
哀	（鸳鸯）哀鸣 哀莫哀于永绝 哀爱惠之中零 哀吾愿之不将 （鹦鹉）哀鸣 哀草木之难化	欢	为欢未溱 为欢未央 惧欢媾之不成 望所欢之攸居 叙嘉宾之欢会 王子欢自营。欢怨非贞则

情绪词	词句	情绪词	词句
哀	哀黔首之罹毒 哀哉伤肺肝 （白鹤）哀鸣 （孤雁）哀吟 心惨毒而含哀 哀后施之不遂 哀予小子 （洛神）声哀厉而弥长 哀一逝而异乡 七哀 悲叹有余哀 慕牛山之哀泣 哀余身之无翼 哀魂灵之飞扬	欢	凯风发而时鸟欢 戚戚少欢娱 无良媒以接欢兮 不若故所欢 欢爱在枕席 往古皆欢遇 左右咸欢康 陛下长欢乐 欢坐玉殿 任意交属所欢 欢笑尽娱 弃我交颈欢 欢会难再逢 皆当喜欢 欢日尚少
怨	宝弃怨何人 怨北辰之潜精 （鹦鹉）怨身轻而施重 （龟）欲诉怨于上帝 丁生怨在朝 欢怨非贞则 怨曜灵之无光 怨和璞之始镌 怨伶夔之不存 筑无怨以作藩 亮无怨而弃逐 怨盛年之莫当 怨彼东路长 怨女复何为 怨歌行 报怨洛北荒	喜	林修茂而鸟喜 罗家得雀喜 喜霁赋 群臣拜贺咸悦喜 众喜填门至 喜雨 喜同车 皆当喜欢
恐	恐疏贱而不亲 恐往惠之中亏 恐余身之惊骇兮 常恐沈黄垆 欺恐舍长 恐年命之早零 但恐天网张	怒	发怒穿冠

续表

情绪词	词句	情绪词	词句
惧	惧声教之未厉 何惧泽不周 惧欢媾之不成 （鹦鹉）常戢心以怀惧 （蝉）惧草虫之袭予 （龟）惧沉泥之逢殆 （白鹤）惧冲风之难当 并太息而祗惧兮 常惧颠沛 惧斯灵之我欺 畏惧风波起 惧天河之一回 惧平仲之我笑		

据表 7 统计，悲哀共计 61 处，欢乐喜共计 57 处，恐惧共计 20 处，怨怒共计 17 处，其中怨 16 处、怒 1 处，共计 155 处。曹植之前还没有任何文人在诗赋创作中运用如此之多的情绪词。有时一篇之中，情绪词叠见。文人个人的情绪扑面而来，为此后的抒情奠定了坚实的基础。

从曹植诗赋统计中可以看出，曹植用得最多的情绪词是"悲"，而悲中突出了声响带来的悲感。包括悲风 5 处，悲鸣 6 处，分别为鸟悲鸣 3 处，马悲鸣 2 处，虫悲鸣 1 处；此外尚有音乐之悲 3 处，歌声之悲 1 处，流水之悲 1 处。加上与之相近的哀，鸳鸯、鹦鹉、白鹤的哀鸣，孤雁的哀吟，可谓悲哀之声盈耳。曹植借此写外界特别是自然界的鸟的悲鸣唤起了自我情绪的共鸣，天人合一，形成了一个忧伤的世界。

快乐情绪的自觉抒发在曹植诗赋中亦十分突出。在具体的情感中我们可以看到曹植并不是偶然创作了纯粹欢乐情感的作品，而是有着明确的理论支撑。在《赠丁廙》中曹植明确地表达了快乐与儒家思想的相合：

嘉宾填城阙，丰膳出中厨。吾与二三子，曲宴此城隅。秦筝发西气，齐瑟扬东讴。肴来不虚归，觞至反无余。我岂狎异人，朋友与我俱。大国多良材，譬海出明珠。君子义休偫，小人德无储。积善有余庆，荣枯立可须。滔荡固大节，世俗多所拘。君子通大道，无愿为世儒。①

在《赠丁廙》中，曹植在诗尾提出自己的观点，不要像世俗之人一样多拘泥于小节，只要胸怀坦荡固守大节即可，君子要通于大道，不要做那种俗儒。我们可以注意一下这种观点提出的背景，也就是在与朋友一起饮美酒、品佳肴，秦筝、齐瑟同奏，西气、东讴并响的享乐之时。与友人共同享乐本身是俗儒所非议的，曹植在观念上明确了生理快乐与儒家之道并不矛盾。对情感从压抑转为表达与赞赏，为快乐情绪的表达扫清了障碍。

第二节　曹植的情感理论

曹植并没有专门的情感理论。其关于情感的观点散见于书信、赋序、诗赋中。

一　曹植认为人的情思皆有价值

对于文学的接受，曹植认为"人各有好尚"。曹植认为："兰茝荪蕙之芳，众人所好，而海畔有逐臭之夫。《咸池》《六茎》之发，众人所乐，而墨翟有非之之论。岂可同哉？"这主要在于对内容和形式的接受而言，其中自然包括情感。也就是曹植认为文学是可以表达不同情感的，文学传递出来的不同情感，都有存在的价值。在此之后，曹植进一步明确："夫街谈巷说，必有可采；击辕之歌，有应风雅；匹夫之思，未易轻弃也。"强调了下层民众思想与情感的可取之处。

二　曹植认为辞赋创作并非为了"揄扬大义"

对于文体的作用，曹植认为"辞赋小道，固未足以揄扬大义，彰示来世也"。认为自己的志向是"勠力上国，流惠下民，建永世之业，流金石之功。岂徒以翰墨为勋绩，辞赋为君子哉？若吾志未果，吾道不行，则将采庶官之实录，辩时俗之得失，定仁义之衷，成一家之言，虽未能藏之于

---

① 傅亚庶注译《三曹诗文全集译注》，吉林文史出版社，1997，第584页。

名山，将以传之于同好"。

对此人们的见解基本上是有褒有贬。一般说来，人们褒扬的是前半部分曹植所认为的"辞赋小道"。许多人为之辩解，其中以鲁迅的辩解最具代表性："据我的意见，子建大概是违心之论。这里有两个原因，第一，子建的文章做得好，一个人大概总是不满意自己所做而羡慕他人所为的，他的文章已经做得好，于是他便敢说文章是小道；第二，子建活动的目标在于政治方面，政治方面不甚得志，遂说文章是无用了。"①鲁迅先生的说法在两方面都稍有欠缺，其一，曹植的确有"不满意自己所做而羡慕他人所为"的心理，然而这并不是作者所说"辞赋小道"的原因，作者此时是在将自己所写送予杨修讥弹，想必这种行为在当时亦属少见，所以曹植才多加解释。首先为自谦之词，表明自己并不是以创作辞赋为最高成就。自己的人生目标仍然是"勠力上国，流惠下民，建永世之业，流金石之功"。同时，从文体上看，辞赋这种文体是不足以"揄扬大义，彰示来世也"的，将辞赋这种文体从政治的传声筒中解放出来，剥离了其不能承担之重，恰恰是曹植在辞赋抒情达意上的进步之处。其二，曹植此时并非不得志之时，相反正是春风得意、人生充满各种美好的可能的时候，是以明志。

此观点前接"今往仆少小所著辞赋一通相与。夫街谈巷说，必有可采；击辕之歌，有应风雅，匹夫之思未易轻弃也"。"若吾志未果，吾道不行，则将采庶官之实录，辩时俗之得失，定仁义之衷，成一家之言，虽未能藏之于名山，将以传之于同好。"可见从曹植的人生功业的角度来看，第一等是"勠力上国，流惠下民"的军政之功，其次是"将采庶官之实录，辩时俗之得失，定仁义之衷，成一家之言"，重视的是史论加政论之类，辞赋并不在曹植考虑的功业范围之内。同时曹植认为辞赋也不能"揄扬大义，彰示来世"。对此人们一般只注重其"彰示来世"之句，而忽略了曹植认为其不能以"揄扬大义"的形式而彰示来世，此论点在强调文学政治功用的时期避免了矫枉过正，颇有新意。

杨修在《答临淄侯笺》中对曹植的观点反驳道："今之赋颂，古诗之

① 鲁迅：《魏晋风度及文章与药及酒之关系》，《鲁迅全集》第3卷，人民文学出版社，1956，第382页。

流，不更孔公，风雅无别耳。……若乃不忘经国之大美，流千载之英声，铭功景钟，书名竹帛，此自雅量素所蓄也，岂与文章相妨害哉？"① 表面上义正词严，实际上老调重弹，与曹丕《典论·论文》中所说"文章者，经国之大业，不朽之盛事"同义。曹丕与杨修所持观点，虽有利于树立文学的地位，但颇有矫枉过正之嫌，将文学的地位上升到经国之大业，无疑使文学背上了不能承受之重。相比之下，曹植的观点承认下层民众的小说、歌谣、思想均有价值，曹植对歌谣的认可也表明下里巴人的情感同样具有价值，然而辞赋这种价值却不是用来揄扬大义的，而是以本身的意义为意义，具有自足性。

这种观点在曹植创作中可以得到验证。曹操立曹丕为世子之后，曹植便进入了"志果不行"的境遇，此后，曹植并没有完全沉浸在"采庶官之实录，辩时俗之得失，定仁义之衷，成一家之言"之中，虽然也有论说文，但总体上看还是以诗赋的创作为主。且曹植在《前录自序》中说："故君子之作也，俨乎若高山，勃乎若浮云。质素也如秋蓬，摛藻也如春葩。氾乎洋洋，光乎皓皓，与雅颂争流可也。"将君子之作的地位上升到与雅颂相等的位置，可见曹植并没有看低辞赋的地位，曹植将君子之作以高山、浮云比拟，且质素似秋蓬，摛藻类春葩，突出了形式美和同雅颂的相似性。更为难能可贵的是认为君子之作是与"雅颂争流"，而并不是等同于雅颂，可见曹植对辞赋的抒己情而不是"揄扬大义"一直有着清醒的认识。曹植所论最为得中，且已经切近当时辞赋发展的时弊，为建安时期抒发个人情感而不是集体情感奠定了基础。

三 曹植提倡慷慨抒情和化妆抒己情

虽然汉代已经有了"夫言者所以抒其胸而发其情者也"② 的认识，而明确提出在创作中雅好慷慨的是曹植。曹植自己有 9 次用到"慷慨"，除"余少而好赋，其所尚也，雅好慷慨"（《前录自序》），尚有表示悲伤激越的音乐："慷慨有余音，要妙悲且清"（《弃妇篇》），"秦筝何慷慨，齐瑟和且柔"（《箜篌引》）。表示悲伤难舍之情："慷慨对嘉宾，凄怆内伤悲"

---

① （南朝梁）萧统编，（唐）李善注《文选》，商务印书馆，1959，第 882 页。
② （汉）刘向著，向宗鲁校《说苑校证》，中华书局，1987。

（《情诗》）。表达壮志难酬的激愤，如"慷慨有悲心，兴文自成篇"（《赠徐干》）。表示建功立业的渴望而引起的悲壮之气："弦急悲声发，聆我慷慨言"（《杂诗》），"怀此王佐才，慷慨独不群"（《薤露行》），"挥袂则九野生风，慷慨则气成虹蜺"（《七启》），"何况巍巍大魏多士之朝，而无慷慨死难之臣乎？"（《求自试表》）

慷慨主要是指激荡的情感，带有悲慨的特征。"慷慨即是直抒胸臆，意气激荡，情感鲜明动人之意。"① 曹植强调内在情感在创作中的作用，"慷慨有悲心，兴文自成篇"。曹植主张由现实感发，即时抒情。曹植认为自己的创作便是"触类而作"，虽然容易"芜秽者众"，也应当即时抒发情感。刘桢《瓜赋》序中说："桢在曹植坐，厨人进瓜。植命为赋，促立成。"② 正因为在建安时期即时创作赋还没有成为风尚，所以刘桢才会特意点出"促立成"，这与司马相如、扬雄等人作赋精雕细琢显然不同。比之两汉文人诗赋对心志、重要遇合或长久困苦的抒发，曹植情感偶然勃发之作明显增多。曹植提倡即刻完成赋作，便摒弃了小学为功底的辞藻堆砌和面面俱到的夸饰，从而使眼前之景、之物的描写，内心之情的直接表达成为最可能的方式。曹植自己经常有即时之作，比如闲游过杨修家见庭中柳树便"聊戏刊其枝叶。故著斯文"（《柳颂序》）。《郦生颂（序）》同样说："余道经郦生之墓，聊驻马，书此文于其碑侧。"③ 即时情感的抒发使抒情更易于从面面俱到转向当下情绪，由具有群体性、代表性的情感转向个体的情感。

曹植除主张并积极创作直抒胸臆的作品外，还提倡一种化妆抒情，也就是代言。杨义先生认为："为诗而采用代言体，乃是一种化妆的抒情。"④ 曹丕、曹植还分别作《代刘勋出妻王氏作》《弃妇篇》，《玉台新咏》注云："王宋者，平虏将军刘勋妻也。入门二十余年，后勋悦山阳司马氏女，以宋无子出之。"⑤ 事实上，建安时期自我情感仍然不能或不习惯自由抒

① 王运熙、顾易生主编《中国文学批评史新编》，复旦大学出版社，2001，第275页。
② 《艺文类聚》卷八七。
③ 《北堂书钞》卷九八。
④ 杨义：《李白代言体诗的心理机制（一）》，《海南师范学院学报》（人文社会科学版）2000年第1期，第1页。
⑤ （陈）徐陵编，（清）吴兆宜注，（清）程琰删补，穆克宏点校《玉台新咏笺注》，中华书局，1985，第58页。

发，"抱情不得叙"（曹操）、"中情无由宣"（刘桢）均为当时实况。曹植因为爱情的不合伦理，同时有着夺嫡的嫌疑，后期还存在曹叡对曹植的猜忌，情感抒发一直面临困境，化妆抒情便是突破困境的方式之一。

在《柳颂序》中，曹植明确地提出借写柳树"遂因辞势，以讥当世之士"，曹植早期的《弃妇篇》是为王宋鸣不平的纯粹代言诗，在"有子月经天，无子若流星"之外，仍有"何必春夏成，晚获为良实"的双声言语透出。"代言诗中多具有双声言语的色彩：所谓双声言语，即是指在文本中，一方面代言对象的心声透过作者的文辞，得以彰显；另一方面，作者的心声与情怀又在代言对象的际遇、困境、感伤中得以表达。"（梅家玲语）曹植的情感抒发更是明确地体现了这一点。与曹丕在代言诗中的全神投入不同，曹植的代言创作借他人酒杯浇自我块垒，清晰地融入了自我的情感。

四 曹植主张人的情感应当具有中和特征

曹植所谓慷慨更多的是指抒情方式，而对情感本身曹植推崇的是中和。面对"君子在末位，不能歌德声"的困境，"丁生怨在朝，王子欢自营"。曹植认为"欢怨非贞则，中和诚可经"，主张丁仪、王粲二人应该表达中和的、非过度欢怨的情感。对中和情感的提倡也体现在曹植自己的文学创作中，因而曹植即使在最为愤恨的时候也保留一抹亮色，比如在《赠白马王彪》中，在对当权者如此愤恨、对前途如此迷茫的情况下，曹植仍然安慰曹彪"丈夫志四海，万里犹比邻。恩爱苟不亏，在远分日亲"。在《酒赋》中也批评扬雄《酒赋》"辞甚瑰玮，颇戏而不雅"。由此可知，曹植虽然主张慷慨抒情，然而所抒发的情感本身却具有中和的特征。

此外，曹植对情感的重视还表现在他写了专门解释情绪的文章——《释愁文》。其中谈到了愁苦之人的外貌："形容枯悴，忧心如醉。"愁的样子："愁之为物，惟惚惟恍，不召自来，推之弗往，寻之不知其际，握之不盈一掌。寂寂长夜，或群或党，去来无方，乱我精爽。其来也难退，其去也易追。"愁绪很难消除："临餐困于哽咽，烦冤毒于酸嘶。加之以粉饰不泽，饮之以兼肴不肥，温之以金石不消，摩之以神膏不希，授之以巧笑不悦，乐之以丝竹增悲。医和绝思而无措。"饮食、粉饰、丝竹等均难以减削内心的忧愁。

引起愁绪的真正原因为社会原因。"方今大道既隐，子生末季，沈溺流俗，眩惑名位，濯缨弹冠，咨趣荣贵。坐不安席，食不终味，遑遑汲汲，或憔或悴。所鬻者名，所拘者利，良由华薄，凋损正气。"消愁的唯一方法是"无为之药""淡薄之汤""玄虚之针""淳朴之方""恢廓之宇""寂寞之床"，使"王乔与子遨游而逝，黄公与子咏歌而行，庄子与子具养神之撰，老聃与子致爱性之方。趣遐路以栖迹，乘青云以翱翔"。以此方法，"众愁忽然，不辞而去"，如此，曹植便通过一篇文章在叙说自己之愁的同时将"愁"这一情绪加以全面表现。

结　语

　　中国文学自先秦《诗经》《楚辞》以下，本应由言志、志中含情向诗赋缘情渐次发展，然受秦焚书坑儒、汉独尊儒术的影响，这一过程变得异常曲折。儒家思想限制了士人个体情感的抒发，因此，汉代表现亲情、友情、爱情的诗赋寥寥无几，表现士不遇主题的赋作，虽与"志"相关，亦在劝百讽一的汉大赋面前相形见绌。蔡邕之前的整个汉代，在士人诗赋缘情而作方面总的看来无疑是黯淡的。

　　这一状况随着汉末社会动荡、乱政迭出得以改观，而曹操"求才三令"的颁布、人物品评的转向，极大地拓展了个体情感的边界。同时，经曹操、曹丕的极力倡导，魏晋时期文学地位得到提升，以文学表现士人丰富的情感，由言志到缘情的转向便成为可能，其中最具代表性的人物便是曹植。曹植经历了社会环境与自我意识双重枷锁的挣脱，逐渐深入自我的情感世界。曹植本有"勠力上国，流惠下民，建永世之业，流金石之功"的志向，然而由于其特殊的人生经历、任性而行的性格、对情的执着等，没有机会实现人生理想。于是曹植在文学领域着力开拓，表达自己的情感，宣泄自己的情绪。

　　曹植的缘情之作时间长、内容广、程度深。曹植之前文人对亲情、友情、爱情的创作是偶发状态，经过曹植的开拓，个人的世俗情感开始真正进入诗赋写作视野，并逐渐成为后世文人稳定书写的内容。同时，曹植的诗赋缘情之作，也呈现新的特征。例如亲情描写中有真诚与矛盾共存的现象、隐喻的特征；爱情描写中抒情人称转换为以男性为第一人称，描写现实中的爱情且极具张力，同时《洛神赋》作为情赋的典范光耀后世；友情描写有对声韵的实验与探索，五言赠答诗也在曹植手中得到完善。在曹植诗赋创作中，欢乐、恐惧、痛苦、忧伤等情绪大量存在，其中纯粹的欢乐书写尤具价值。曹植还有意识地将诗赋与"揄扬大义"疏离，主张慷慨抒情、抒己情、抒中和之情。曹植诗赋创作，由群体化抒情转向了个性化抒情。曹植以其天纵之才华、曲折之遭际、至情之追求，彻底突破言志之藩篱，在诗、赋两个领域的缘情之作都取得了非凡成就。由此，中国文学在人性自觉的道路上，在言志向缘情的发展过程中迈出了极坚实的一步。

参考文献

（三国魏）曹植著，黄节注《曹子建诗注》，人民文学出版社，1957。

（清）严可均辑校《全上古三代秦汉三国六朝文》，中华书局，1958。

（汉）司马迁：《史记》，中华书局，1959。

（汉）班固：《汉书》，中华书局，1962。

（南朝宋）范晔：《后汉书》，中华书局，1965。

（南朝梁）刘勰著，范文澜注《文心雕龙注》，人民文学出版社，1958。

（汉）董仲舒：《春秋繁露》，中华书局，1975。

（清）刘熙载：《艺概》，上海古籍出版社，1978。

（宋）郭茂倩编撰《乐府诗集》，中华书局，1979。

河北师范学院中文系古典文学教研组编《三曹资料汇编》，中华书局，1980。

（清）何文焕辑《历代诗话》，中华书局，1981。

（唐）房玄龄等撰《晋书》，中华书局，1982。

（晋）陈寿著，（南朝宋）裴松之注《三国志》，中华书局，1982。

（晋）陈寿著，卢弼集解《三国志集解》，中华书局，1982年影印本。

（南朝宋）刘义庆著，余嘉锡笺疏《世说新语笺疏》，中华书局，1983。

逯钦立辑校撰《先秦汉魏晋南北朝诗》，中华书局，1983。

张可礼编著《三曹年谱》，齐鲁书社，1983。

翦伯赞：《秦汉史》，北京大学出版社，1983。

钟优民：《曹植新探》，黄山书社，1984。

（三国魏）曹植著，赵幼文校注《曹植集校注》，人民文学出版社，1984。

王瑶：《中古文学史论》，北京大学出版社，1986。

曹道衡:《中古文学史论文集》,中华书局,1986。

裴斐:《诗缘情辨》,四川文艺出版社,1986。

张可礼:《建安文学论稿》,山东教育出版社,1986。

袁行霈:《中国诗歌艺术研究》,北京大学出版社,1987。

马积高:《赋史》,上海古籍出版社,1987。

王钟陵:《中国中古诗歌史》,江苏教育出版社,1988。

葛晓音:《八代诗史》,陕西人民出版社,1989。

罗宗强:《玄学与魏晋士人心态》,浙江人民出版社,1991。

程章灿:《魏晋南北朝赋史》,江苏古籍出版社,1992。

童庆炳:《中国古代心理诗学与美学》,中华书局,1992。

叶维廉:《中国诗学》,三联书店,1992。

钱志熙:《魏晋诗歌艺术原论》,北京大学出版社,1993。

费振刚、胡双宝、宗明华辑校《全汉赋》,北京大学出版社,1993。

王巍:《建安文学研究史论》,吉林大学出版社,1994。

赵敏俐:《汉代诗歌史论》,吉林教育出版社,1995。

罗宗强:《魏晋南北朝文学思想史》,中华书局,1996。

葛兆光:《中国思想史》,复旦大学出版社,1997。

徐复观:《汉代思想史》,中国社会科学出版社,1997。

詹福瑞:《中古文学理论范畴》,河北大学出版社,1997。

于迎春:《汉代文人与文学观念的演进》,东方出版社,1997。

傅亚庶注译《三曹诗文全集译注》,吉林文史出版社,1997

韩格平:《建安七子综论》,东北师范大学出版社,1998。

万建中:《中国历代葬礼》,北京图书馆出版社,1998。

孙明君:《三曹与中国诗史》,清华大学出版社,1999

(南朝宋)刘义庆:《世说新语》,中华书局,1999。

李炳海:《汉代文学的情理世界》,东北师范大学出版社,2000。

李炳海:《黄钟大吕之音——古代辞赋的文本阐释》,吉林人民出版社,
    2001。

张作耀:《曹操评传》,南京大学出版社,2001。

王巍:《曹氏父子与建安文学》,辽海出版社,2001。

〔日〕吉川幸次郎：《中国诗史》，章培恒等译，复旦大学出版社，2002。

范子烨：《中古文人生活研究》，山东教育出版社，2001。

程章灿：《魏晋南北朝赋史》，江苏古籍出版社，2001。

陈洪：《诗化人生：魏晋风度的魅力》，河北大学出版社，2001。

张履祥：《普通心理学》，安徽大学出版社，2002。

杨岚：《人类情感论》，百花文艺出版社，2002。

王立：《文人审美心态与中国文学十大主题》，辽海出版社，2003。

胡大雷：《中古诗人抒情方式的演进》，中华书局，2003。

宗白华：《美学散步》，上海人民出版社，2004。

梅家玲：《汉魏六朝文学新论——拟作与赠答篇》，北京大学出版社，2004。

阮忠：《中古诗人群体及其诗风演化》，武汉出版社，2004。

蓝旭：《东汉士风与文学》，人民文学出版社，2004。

俞绍初辑校《建安七子集》，中华书局，2005。

费振刚、仇仲谦、刘南平校注《全汉赋校注》，广东教育出版社，2005。

叶嘉莹：《嘉陵论诗丛稿》，中华书局，2005。

曹道衡、刘跃进：《先秦两汉文学史料学》，中华书局，2005。

钱志熙：《魏晋南北朝诗歌史述》，北京大学出版社，2005。

王玫：《建安文学接受史论》，上海古籍出版社，2005。

孙昌武：《诗苑仙踪》，南开大学出版社，2005。

李春青：《在文本与历史之间》，北京大学出版社，2005。

刘跃进：《秦汉文学编年史》，商务印书馆，2006。

〔美〕孙康宜：《抒情与描写》，钟振振译，上海三联书店，2006。

万绳楠整理《陈寅恪魏晋南北朝史讲演录》，贵州人民出版社，2007。

黄亚卓：《汉魏六朝公宴诗研究》，华东师范大学出版社，2007。

郭建勋：《辞赋文体研究》，中华书局，2007。

〔美〕亚伯拉罕·马斯洛：《动机与人格》，许金声等译，中国人民大学出版社，2007。

赵敏俐：《两汉诗歌研究》，台北：台湾文津出版社，2008。

阎步克：《察举制度变迁史稿》，中国人民大学出版社，2009。

木斋：《古诗十九首与建安诗歌研究》，人民出版社，2009。

侯文学：《汉代经学与文学》，人民出版社，2010。

吕正惠：《抒情传统与政治现实》，华中师范大学出版社，2011。

（南朝梁）钟嵘著，曹旭集注《诗品集注》，上海古籍出版社，2011。

刘刚：《宋玉辞赋考》，辽海出版社，2011。

张作耀：《曹操评传》，南京大学出版社，2011。

〔美〕宇文所安：《中国早期古典诗歌的生成》，胡秋蕾译，三联书店，2012。

葛晓音：《先秦汉魏六朝诗歌体式研究》，北京大学出版社，2012。

李炳海：《中国诗歌通史·先秦卷》，人民文学出版社，2012。

赵敏俐：《中国诗歌通史·汉代卷》，人民文学出版社，2012。

钱志熙：《中国诗歌通史·魏晋南北朝卷》，人民文学出版社，2012。

（三国魏）曹植著，夏传才、唐绍忠校注《曹植集校注》，河北教育出版
    社，2013。

孙明君：《三曹与中国诗史》，商务印书馆，2013。

江竹虚：《曹植年谱》，台北：台湾商务印书馆，2013。

于志鹏：《宋前咏物诗发展史》，山东人民出版社，2013。

邢培顺：《曹植文学研究》，中国社会科学出版社，2014。

陈国球、王德威主编《抒情之现代性》，三联书店，2014。

胡大雷：《中古文学研究〈文选〉诗研究》，世界图书出版西安有限公司，
    2014。

范子烨编《中古文学研究·中古作家年谱汇考辑要（卷一）》，世界图书出
    版西安有限公司，2014。

陈寅恪：《书世说新语文学类钟会撰四本论始毕条后》，《中山大学学报》
    （社会科学版）1956 年第 3 期。

徐公持：《曹植诗歌的写作年代问题》，《文史》1979 年第 6 期。

徐公持：《曹植生平八考》，《文史》1981 年第 10 期。

曹道衡：《从魏国政权看曹丕曹植之争》，《辽宁大学学报》（哲学社会科
    学版）1984 年第 3 期。

李泽厚：《古典文学札记一则》，《文学评论》1986 年第 4 期。

叶舒宪：《高唐神女的跨文化研究》，《人文杂志》1989 年第 6 期。

周宪：《文学创作与焦虑体验》，《文艺理论研究》1990 年第 1 期。

袁行霈：《陶渊明的〈闲情赋〉与辞赋中的爱情闲情主题》，《北京大学学报》（哲学社会科学版）1992 年第 5 期。

孙明君：《建安时代"文的自觉"说再审视》，《北京大学学报》（哲学社会科学版）1996 年第 6 期。

裴登峰：《孤独情绪——曹植作品中强烈兴发的人生感念》，《社科纵横》1996 年第 3 期。

胡大雷：《中古"公宴诗"初探》，《广西师院学报》1997 年第 4 期。

吴相洲：《陈思情采源于骚——论曹植在实现汉乐府向文人抒情五言诗转化过程中对屈赋的继承》，《首都师范大学学报》（社会科学版）1998 年第 4 期。

詹福瑞、侯贵满：《"诗缘情"辨义》，《河北大学学报》（哲学社会科学版）1998 年第 2 期。

钱志熙：《乐府古辞的经典价值——魏晋至唐代文人乐府诗的发展》，《文学评论》1998 年第 2 期。

尚学锋：《汉末赋风新变与道家人文精神》，《中国文学研究》2000 年第 3 期。

查屏球：《纸简替代与汉魏晋初文学新变》，《中国社会科学》2000 年第 5 期。

王永平：《曹操立嗣问题考述——从一个侧面看曹操与世族的斗争》，《扬州大学学报》（人文社会科学版）2001 年第 3 期。

张可礼：《曹植诗文蕴涵的道德内容》，《齐鲁学刊》2002 年第 5 期。

蒋寅：《语象·物象·意象·意境》，《文学评论》2002 年第 3 期。

跃进：《蔡邕的生平创作与汉末文风的转变》，《文学评论》2004 年第 3 期。

张朝富：《曹操"尚文辞"与"鸿都门学"》，《扬州大学学报》（人文社会科学版）2005 年第 1 期。

张新科：《文学视角中的"鸿都门学"——兼论汉末文风的转变》，《陕西师范大学学报》（哲学社会科学版）2005 年第 1 期。

钱志熙：《从群体诗学到个体诗学——前期诗史发展的一种基本规律》，《文学遗产》2005 年第 2 期。

赵敏俐：《"魏晋文学自觉说"反思》，《中国社会科学》2005 年第 2 期。

刘跃进:《曹植创作"情兼雅怨"说略》,《光明日报》2006 年 1 月 27 日。

高长山:《清切哀伤、诗体古旧的蔡邕的〈琴操〉——谦论汉代琴曲歌辞
　　与乐府诗、五言诗的关系》,《古籍整理研究学刊》2006 年第 2 期。

王德华:《汉末魏晋辞赋人神相恋题材的情感模式及文体特征》,《浙江大
　　学学报》(人文社会科学版) 2007 年第 1 期。

傅正义:《中国诗歌抒情品格的确立者——曹植》,《重庆工商大学学报》
　　(社会科学版) 2007 年第 5 期。

钱志熙:《"鸿都门学"事件考论——从文学与儒学关系、选举及汉末政治
　　等方面着眼》,《北京大学学报》(哲学社会科学版) 2008 年第 1 期。

木斋:《论〈洛神赋〉为曹植辩诬之作》,《山西大学学报》(哲学社会科
　　学版) 2010 年第 1 期。

傅刚:《曹植与甄妃的学术公案——〈文选·洛神赋〉李善注辨析》,《中
　　国典籍与文化》2010 年第 1 期。

蒋寅:《主题史和心态史上的曹植》,《西北大学学报》(哲学社会科学版)
　　2010 年第 1 期。

赵敏俐:《先秦两汉琴曲歌辞研究》,《文学遗产》2010 年第 2 期。

徐公持:《"礼乐争辉"与"辞藻竞骛"——关于秦汉文学发展的制度性
　　考察》,《文学遗产》2011 年第 1 期。

李洪亮:《曹植家庭变故考论》,《文学遗产》2011 年第 4 期。

木斋:《采遗芙蓉:曹植诗文中的爱情意象——兼论建安十六年对曹植的
　　意义》,《山西大学学报》(哲学社会科学版) 2011 年第 5 期。

王萍:《曹植研究》,博士学位论文,陕西师范大学,2012。

朱丽:《曹植文学思想研究》,博士学位论文,辽宁大学,2013。

王德华:《恨人神之道殊　申礼防以自持——曹植〈洛神赋〉解读》,《古
　　典文学知识》2013 年第 2 期。

张朝富:《事实与逻辑之间:木斋、宇文所安"汉五言诗"研究的启示与
　　追问》,《中国韵文学刊》2013 年第 2 期。

赫飞:《曹丕霸府外任职模式试析》,《湖北社会科学》2014 年第 4 期。

附 录

附表一 曹操、曹丕、建安七子诗赋统计

序号	体裁	作者	作品	情感主题
1	杂言乐府	曹操	《气出唱（其一）》	游仙，渴望受药得道长寿
2	杂言乐府	曹操	《气出唱（其二）》	游仙，乐舞宴饮之乐
3	杂言乐府	曹操	《气出唱（其三）》	游仙，宴饮之乐，渴望长寿
4	杂言乐府	曹操	《度关山》	爱民之政治理想
5	五言乐府	曹操	《蒿里行》	感心合力不齐讨凶无成，叹生灵涂炭
6	杂言乐府	曹操	《精列》	生命消逝之忧
7	五言乐府	曹操	《薤露》	哀叹世乱，宗庙不守
8	杂言乐府	曹操	《对酒》	对政治清平世界图景想象与描绘
9	杂言乐府	曹操	《陌上桑》	游仙，渴望得道长寿
10	四言乐府	曹操	《短歌行（其一）》	对人生短暂的忧思与对人才的渴望
11	四言乐府	曹操	《短歌行（其二）》	赞昔日名主德行与功绩以咏以大事小之志
12	五言乐府	曹操	《却东西门行》	征夫怀乡，作者自伤
13	五言诗	曹操	《苦寒行》	行军艰难
14	四言诗	曹丕	《黎阳作（其一）》	征伐之苦与舍我其谁救民涂炭的担当
15	四言诗	曹丕	《黎阳作（其二）》	雨中行军之苦
16	五言诗	曹丕	《黎阳作（其三）》	行军军威之盛
17	六言诗	曹丕	《黎阳作（其四）》	征伐路遇之景
18	五言诗	曹丕	《芙蓉池作》	西园夜游的快乐
19	五言诗	曹丕	《寡妇诗》	情景交融代阮瑀妻伤悼
20	五言诗	曹丕	《于谯作》	宴会的欢乐

续表

序号	体裁	作者	作品	情感主题
21	六言诗	曹丕	《令诗》	哀民生之苦表自己的责任
22	五言诗	曹丕	《饮马长城窟行》	赞军威之盛
23	五言诗	曹丕	《夏日诗》	夏日宴饮之乐
24	五言诗	曹丕	《于明津作诗》	借景思乡之怀
25	五言诗	曹丕	孟津	《欢会的快乐》
26	四言诗	曹丕	《短歌行》	怀念曹操忧伤之情
27	五言诗	曹丕	《至广陵于马上作》	临江观兵赞军威及谈用兵之道
28	五言诗	曹丕	《于玄武陂作》	同游玄武陂见美景之乐
29	五言诗	曹丕	《见挽船士兄弟辞别诗》	同情挽船士离别的哀伤
30	五言诗	曹丕	《清河作诗》	借音声所感抒依依不舍之情
31	五言诗	曹丕	《代刘勋出妻王氏作》	代抒被弃不舍之情
32	五言诗	曹丕	《清河见挽船士新婚与妻别作》	情景交融悲离别
33	五言诗	曹丕	《杂诗（其一）》	借景抒思乡之情
34	五言诗	曹丕	《杂诗（其二）》	借浮云抒客居的忧伤
35	五言诗	曹丕	《诗》	游猎之乐
36	七言诗	曹丕	《燕歌行二首（其一）》	代女子情景交融抒思念丈夫之情
37	七言诗	曹丕	《燕歌行二首（其二）》	夫妇离别怀人的忧思
38	杂言乐府	曹丕	《秋胡行》	等待佳人的焦虑
39	四言诗	曹丕	《善哉行（其一）》	借采薇抒思乡之情
40	四言诗	曹丕	《善哉行（其二）》	对知音识曲的淑女的怀念与哀愁
41	四言诗	曹丕	《丹霞蔽日行》	借景抒月盈则冲的感叹
42	杂言乐府	曹丕	《上留田行》	感叹贫富不同，以天命宽慰
43	四言诗	曹丕	《艳歌何尝行》（古辞）	男儿居世，各当努力
44	杂言乐府	曹丕	《大墙上蒿行》	人生短暂及时行乐之感
45	四言诗	曹丕	《煌煌京洛行》	以虚美与真美对举自鉴戒
46	四言诗	曹丕	《秋胡行（其一）》	颂贤德之君明己志
47	四言诗	曹丕	《秋胡行（其二）》	采芙蓉寄托思念美人之情
48	杂言乐府	曹丕	《陌上桑》	军旅之人奔波与思乡之情
49	杂言乐府	曹丕	《临高台》	使皇帝安居与借黄鹄南游
50	四言诗	曹丕	《月重轮行》	颂圣德

序号	体裁	作者	作品	情感主题
51	五言诗	曹丕	《善哉行（其一）》	宴饮的欢乐与主人求贤、宾客自然的矛盾
52	五言诗	曹丕	《善哉行（其二）》	宴饮听乐之悲感
53	五言诗	曹丕	《猛虎行》	得配天地的喜悦
54	杂言乐府	曹丕	《折杨柳行》	游仙与否定游仙
55	六言诗	曹丕	《董逃行》	赞征伐军威之盛
56	五言诗	曹丕	《钓竿行》	抒垂钓者得其所哉的情感
57	五言诗	曹丕	《十五》	登山虎遮路
58	五言诗	曹丕	《诗拾遗（其一）》	校猎之乐
59	赋	曹丕	《述征赋》	赞征刘表军威与经历
60	赋	曹丕	《感物赋》	借蔗感兴废无常
61	赋	曹丕	《寡妇赋（并序）》	代阮瑀妻抒寡妇的孤独与忧伤
62	赋	曹丕	《校猎赋》	赞校猎之盛
63	赋	曹丕	《济川赋》	济川观美景与宴饮之乐
64	赋	曹丕	《喜霁赋》	雨过天晴的喜悦
65	赋	曹丕	《柳赋》	借赞颂柳抒发内心的惆怅
66	赋	曹丕	《沧海赋》	叹沧海的壮阔与富有
67	赋	曹丕	《离居赋》	独居的悲凉
68	赋	曹丕	《永思赋》	思念的哀伤
69	赋	曹丕	《戒盈赋》	戒满求规谏
70	赋	曹丕	《迷迭香赋》	赞迷迭香之美
71	赋	曹丕	《车渠碗赋》	赞车渠碗之美
72	赋	曹丕	《浮淮赋》	赞东征的军威
73	赋	曹丕	《莺赋》	怜笼莺之凄苦
74	赋	曹丕	《玛瑙勒赋》	赞玛瑙勒之美
75	赋	曹丕	《玉玦赋》	赞玉玦之美
76	赋	曹丕	《感离赋》	借景抒与亲人离别后的忧伤与思念之情
77	赋	曹丕	《登台赋》	登台远望目遇美景的愉悦
78	赋	曹丕	《临涡赋》	临涡观美景之乐
79	赋	曹丕	《愁霖赋》	悲霖雨与行旅的艰难
80	赋	曹丕	《槐赋》	赞槐树之美

续表

序号	体裁	作者	作品	情感主题
81	赋	曹丕	《弹棋赋》	赞弹棋游戏
82	赋	曹丕	《登城赋》	登城观景之乐
83	赋	曹丕	《悼夭赋》	族弟夭亡的哀伤
84	赋	曹丕	《出妇赋》	代无子被弃女子抒发哀伤
85	赋	曹丕	《哀己赋》遗句	残句
86	四言诗	孔融	《离合作郡姓名诗》	以隐语的形式写郡姓名同时写自己的美志
87	五言诗	孔融	《杂诗（二首）》	其一写自己的志向，其二写孩子死去的悲哀
88	五言诗	孔融	《临终诗》	临死的愤懑与悲哀
89	六言诗	孔融	《六言诗三首》	感世乱赞曹公
90	赋	陈琳	《武军赋》	赞美袁绍攻讨公孙瓒
91	赋	陈琳	《神武赋》	赞曹操攻伐乌丸的神威
92	赋	陈琳	《神女赋》	人神之恋，悦神之美质相会的喜悦
93	赋	陈琳	《大荒赋》	游大荒而感孤独、无奈、忧世之情（不全）
94	赋	陈琳	《迷迭赋》	赞迷迭香
95	赋	陈琳	《玛瑙勒赋》	赞玛瑙勒，借物抒君子穷达亦时然之怀
96	赋	陈琳	《车渠碗赋》	赞车渠碗之德
97	赋	陈琳	《柳赋》	借咏柳赞天子
98	五言诗	陈琳	《游览诗二首（其一）》	为羁旅愁思（无具体事件专写情绪）
99	五言诗	陈琳	《游览诗二首（其二）》	写秋日游览引出时不我与、及时建功的慷慨之情
100	赋	陈琳	《悼龟》	赞美并哀悼死去的龟
101	赋	陈琳	《鹦鹉赋》	赞美鹦鹉合德之美
102	赋	陈琳	《大暑赋》	书写暑热
103	赋	陈琳	《止欲赋》	美女思而不得的忧伤（赋名"止欲"当为残文）
104	五言诗	陈琳	《宴会诗》	游宴之乐
105	杂言乐府	陈琳	《饮马长城窟行》	筑城卒与妻别离之苦（一般认为是古乐府）
106	五言诗	陈琳	《失题诗五则》	春日美景与沉沦众庶的自伤与无奈

序号	体裁	作者	作品	情感主题
107	四言诗	王粲	《赠蔡子笃诗》	对友人离别的不舍
108	四言诗	王粲	《赠士孙文始》	世乱之时对离别友人的不舍与思念
109	四言诗	王粲	《为潘文则作思亲诗》	代言念亲恩思亲
110	五言诗	王粲	《杂诗（其一）》	日暮游园抒欲从（引领者）不得的情怀
111	五言诗	王粲	《杂诗（其二）》	从君游园之乐
112	五言诗	王粲	《杂诗（其三）》	景物之美与游玩之乐
113	五言诗	王粲	《杂诗（其四）》	借鸳鸟抒求伴之怀
114	五言诗	王粲	《杂诗（其五）》	借鸷鸟化鸠自伤身世，抒发见逼迫、不得言的悲伤
115	五言诗	王粲	《七哀诗（其一）》	伤世乱哀弃子妇人
116	五言诗	王粲	《七哀诗（其二）》	借景抒羁旅忧思
117	五言诗	王粲	《七哀诗（其三）》	边城苦境行者羁旅之悲
118	五言诗	王粲	《咏史诗（其一）》	借咏三良抒怀
119	五言诗	王粲	《咏史诗（其二）》	感荆轲刺秦
120	五言诗	王粲	《公宴诗》	公宴的美好与对公子的祝福
121	杂言诗	王粲	《俞儿歌舞四首》	歌汉匡九州民之安乐、文德武威，颂汉祚绵长
122	五言诗	王粲	《从军诗（其一）》	从曹操军之乐
123	五言诗	王粲	《从军诗（其二）》	对从军征夫思乡的同情与抚慰兼及抒己报国（曹操）之怀
124	五言诗	王粲	《从军诗（其三）》	从军忧思与自我宽慰
125	五言诗	王粲	《从军诗（其四）》	从军恨己无时谋建功立业
126	五言诗	王粲	《从军诗（其五）》	用荒路反衬谯郡之美
127	赋	王粲	《大暑赋》	暑热与得凉之舒适
128	赋	王粲	《浮淮赋》	赞雄师南征之声势
129	赋	王粲	《出妇赋》	代王氏写被休过程
130	赋	王粲	《思友赋》	物是人非思亡友
131	赋	王粲	《初征赋》	南征所见
132	赋	王粲	《登楼赋》	羁旅思乡生不逢时之叹
133	赋	王粲	《游海赋》	赞海之博大富饶

续表

序号	体裁	作者	作品	情感主题
134	赋	王粲	《闲邪赋》	同情与思念盛年处室的丽女
135	赋	王粲	《伤夭赋》	代伤文仲之夭亡
136	赋	王粲	《寡妇赋》	代阮瑀妻写寡居的忧伤
137	赋	王粲	《征思赋》	残句
138	赋	王粲	《羽猎赋》	赞羽猎之盛（真实，人物过程）
139	赋	王粲	《神女赋》	赞神女之美与自我克制
140	赋	王粲	《迷迭赋》	赞迷迭香合德之美
141	赋	王粲	《车渠碗赋》	赞车渠碗之美
142	赋	王粲	《柳赋》	述柳的来历，抒感于旧物之情
143	赋	王粲	《酒赋》	酒的制作与功用
144	赋	王粲	《弹棋赋》	以战争比拟弹棋
145	赋	王粲	《玛瑙勒赋》	赞玛瑙勒之美
146	赋	王粲	《槐树赋》	赞槐树之美，抒托庇之情
147	赋	王粲	《白鹤赋》	赞白鹤之仙缘
148	赋	王粲	《鹦鹉赋》	写被笼系之鹦鹉的悲哀
149	赋	王粲	《鹖赋》	赞鹖鸟的英武与赖有司的恩德活命
150	赋	王粲	《莺赋》	感念笼中之鸟的悲哀
151	五言诗	徐干	《答刘桢诗》	写对友人的思念
152	五言诗	徐干	《室思》	代女子写对男子的思念与爱恋
153	五言诗	徐干	《情诗》	女性对男子的思念
154	赋	徐干	《齐都赋》	赞齐都之美
155	赋	徐干	《序征赋》	从征的路途所历
156	赋	徐干	《哀别赋》	离别之哀伤
157	赋	徐干	《圆扇赋》	赞圆扇
158	赋	徐干	《西征赋》	从师西征的喜与愧
159	赋	徐干	《从征赋》	残句
160	赋	徐干	《喜梦赋》	残句（梦神女）
161	赋	徐干	《车渠碗赋》	赞碗之美与实用
162	五言诗	阮瑀	《琴歌》	赞魏之得人心
163	五言诗	阮瑀	《七哀诗二首》	死亡的想象与客子的悲哀
164	五言诗	阮瑀	《驾出北郭门行》	后母虐子、弃子

序号	体裁	作者	作品	情感主题
165	五言诗	阮瑀	《咏史诗二首》	写三良殉葬的忠义、荆轲刺秦的悲壮
166	五言诗	阮瑀	《杂诗》	友朋相聚思别离的惆怅
167	五言诗	阮瑀	《苦雨诗》	苦雨客行的悲哀
168	五言诗	阮瑀	《怨诗》	人生流离之怨
169	五言诗	阮瑀	《隐士诗》	写贫苦守真之志
170	五言诗	阮瑀	《公宴诗》	宴饮之乐
171	五言诗	阮瑀	《失题诗》	年老之哀伤
172	赋	阮瑀	《止欲赋》	对"申礼以自防"的美女的思恋
173	赋	阮瑀	《纪征赋》	记征伐之由与随军所历
174	赋	阮瑀	《筝赋》	赞筝的美
175	赋	阮瑀	《鹦鹉赋》	赞鹦鹉的美丽
176	四言诗	应场	《报赵淑丽诗》	怀友
177	五言诗	应场	《侍五官中郎将建章台集诗》	借雁自伤,宴饮之乐
178	五言诗	应场	《斗鸡诗》	斗鸡的欢乐
179	五言诗	应场	《公宴诗》	宴会的欢乐
180	五言诗	应场	《别诗二首》	久役远役的悲哀
181	五言诗	应场	《失题诗》	残句
182	赋	应场	《愁霖赋》	霖雨连日的哀愁,以愁起,以愁终
183	赋	应场	《赞德赋》	残句
184	赋	应场	《西征赋》	残句
185	赋	应场	《驰射赋》	驰射过程与美好
186	赋	应场	《神女赋》	残句
187	赋	应场	《灵河赋》	赞河之盛景
188	赋	应场	《正情赋》	思美女不得的忧伤
189	赋	应场	《撰征赋》	赞征师雄壮
190	赋	应场	《西狩赋》	赞魏公狩猎之盛况
191	赋	应场	《迷迭赋》	赞迷迭香的美(专注于物)
192	赋	应场	《鹦鹉赋》	赞美鹦鹉
193	赋	应场	《校猎赋》	残句
194	赋	应场	《车渠碗赋》	赞车渠碗的产地与美好

续表

序号	体裁	作者	作品	情感主题
195	赋	应场	《杨柳赋》	赞杨柳的美
196	赋	应场	《悯骥赋》	悯骥之不遇寄自我之情怀
197	五言诗	刘桢	《赠五官中郎将诗（其一）》	与曹丕一同宴饮的欢乐
198	五言诗	刘桢	《赠五官中郎将诗（其二）》	以身衰突出对故人探问的感激，以离别的哀伤、相会的期待写情谊的珍视
199	五言诗	刘桢	《赠五官中郎将诗（其三）》	以凄清的秋日环境描写对出征的曹丕的怀念
200	五言诗	刘桢	《赠五官中郎将诗（其四）》	月夜赋诗的美好与对君侯壮思的赞美
201	五言诗	刘桢	《赠徐干诗》	写对友人的思念与自我遭遇的哀伤
202	五言诗	刘桢	《又赠徐干诗》	答谢对方来信
203	五言诗	刘桢	《赠从弟（其一）》	赞蘋藻自喻
204	五言诗	刘桢	《赠从弟（其二）》	赞松柏不惧风霜终岁端正
205	五言诗	刘桢	《赠从弟（其三）》	赞凤凰不同流俗
206	五言诗	刘桢	《杂诗》	职事之繁忙与游观之乐
207	五言诗	刘桢	《射鸢诗》	赞曹操射鸢的英武
208	五言诗	刘桢	《失题》（青青女萝草）	借女萝草感激托庇之恩
209	五言诗	刘桢	《斗鸡诗》	赞斗鸡的英姿
210	五言诗	刘桢	《失题诗》（昔君错畦畤）	感慨木生不同的变化之美
211	五言诗	刘桢	《失题》（天地无期竟）	感叹人生短促
212	五言诗	刘桢	《失题》（翩翩野青雀）	写青雀得脱困境近丹秋
213	赋	刘桢	《黎阳山赋》	赞黎阳山之景
214	赋	刘桢	《遂志赋》	得遇明主的欣喜
215	赋	刘桢	《瓜赋》	赞瓜之美（促立成）
216	赋	刘桢	《大暑赋》	写热之状与对人的影响
217	赋	刘桢	《鲁都赋》	赞鲁都形胜与繁华
218	赋	刘桢	《清虑赋》	残句

附表二　曹植诗赋情绪统计

序号	体裁	诗赋名称	情绪	主要内容
1	五言诗	《斗鸡诗》	欢乐	观看斗鸡
2	赋	《登台赋》	快乐	与曹操等人登台游观

序号	体裁	诗赋名称	情绪	主要内容
3	赋	《娱宾赋》	快乐	与曹丕等人宴饮
4	赋	《公宴》	快乐	宴饮后游赏西园
5	赋	《闲居赋》	愉悦	独自游赏
6	五言诗	《赠丁翼》	快乐	宴饮并明志
7	赋	《大暑赋》	快乐	暑中得凉
8	五言诗	《侍太子坐诗》	快乐	与太子宴饮之快乐
9	赋	《芙蓉赋》	快乐	观芙蓉同游的快乐
10	四言诗	《闺情（其二）》	快乐	听美女弦歌
11	赋	《喜霁赋》	应为喜悦	残篇
12	五言诗	《仙人篇》	快适	游仙
13	五言诗	《升天行》	快适	游仙
14	五言诗	《苦思行》	快适	求仙遇隐士
15	五言诗	《大魏篇》	欢乐	宴飨
16	五言诗	《喜雨》	喜悦	久旱得雨之喜
17	四言诗	《飞龙篇》	快适	游仙见真人
18	杂言诗	《桂之树行》	快适	游仙见真人
19	杂言诗	《平陵东》	快适	游仙
20	五言诗	《五游咏》	快适	游仙
21	杂言诗	《当车以驾行》	快乐	宴饮之乐
22	杂言诗	《妾薄命（其一）》	快乐	游赏之乐
23	六言诗	《妾薄命（其二）》	快乐	欢宴之乐
24	五言诗	《名都篇》	快乐	游玩宴饮射猎之乐
25	四言诗	《元会》	快乐	元会相聚宴饮之乐
26	赋	《感节赋》	喜忧参半	游赏引起时光流逝功业难成之感慨
27	赋	《临观赋》	喜忧参半	游赏与无法建功的感慨
28	五言诗	《游仙》	忧愁到快适	游仙
29	四言诗	《善哉行》	喜忧参半	人生的忧愁以游仙消解
30	赋	《节游赋》	快乐 + 伤感	游玩的快乐与人生短暂的伤感
31	五言诗	《箜篌引》	快乐—忧伤—消解	宴饮与人生短暂
32	杂言诗	《当来日大难》	快乐—忧伤	宴饮之乐与离别的忧伤

续表

序号	体裁	诗赋名称	情绪	主要内容
33	赋	《鹞雀赋》	恐惧＋喜悦	雀脱鹞口
34	四言诗	《应诏》	急切、忧伤	应诏朝见之急切与不得面圣的忧伤
35	五言诗	《送应氏（其一）》	忧伤	洛阳荒芜
36	五言诗	《送应氏（其二）》	忧伤	与友离别
37	五言诗	《赠王粲》	忧愁	欲结知己不得
38	五言诗	《野田黄雀行》	悲伤	无法救友的悲伤与想象中救友的快乐
39	赋	《感婚赋》	悲伤	欲求佳偶无良媒
40	赋	《愍志赋（并序）》	哀伤	因无良媒，意中人嫁给他人，离别
41	五言诗	《弃妇篇》	忧伤	无子被弃
42	赋	《出妇赋》	伤痛	无怨而见弃的伤痛
43	赋	《静思赋》	悲愁	不得求女之悲伤
44	赋	《释思赋（并序）》	忧伤	兄弟出养离别的悲伤
45	赋	《愁霖赋》	忧伤	淫雨不息的忧伤
46	赋	《离思赋（并序）》	不怡	出征与兄长离别的忧伤
47	骚体诗	《离友（其二）》	忧伤	与友离别的忧伤
48	赋	《归思赋》	忧伤	离乡经行
49	四言诗	《朔风》	忧伤	男女离别思念的忧伤
50	五言诗	《闺情（其一）》	忧伤	女子怀远
51	赋	《九咏》	忧愁	高行被弃
52	赋	《愁霖赋》	忧愁	淫雨不止
53	五言诗	《代刘勋妻王氏见出为诗》	忧愁	女子被弃
54	赋	《白鹤赋》	哀伤	白鹤遇大网
55	赋	《玄畅赋（并序）》	忧伤	希望破灭后的悲伤
56	五言诗	《杂诗（其一）》	忧伤	思慕远人
57	赋	《九愁赋》	悲伤	离京赴藩的悲伤
58	五言诗	《美女篇》	忧伤	不得理想配偶
59	五言诗	《杂诗》	忧伤	美女容颜易老无人赏识
60	赋	《迁都赋》	忧伤与不满	频繁迁都的忧伤与不满
61	五言诗	《杂诗（其二）》	忧伤	客游从戎之人的漂泊
62	五言诗	《七步诗》	悲伤	萁豆相煎

续表

序号	体裁	诗赋名称	情绪	主要内容
63	赋	《洛神赋》	忧伤	与神女无缘
64	五言诗	《怨歌行》	忧伤	为臣被猜忌的无奈与忧伤
65	赋	《怀亲赋（并序）》	忧伤	怀念亡夫
66	五言诗	《远游篇》	苦闷	游仙
67	五言诗	《门有万里客》	忧伤	对漂泊无定之客的同情
68	赋	《秋思赋》	忧伤	时序变迁
69	五言诗	《盘石篇》	忧伤	漂泊异地心灵无处止歇
70	五言诗	《杂诗》	忧伤	漂泊无依之客
71	赋	《鹦鹉赋》	恐惧、忧伤	鹦鹉夫伤被拘，妻与之分离
72	赋	《橘赋》	哀伤	橘树邦换壤别，爱用丧生
73	五言诗	《浮萍篇》	怨愁	女子被疏远的怨情
74	五言诗	《七哀》	哀怨	思妇对丈夫的思念和哀怨
75	五言诗	《种葛篇》	怨愁	女子被疏远的怨情
76	五言诗	《灵芝篇》	哀伤	孝思
77	赋	《叙愁赋（并序）》	悲愁	女弟出嫁汉皇的悲伤
78	赋	《蝉赋》	忧虑、恐惧、哀伤	高洁之蝉身处险境最终被捉
79	赋	《离缴雁赋》	同情与忧伤	同情离缴之雁，为己而忧伤
80	赋	《神龟赋》	同情	有感于龟之死
81	五言诗	《赠丁仪》	同情	同情安慰丁仪
82	赋	《述行赋》	同情	伤秦政之酷
83	五言诗	《赠徐干》	同情劝勉	同情徐干有才却居低位并劝勉之
84	五言诗	《梁甫行》	同情	同情边海民
85	五言诗	《三良》	哀叹同情	为三良之死感伤
86	赋	《七启》	无	招隐士
87	赋	《酒赋》	无	酒史与节酒
88	五言诗	《离友诗（其一）》	平静	与友人离别
89	五言诗	《赠丁仪王粲》	自豪	劝慰丁仪王粲
90	五言诗	《驱车篇》	赞叹	游封禅之地
91	赋	《九华扇赋》	赞美	赞扇之美
92	赋	《车渠碗赋》	赞叹	赞车渠碗之美

续表

序号	体裁	诗赋名称	情绪	主要内容
93	赋	《迷迭香赋》	赞叹	赞迷迭香之美
94	赋	《槐赋》	赞叹	赞槐树的美好
95	赋	《鹞赋》	赞叹	赞鹞之勇猛
96	赋	《宝刀赋》	赞叹	赞宝刀之美
97	四言诗	《谷》	赞叹	赞佳谷之美
98	四言诗	《禾》	赞叹	赞佳禾之美
99	四言诗	《鹊》	赞叹	赞鹊之美
100	四言诗	《鸠》	赞叹	赞鸠鸟之美
101	四言诗	《甘露》	赞叹	赞甘露之美
102	四言诗	《连理木》	赞叹	赞连理木之美
103	五言诗	《精微篇》	同情与赞叹	歌咏至诚之思可动天
104	四言诗	《孟冬篇》	赞叹	狩猎之盛
105	五言诗	《白马篇》	赞叹、激昂	赞美游侠艺高忠勇
106	五言诗	《杂诗》	赞叹	赞宝剑之美
107	五言诗	《惟汉行》	赞叹	赞美盛世之治
108	五言诗	《升天行（其二）》	惜时	游仙
109	四言	《责躬》	愧悔、建功渴望	上表服罪
110	赋	《蝙蝠赋》	鄙夷	贬斥蝙蝠暗喻奸人
111	五言诗	《圣皇篇》	反感	对曹丕让诸王归藩之事明赞实贬
112	五言诗	《赠白马王彪》	愤恨与忧伤	与弟归藩离别
113	杂言乐府	《当墙欲高行》	愤慨	感慨流言伤人，无法辨别
114	五言诗	《鰕䱇篇》	愤懑	壮志无人识
115	五言诗	《吁嗟篇》	痛苦	漂泊无根之痛
116	五言诗	《杂诗》	无奈	渴望报效国家
117	五言诗	《豫章行（其一）》	感伤	人生不遇遭人误解
118	五言诗	《豫章行（其二）》	感伤	亲戚疏远
119	五言诗	《丹霞蔽日行》	感伤	纣王残害忠良朝代更替
120	五言诗	《当欲游南山行》	感慨	用人当各尽其才
121	杂言	《当事君行》	感慨	人生追求的不同，同时明志
122	五言诗	《君子行》	感慨	赞美君子避嫌求贤
123	五言诗	《薤露行》	昂扬	建功立业的渴望

续表

	体裁	诗赋名称	情绪	主要内容
124	赋	《东征赋》	担忧与昂扬	王师东征，余典禁兵壮行
125	五言诗	《杂诗》	昂扬	为国立功的渴望
126	赋	《游观赋》	昂扬	想象中率军出行
127	五言诗	《失题》	自豪	忆随曹操征伐
128	五言诗	《失题》	恐惧	双鸽惧天网
129	四言诗	《矫志》	忧惧	矫正自己的思想行为

<h3 align="center">附表三　曹植亲情诗文统计</h3>

序号	体裁	诗赋名称	主要内容	备注
1	五言诗	《斗鸡诗》	歌舞欢宴之余的斗鸡之乐	主人应为曹丕
2	辞赋	《离思赋（并序）》	太子留监国，植时从焉。意有忆恋。离别的不舍与祝愿	
3	辞赋	《娱宾赋》	与朋友游玩、赞美曹丕	
4	五言诗	《公宴》	跟随曹丕游玩之乐	
5	五言诗	《侍太子坐诗》	欢宴"翩翩我公子，机巧忽若神"	
6	表文	《上庆文帝受禅表》	贺兄长受禅天下，"况臣亲体至戚，怀欢踊跃"	与哭着矛盾。真实中有虚假
7	五言诗	《圣皇篇》	归藩离别	
8	四言诗	《责躬》	赞曹丕与自责	
9	诔文	《文帝诔》	赞美曹丕功绩与抒发曹丕逝去的哀痛	
10	五言诗	《七步诗》	同根相煎的哀怨	
11	赋	《释思赋（并序）》	家弟出养族父抒发兄弟之眷恋与不舍	
12	诔文	《任城王诔》	对曹彰能力赞美与抒发曹彰突然逝去的哀痛	如何奄忽，命不是与
13	五言诗	《赠白马王彪》	对曹彰之死的难以释怀、归藩的忧伤、被迫与兄弟别离的愤恨	
14	哀辞	《金瓠哀辞》	幼女早夭的哀伤	
15	哀辞	《仲雍哀辞》	曹丕子早夭的哀伤	
16	哀辞	《行女哀辞》	幼女早夭的哀伤	
17	赋	《登台赋》	游赏同时赞曹操	

续表

序号	体裁	诗赋名称	主要内容	备注
18	诔文	《武帝诔》	曹操的功绩与抒发曹操逝去的哀痛	
19	表	《请祭先王表》	对亡父的思念与祭奠的请求	
20	赋	《怀亲赋（并序）》	睹物思人抒发对亡父的怀念	
21	五言诗	《灵芝篇》	以孝亲典故引出父亡的悲伤、祝福母亲与君王	
22	诔文	《大司马曹休诔》	赞美曹休的功绩，为其亡而哀伤	于穆公侯，魏之宗。……不耽世禄，亲悦为欢
23	表	《转封东阿王谢表》	转封东阿王感恩君主的恩德、母亲的挂念	
24	五言诗	《豫章行》	对亲情的赞美	
25	诔文	《平阳懿公主诔》	为懿公主夭亡而哀伤	
26	诔文	《卞太后诔》	为母亲去世而哀伤	
27	五言诗	《灵芝篇》	父母之爱	
28	四言诗	《应诏》	写诸侯得以会节气的急切喜悦与不得面圣的忧伤	
29	表	《求通亲亲表》	引经据典说亲亲之义，求通亲亲	
30	表	《陈审举表》	阐释重视异姓疏远公族的不合理	
31	表	《答明帝诏表》	赞明帝哀女之文	
32	论	《仁孝论》	论孝与仁之重要	
33	赞	《帝舜赞》	赞舜帝之孝	
34	赞	《禹妻赞》	赞禹妻育子	
35	五言诗	《圣皇篇》	诸王归藩亲人离别的无奈与忧伤	
36	五言诗	《精微篇》	赞美亲人间无私无畏的爱	
37	俗赋	《鹞雀赋》	得脱险境夫妇的喜悦	
38	五言诗	《杂诗》	离家的忧伤	
39	章表	《封二子为乡公谢恩章》	苗、志被封而谢恩	
40	颂	《皇子生颂》	赞颂皇子出生	
41	赋	《九华扇赋》	赞曾祖之扇	

附表四　曹植爱情诗赋统计

序号	体裁	诗赋名称	主要内容	视角
1	辞赋	《感婚赋》	悲良媒之不顾，惧欢媾之不成。慨仰首而叹息，风飘飘以动缨	男性第一人称
2	辞赋	《愍志赋（并序）》	或人有好邻人之女者，时无良媒，礼不成焉，彼女遂行适人。心感作赋永绝生离之哀伤	男性旁观者为绪，对话体男转女
3	五言诗	《弃妇篇》	无子出妇全篇无对丈夫的不舍，只是写忧伤	全知视角无转换
4	辞赋	《出妇赋》	悦新婚而忘妾，哀爱惠之中零……恨无愆而见弃，悼君施之不终	第一人称女性代言
5	辞赋	静思赋	思念特出、才好、聪慧，行嬺密而妍详的美女，使自己"愁惨惨以增伤悲"	第一人称男性
6	四言诗	《朔风》	男女阻隔，相思情深	男女对答
7	楚辞体	《离友诗（其二）》	秋日采秋华灵芝，以赠所思。徒增忧伤	男子视角
8	赋	《鹦鹉赋》	鹦鹉身挂滞于重笼，孤雌与之分别之痛	视角人称的转换
9	赋	《芙蓉赋》	同游摆手的激动观者终朝，情犹未足。于是狡童媛女，相与同游。攞素手于罗袖，接红葩于中流	第三人称全知视角
10	五言诗	《杂诗》	思念远方之人的难以排遣的忧伤	第一人称女性
11	赋	《洛神赋》	对神女的爱恋与生离死别的哀愁	第一人称男子
12	五言诗	《浮萍篇》	"恪勤在朝夕，无端获罪尤"的女子与男子被迫分别的忧伤	第一人称女性
13	五言诗	《七哀》	高楼哀叹的女子对男子的思念	全知视角转为第一人称
14	五言诗	《种葛篇》	女子与男子"结发恩义深"不料"行年将晚暮，佳人怀异心"，引起女子的忧伤	以爱情寓君臣，第一人称女性
15	五言诗	《美女篇》	美女之美与没有高义、贤良之人相配的忧伤	全知视角转化第一人称转为全知视角
16	五言诗	《杂诗》	美女俯仰岁将暮，荣耀难久持的悲伤	全知视角男性
17	杂言诗	《妾薄命》二首	其一：携手同游的欢乐	第一人称男性
18			其二：夜晚欢会观舞的欢乐	

序号	体裁	诗赋名称	主要内容	视角
19	四言诗	《闺情》	对远方佳人的思念	第一人称女性
20			对弹琴抚节，为我弦歌的女子的爱恋	第一人称男性
21	五言诗	《失题》	双鹄因恐天网张而分别。	全知视角转为第一人称限知视角
22	五言诗	《代刘勋妻王氏见出为诗》	被休弃女子对夫妻情谊的珍视	全知视角
23	骚体诗	《寡妇诗》	高坟郁兮巍巍，松柏森兮成行	残句

附表五　曹植友情诗文统计

序号	体裁	诗赋名称	主要内容	备注
1	五言诗	《送应氏（其一）》	登北邙遥望洛阳山想洛阳战乱后的荒芜之景	将友人之情置于战乱之中写，"念我平生亲，气结不能言"
2	五言诗	《送应氏（其二）》	送别场景与依依不舍之情	
3	五言诗	《赠王粲》	希望结交、劝慰	
4	五言诗	《赠徐干》	同游、劝勉 + 弹冠俟知己	
5	五言诗	《斗鸡诗》	歌舞欢宴之余的斗鸡之乐	
6	骚体诗	《离友》	与夏侯威离别的依依不舍之情	
7	五言诗	《赠丁仪》	对朋友的宽慰	
8	五言诗	《赠丁仪王粲》	对朋友怨在朝、欢自营的劝解，主张中和	
9	五言诗	《赠丁翼》	自明己志，"君子通大道，无愿为世儒"	
10	书信	《与吴季重书》	追忆欢聚、离别，探讨文章、音乐	
11	书信	《与杨德祖书》	探讨文学、自明志向	
12	诔文	《王仲宣诔》	追述王粲的功绩才能以及表达失去挚友的哀痛	
13	书信	《与陈琳书》	残篇	
14	五言诗	《野田黄雀行》	以黄雀喻友人遭难，抒发自己解救友人于危难的渴望	
15	赋	《节游赋》	与友游玩的美好与节制	
16	五言诗	《箜篌引》	召集亲友宴饮的欢乐	

续表

序号	体裁	诗赋名称	主要内容	备注
17	杂言乐府	《当车以驾行》	欢坐玉殿，会诸贵客。侍者行觞，主人离席。顾视东西厢，丝竹与鞞铎。不醉无归来，明灯以继夕	
18	杂言乐府	《当来日大难》	相聚的欢乐与离别的忧伤	
19	五言诗	《名都篇》	名都多妖女，京洛出少年	
20	赋	《感节赋》	携友生而游观，尽宾主之所求。登高墉以永望，冀消日以忘忧。欣阳春之潜润	
21	五言诗	《门有万里客》	对漂泊无定之客的同情	
22	赋	《离缴雁赋》	游于玄武陂中，怜离缴之雁离缴，伤己之遇	
23	序文	《柳颂序》	予以闲暇，驾言出游，过友人杨德祖之家。视其屋宇寥廓。庭中有一柳树，聊戏刊其枝叶。故著斯文，表之遗翰，遂因辞势，以讥当今之士	《柳颂》缺
24	赋	《娱宾赋》	与朋友游玩、赞美曹丕	
25	五言诗	《离别诗》	人远精神近，寤寐梦容光	
26	五言诗	《杂诗》	离思一何深	
27	五言诗	《结客篇》	少年豪侠之情	
28	五言诗	《公宴》	跟随曹丕游玩之乐	

附表六　曹植欢乐情绪诗赋统计

序号	体裁	诗赋名称	情绪	主要内容
1	五言诗	《斗鸡诗》	欢乐	观看斗鸡
2	赋	《登台赋》	快乐	与曹操等人登台游观
3	赋	《娱宾赋》	快乐	与曹丕等人宴饮
4	赋	《公宴》	快乐	宴饮后游赏西园
5	赋	《闲居赋》	愉悦	独自游赏
6	五言诗	《赠丁翼》	快乐	宴饮并明志
7	赋	《大暑赋》	快乐	暑中得凉
8	五言诗	《侍太子坐诗》	快乐	与太子宴饮之快乐
9	赋	《芙蓉赋》	快乐	观芙蓉同游的快乐
10	四言诗	《闺情（其二）》	快乐	听美女弦歌

续表

序号	体裁	诗赋名称	情绪	主要内容
11	赋	《喜霁赋》	无（或为喜悦）	应为久雨天晴
12	五言诗	《仙人篇》	快适	游仙
13	五言诗	《升天行》	快适	游仙
14	五言诗	《苦思行》	快适	求仙遇隐士
15	五言诗	《大魏篇》	欢乐	宴飨
16	五言诗	《喜雨》	喜悦	久旱得雨之喜
17	四言诗	《飞龙篇》	快适	游仙见真人
18	杂言	《桂之树行》	快适	游仙见真人
19	杂言	《平陵东》	快适	游仙
20	五言诗	《五游咏》	快适	游仙
21	杂言	《当车以驾行》	快乐	宴饮之乐
22	杂言	《妾薄命（其一）》	快乐	游赏之乐
23	六言诗	《妾薄命（其二）》	快乐	欢宴之乐
24	五言诗	《名都篇》	快乐	游玩宴饮射猎之乐
25	四言诗	《元会》	快乐	元会相聚宴饮之乐
26	赋	《感节赋》	喜忧参半	游赏引起时光流逝功业难成之感慨
27	赋	《临观赋》	喜忧参半	游赏与无法建功的感慨
28	五言诗	《游仙》	忧愁到快适	游仙
29	四言诗	《善哉行》	喜忧参半	人生的忧愁以游仙消解
30	赋	《节游赋》	快乐 + 伤感	游玩的快乐与人生短暂的伤感
31	五言诗	《箜篌引》	快乐—忧伤—消解	宴饮与人生短暂
32	杂言	《当来日大难》	快乐—忧伤	宴饮之乐与离别的忧伤
33	赋	《鹞雀赋》	恐惧 + 喜悦	雀脱鹞口

后 记

光阴荏苒，自吉林大学博士毕业已近三年。

2013 年蒙木斋先生不弃，容我忝列门墙。木斋师是以学术为生命之人，教育我们不能人云亦云，要用独立的思考、翔实的史料、敢于担当的责任意识去完成自己的学术使命。彼时，木斋师提出的观点"五言诗成熟于建安十六年之后，十九首产生于五言诗成熟之后"（《古诗十九首与建安诗歌研究》人民出版社，2009）仍在学界持续发酵，使"中国文学史不得不重思重写"。《曹植诗赋缘情研究》当时作为我的博士学位论文便是对汉魏文学发展流变"重思"的结果。

从"汉音"到"魏响"，从空泛言志到缘情绮靡，从群体化抒情转向个性化抒情，曹植起到了重要作用。因而对其诗赋的情感与情绪特征以及在亲情、爱情、友情等情感主题流变上所取得的成就进行论析就十分必要，这也是本书用力之处。不过，由于笔者学识与水平有限，未免有不透辟和疏漏之处，敬请诸位贤良方家批评指正。

这本书的成稿，不仅要感谢恩师木斋先生，还要感谢吉林大学沈文凡教授、王树海教授、马大勇教授、李静教授、侯文学教授，诸位先生从构思到主题等诸多方面给予我细致入微的指导和帮助，让我至今都心怀感激。

我的博士同学王会斌、王玉姝、魏广言、郭建鹏、王红杏、董宏钰在论文写作过程中给予我诸多帮助，在此向他们表示衷心感谢！

最后特别感谢社会科学文献出版社编辑宋淑洁老师为本书出版付出的辛勤努力！

于国华

2020 年 5 月 21 日于黄淮学院

图书在版编目（CIP）数据

曹植诗赋缘情研究／于国华著 . -- 北京：社会科
学文献出版社，2020.10
ISBN 978 - 7 - 5201 - 7261 - 5

Ⅰ.①曹… Ⅱ.①于… Ⅲ.①曹植（192 - 232）- 诗
歌研究 Ⅳ.①I207.2

中国版本图书馆 CIP 数据核字（2020）第 168924 号

曹植诗赋缘情研究

著　　者／于国华

出 版 人／谢寿光
责任编辑／宋淑洁
文稿编辑／侯婧怡

出　　版／社会科学文献出版社（010）59367226
　　　　　地址：北京市北三环中路甲 29 号院华龙大厦　邮编：100029
　　　　　网址：www. ssap. com. cn
发　　行／市场营销中心（010）59367081　59367083
印　　装／三河市尚艺印装有限公司

规　　格／开　本：787mm × 1092mm　1/16
　　　　　印　张：15　字　数：238 千字
版　　次／2020 年 10 月第 1 版　2020 年 10 月第 1 次印刷
书　　号／ISBN 978 - 7 - 5201 - 7261 - 5
定　　价／88.00 元

本书如有印装质量问题，请与读者服务中心（010 - 59367028）联系